Aux Éditions Alain Bargain

Dans la collection
ENQUÊTES ET SUSPENSE :

Michel Courat
- Ça meurt sec à Locquirec
- Marée rouge à Plestin-Les-Grèves
- Coup de grisou à Pleumeur-Bodou
- Mort en vrac à Morlaix
- Sauvage farandole à Paimpol *(épuisé)*
- Mise à mort en Bretagne nord *(épuisé)*
- Masques de Terreur à Lanmeur
- Été meurtrier à Tréguier
- Le raisin coule à Lesneven
- Le Diable s'invite à Locquirec
- Morts à gogo à Plouguerneau
- Morlaix, TERminus !
- Les dessous de Plougasnou
- Granite écarlate
- Dernier tango à Plouescat
- Semaine noire en Pays léonard
- Vent de panique à Lannion
- L'Ange maudit de St-Michel-en-Grève
- Week-end de folie à Bégard
- Les secrets de Camaret

Bernard Enjolras
- Îlot mortel à Trégastel
- 3 petits singes en Côtes-d'Armor
- Mauvais sorts dans Le Trégor *(épuisé)*
- Micmac à Ploumanac'h
- Sale temps sur Penvénan
- Jeu d'échecs à Perros-Guirec
- Guêpier à Tréguier
- Jackpot dans le Léon
- Requiem à Paimpol
- Escale à Cancale
- L'inconnue de Saint-Thégonnec
- Code assassin à Trébeurden
- Les merlettes de Granit rose
- Liens de sang à Guingamp

Rémi Devallière
- L'esprit d'Hoëdic
- Calculs sévères à Saint-Nazaire
- Sacré bidule à Pornichet
- "Pari" au mois d'août
- Piriac et son caillou mystérieux
- Vol 744 pour Le Pouliguen
- Pornic, Poste restante
- Nantes, le passager du Jules Verne
- Contre-courants au Croisic

Serge Le Gall
- La secte de l'Aven *(épuisé)*
- Sables mouvants à Bénodet *(épuisé)*
- La Douarneniste
  et le Commissaire *(épuisé)*
- Corps-mort à l'Île-de-Batz *(épuisé)*
- Traque noire à Audierne *(épuisé)*
- Fugue mortelle en RÉ *(épuisé)*
- Le moine rouge de Carantec *(épuisé)*
- La Sirène de Port Haliguen *(épuisé)*
- Coup fourré dans les Monts d'Arrée
- Vagues à lames à Noirmoutier *(épuisé)*
- Dépression sur les Glénan
- Belle-Île "Amère" *(épuisé)*
- Calvaire à Plougastel-Daoulas *(épuisé)*
- Course-poursuite sur l'Aven *(épuisé)*
- Cible ultime dans les Montagnes Noires
- Rouge baiser de Crozon *(épuisé)*
- Sac de nœuds à Trévignon
- Retour coupable à Pont-l'Abbé *(épuisé)*
- Quiberon Enrage *(épuisé)*
- Secrets salés à Fouesnant
- Fausses notes à Larmor-Plage
- Jeux de drames à Douarnenez
- Nature morte à Pont-Aven
- Châtiment à Port-Launay
- La belle endormie de Port-Manech
- Matin blême à Rosporden
- Coup de balai à Carnac
- Mortes-eaux à Riantec
- Héritage de sang à Concarneau
- Vengeance d'automne à Quimper
- Bain tragique au Pouldu
- Retour de bâton à Plogoff
- Le malin de Trégunc

Pierre Engélibert
- L'Ours du Finistère
- Drôle d'oiseau à Brest
- Lavandières rouges à Daoulas
- Complot en Cap-Sizun

Jacques Minier
- Traque mafieuse à Saint-Malo
- Double peine à Rennes
- Saint-Brieuc de mille feux
- Celtitude en Argoat

Aux Éditions Alain Bargain

Dans la collection
ENQUÊTES ET SUSPENSE :

Gisèle Guillo
- Dernier rendez-vous à Vannes
- Du Léman au Morbihan *(épuisé)*
- Tempête à Quiberon
- La Belle de Carnac *(épuisé)*
- Le Saigneur de Quimper *(épuisé)*
- Vol de pigeons à Arradon *(épuisé)*
- Cash-cash au Crouesty *(épuisé)*
- Le Diable noir de Saint-Cado
- Clair-obscur à l'Île-aux-Moines *(épuisé)*
- Port-Louis, les ombres de la citadelle
- La Maison au bord du Golfe *(épuisé)*
- Les Amants Terribles de La Trinité
- Étel coupable ?
- Danger à Saint-Goustan

Marie Vaillant
- Chantage Bigouden
- Les corps mourants de Plozévet *(épuisé)*
- Vague blanche au Pouldu
- Malaise sur la côte lorientaise
- Vie de château à Pont-L'Abbé
- Locronan a la gueule de bois *(épuisé)*

Jean-Michel Arnaud
- Cavale à Brest
- Blues en Rafale à Landivisiau
- Le bagad bombarde à Quimper
- Loto létal dans le Léon
- Fresque de sang sur le Ponant
- Lettres mortes à Lannilis
- Lame scélérate à Morgat
- À bout de souffle à Landerneau
- Brest, scène de crimes
- Allers simples pour Ouessant
- Peur bleue à Portsall

Jean-Louis Kerguillec
- Carantec à corps perdu
- Enlèvement en Baie de Morlaix *(épuisé)*
- Mauvaise passe sur l'île Callot
- Les Amours Noires du Léon
- Le disparu du Taureau
- Frai*zh* Connection
- Le Crapaud de l'île de Batz
- Saint-Pol, cathédrale infernale
- Pêche d'enfer à Cléder
- Le rôdeur des grèves

Catherine Schubert
- Odeur de sang à Penvénan
- Le vilain de la Vilaine
- Sacré moine à Dinard
- Lucifer à Saint-Philibert

Simone Ansquer
- Téviec, le Secret *(épuisé)*
- Aux tours de La Rochelle
- Grain de sable à Saint-Pierre-Quiberon
- Le mystère de la Cathédrale de Vannes *(épuisé)*
- Carnac, les menhirs disparus
- Bons baisers de l'île de Houat
- Nuit d'Enfer à Quiberon
- Belle-Île ne répond pas
- La captive de la ria d'Étel
- Dérive sur la Presqu'île

Gérard Croguennec
- Voile épais au Conquet *(épuisé)*
- Brest, Abri 668
- Morlaix en eaux profondes
- La martyre du Conquet
- Le silencieux du Conquet
- Effet papillon sur le Brest-Lyon

Jean-Jacques Égron
- Marais mouvant dans le Golfe
- Tracto Breizh
- Embruns toxiques sur Lorient
- Les Privés du Croisic
- Vannes à l'encre rouge
- Les oubliettes de la Presqu'île
- Engrenages sur la Côte Sauvage

Bernard Kopka
- Secret de tombe à Paimpol

Philippe-Michel Dillies
- Meurtres à Monnaie *(épuisé)*
- Chasse à Tours *(épuisé)*
- Train d'enfer pour St-Pierre-des-Corps *(épuisé)*
- Les roses noires de Chartres *(épuisé)*
- Du raisiné à Vouvray *(épuisé)*
- Partie truquée à Descartes
- Embrouille à Amboise *(épuisé)*
- L'écheveau de Blois
- Anicroches à Loches
- Murmures en Saumur
- Les plumes noires de St-Cyr-sur-Loire
- Clash à Tours

LES SECRETS de CAMARET

Michel COURAT

LES SECRETS de CAMARET

Collection

ENQUÊTES & SUSPENSE

Quadri Signe - Editions Alain Bargain
125, Vieille Route de Rosporden - 29000 Quimper
E-mail : contact@editionsalainbargain.fr
Site Internet : www.editionsalainbargain.fr
Facebook : https://www.facebook.com/editionsalainbargain

DU MÊME AUTEUR :

- *Gare aux Morilles* (1998)
- *La Brise de la Pastille* (2000)
- *Mots pour rire* (2001).

Le blog de l'auteur : www.michelcourat.fr

—

Groupe Facebook : Laure Saint Donge

À Alain Kerempichon

« Vis ton présent,
et laisse ton passé pour l'avenir. »

Frédéric Dard

« Les jeunes croient que les vieux sont fous, mais les vieux savent que ce sont les jeunes qui sont fous. »

Miss Marple dans *Meurtre au presbytère*
d'Agatha Christie

REMERCIEMENTS

- Biscuiterie de Camaret, Camaret
- Brigade de gendarmerie, Crozon
- Brigade de gendarmerie, Lanmeur
- Café Chez Tilly, Locquirec
- Champagne François-Denizon, 51700 Verneuil
- Distillerie des Menhirs, Plomelin
- Distillerie Warenghem, Lannion
- Garage Daniellou, Lanmeur
- Groupe de reconnaissance et d'intervention en milieu périlleux (GRIMP), Camaret
- Hôtel de France, Camaret
- Hôtel-Restaurant Le Styvel, Camaret
- Le Bilitis, Plounérin
- Office de tourisme, Camaret
- Quai des saveurs, Camaret
- U Express, Camaret

I

Camaret, presqu'île de Crozon, rue Saint-Pol-Roux

Dès qu'il avait franchi le pas de la porte elle s'était méfiée. Mais elle ne pensait pas que la gifle serait si appuyée. La frappe d'une violence inouïe l'avait projetée à terre. Bien sûr, elle s'était efforcée d'amortir sa chute avec son bras, mais son autre joue et sa tempe avaient heurté le carrelage avec une telle force qu'elle avait failli perdre conscience.

Elle restait au sol, immobile, cherchant en vain à retrouver suffisamment d'énergie pour se relever, ou, au moins, pour pouvoir parler. Sa tête n'était plus qu'une douleur et des étoiles virevoltaient devant ses yeux. Bien plus de trente-six. L'ombre de Sylvester Stallone et de Rocky flotta un instant devant ses yeux à demi fermés ; elle n'était pas loin du KO, et ne pouvait espérer aucun coup de gong salvateur. Son cerveau aux abonnés absents pendant quelques secondes lui permit d'oublier brièvement l'intensité des brûlures. Plus assez d'énergie pour se frotter les zones endolories, alors que les éclairs de souffrance se multipliaient. Dans sa tête passait un TGV sans fin, dont chaque wagon résonnait comme un nouveau gant de boxe venant martyriser un peu plus ses neurones. Elle aurait aimé lever la tête, pour que ses yeux puissent lui exprimer tout le venin et la haine qu'il méritait, mais ses muscles refusaient tout service.

Au-dessus d'elle, sa bière à la main, il rota bruyamment avant de lui lancer avec un petit rire sardonique :

— Alors, on joue moins les putains maintenant ? T'es pas très aguichante comme ça, tu sais ! Tiens ! Habille-toi un peu !

Et il lui balança le plaid qui recouvrait le sofa du salon, afin de recouvrir ses jambes, dénudées jusqu'à mi-cuisse.

Il éructa encore une fois, sans la moindre discrétion, descendit une nouvelle rasade de sa Stella, et lui donna un coup de pied dans le bas des reins, comme pour parachever sa démonstration de bassesse et de lâcheté. Malgré la douleur, elle ne poussa qu'un râle étouffé, avant de s'évanouir. Lui s'assit sur le canapé usé jusqu'à la corde, maculé de taches diverses, mit ses pieds sur la table basse couverte de canettes vides et lâcha une flatulence dont l'odeur le fit rire aux éclats. Le temps de prendre la zappette, et il regardait un match de foot à la télé, insultant les joueurs des deux équipes à tour de rôle. Moins de dix minutes plus tard, il ronflait comme un sonneur. Il s'était endormi sans un regard pour la forme gisant à terre, et se laissait bercer par les bras de Sucellos – dieu de la bière dans la mythologie celtique gauloise – depuis près d'un quart d'heure quand elle réussit enfin à se mouvoir.

Elle dut prendre sur elle et rassembler tout son courage pour retrouver la position debout. Elle était chancelante, mais à peu près verticale.

Ainsi s'achevait un samedi presque ordinaire pour Céline Beauchamp. Avec ces nouveaux coups elle avait reçu une partie de ce salaire de la peur et de la torture qu'elle acceptait, sans révolte aucune, pour vivre aux côtés de cet homme, de cette brute, qu'elle ne pouvait s'empêcher d'aimer. Huit ans de vie commune. Et presque autant d'années émaillées d'épisodes de violences, tantôt psychologiques, tantôt physiques ou sexuelles. Aujourd'hui elle avait eu droit au grand jeu, parce que c'était le premier jour depuis début avril où il faisait beau et chaud. Une journée idéale pour essayer ce petit combishort qu'elle s'était trouvé pendant les soldes de janvier et qu'elle n'avait jamais eu l'occasion de porter auparavant.

À son retour au domicile conjugal, dans un état éthylique avancé, il n'avait pas apprécié du tout de la voir dans cette tenue et, comble de l'impudence pour Bertrand Beauchamp, d'apprendre en même temps qu'elle était allée travailler habillée ainsi.

Seule et mince consolation pour Céline, leurs deux enfants, Florian et Théa, au lit depuis longtemps, n'avaient pas assisté à la scène. Pour une fois.

Elle aurait pu profiter du sommeil de son salaud de mari pour appeler la gendarmerie, mais un petit diablotin caché au fond de sa conscience lui avait soufflé, comme chaque fois ou presque, de curieuses pensées : « Il n'a pas tout à fait tort… Je n'aurais pas dû m'habiller si court. En fait c'est aussi ma faute, etc. » Un sentiment de culpabilité paradoxal souvent rencontré chez les femmes battues ou violées, vous diront les psys, confortablement installés dans leur fauteuil.

Elle se traîna jusqu'à son lit, ultime calvaire, avant de pouvoir avaler des comprimés antalgiques et des tranquillisants, et de s'écrouler comme une masse.

*

Plus de trois ans maintenant que Céline a réussi à s'arracher à l'emprise, et aux coups, de son bourreau. Un parcours d'obstacles et d'absurdités administratives difficile à imaginer. Malgré les protections diverses dont elle bénéficie, elle n'a jamais eu totalement confiance dans leur efficacité. Pendant ces trois dernières années elle a surtout essayé de surmonter cette peur permanente, cette angoisse de le voir surgir à toute heure du jour ou de la nuit. Sept cent trente jours et autant de nuits à redouter aussi qu'il ne s'en prenne à "SES" enfants… qui sont pourtant aussi ceux de cet être abject. Sans aide, elle n'aurait, sans aucun doute, pas pu franchir toutes ces montagnes, remplir toutes ces paperasses, subir tous ces sous-entendus, affronter tous ces regards, même s'ils sont devenus plus bienveillants depuis que les violences faites aux femmes sont enfin reconnues, et que des mesures plus appropriées ont été mises en place. Celle qui l'a aidée sans relâche dans ce marathon judiciaire et administratif, celle qui lui a essuyé les yeux quand le blues ou la peur revenait trop fort, Nicole, son amie de toujours, se tient aujourd'hui à ses côtés dans le vieux Kangoo qui les mène vers la chapelle Notre-Dame-de-Rocamadour. L'un des monuments emblématiques de Camaret, ornement ecclésiastique indissociable de ce port breton au charme si particulier, situé au bout du monde, au bout de la presqu'île de Crozon en tout cas. Il n'est même pas 6 heures du matin en ce premier samedi de mai, et le Sillon, cette digue de roc et de béton qui conduit aussi à la tour Vauban, surnommée ici la "Tour dorée" ne s'éveille pas paisiblement, contrairement aux autres jours. Devant la Renault des deux femmes, pas moins de quatre voitures, en file indienne, et à hauteur de la première, deux silhouettes portant un gilet jaune fluorescent. Des courageux et matinaux bénévoles de "Camarasso" un conglomérat d'associations locales qui organisent comme chaque année leur grand vide-greniers, véritable point de départ de la saison touristique proprement dite. Et occasion non négligeable de récolter de l'argent pour le financement de leurs activités respectives… Pour chaque véhicule la même procédure. Au tour de Céline et de Nicole de s'y prêter. Mais avant, politesse oblige, elles saluent les maîtres d'œuvre de cette cérémonie bon enfant.

— Salut, Yann, salut, Gwendal, alors c'est pas trop le bordel ?

— Tiens ! Les deux plus belles filles de Camaret ! Déjà sorties du lit ?

— On nous l'avait jamais faite, celle-là ! répond Céline. Vous avez la forme dès le matin, bravo !

— On n'a pas la forme, on a la pêche ! Mais plus à la sardine…

Et l'auteur de cette blagounette à quarante centimes d'euro de s'esclaffer, en même temps que les passagères du Kangoo.

— Ni à la langouste, je présume ? enchaîne Nicole avec un sourire. C'est comme d'habitude ?

— Eh oui, ma chérie, on ne change pas une méthode qui gagne. Tu me donnes dix euros, tu pioches un papier dans mon chapeau, et cela te donne le numéro de ton stand. Cette année, on a pu avoir tout l'espace qui va de l'arrière de la tour jusqu'au bout du quai. Comme d'habitude, vous laissez bien de l'espace pour le passage des pompiers et pour l'accès aux ateliers du bout du parking.

Un couvre-chef sans forme, et bien défraîchi, qui a dû appartenir à Crocodile Dundee, le jour où il s'est fait bouffer par la bestiole qu'il convoitait. À l'intérieur, un monceau de petits papiers pliés en deux.

Nicole plonge sa main tout au fond et en ressort le numéro 13. Un nombre qui a le don de mettre Céline en joie.

— Le 13 ! Mon numéro porte-bonheur ! Super !

— Et en plus c'est facile à trouver, c'est tout au fond, juste derrière la tour, à hauteur du pont-levis. Allez, zou ! En piste ! On attend deux cents exposants, et on espère au moins cinq mille visiteurs ! Bonne journée à vous. En plus la météo est parfaite : quelques nuages mais surtout du soleil. Faites bien gaffe à ne pas rater votre créneau en rangeant la voiture, vous allez être au bout du parking, au bord de l'eau… Veinardes !

Tenant son volant d'une main, Céline regarde ce chiffre avec une joie évidente.

— Le 13, mon nombre fétiche. Je peux te dire qu'on va cartonner !

*

Camaret, hôtel de France

Assis contre la tête de lit, Hugues ne peut détacher ses yeux de ce spectacle dont il se délecte chaque fois. Dans l'embrasure de la porte de la chambre se découpe la silhouette de Laure, sortant juste de la salle de bains. Même si une serviette couvre son corps du haut de ses seins jusqu'à mi-cuisse, il déguste des pupilles ce port de tête digne d'une déesse, cette chute d'épaules d'une élégance rare, et ces jambes fines et musclées à la fois. Dans les rayons du soleil levant, il la dévore avec une volupté oculaire non dissimulée, toujours envoûté par ses prunelles vert d'eau, ses cheveux blonds, courts et bouclés, parsemés de quelques mèches teintées. Elle n'a pas remis de pansement sur sa cicatrice*, et, miracle des jeux d'ombres et de lumières, sa joue droite apparaît tout à fait normale, donnant à son visage l'éclat qu'elle avait avant ce reportage tragique en Iraq qui l'avait défigurée. Un sourire mystérieux et enjôleur aux lèvres, elle savoure ce moment de gloire anatomique, échangeant un regard sans équivoque avec son compagnon, avant de s'asseoir sur le lit, tout près de lui, et de lui offrir ses lèvres et sa langue en guise de petit-déjeuner. Manifestement, ils ont tous deux

* Voir les premiers ouvrages de LSD, même collection.

très bon appétit, et il ne se passe guère de temps avant que leur lit ne se retrouve soumis à douce épreuve.

Quand l'armistice de leur tendre guerre sonne, à peine cinq minutes s'écoulent avant que le "room service" ne frappe à leur porte. Le temps pour LSD de cacher sa nudité sous les draps, Hugues a déjà enfilé sa robe de chambre, si vite qu'il a oublié d'attacher la ceinture, et a déjà ouvert à la jeune femme souriante qui leur apporte, sur un plateau, deux flûtes et une bouteille de champagne, du Roederer, baignant dans les glaçons. Heureusement, le champ visuel de l'employée est limité, et ne lui permet pas d'apercevoir le service trois pièces de monsieur Demaître. Lequel s'empresse de réintégrer le lit en préservant son intimité et en évitant un possible remake des aventures de DSK au Sofitel de New York. Une aventure qui lui a valu une double débandade précoce avant les élections présidentielles. Ce ne sont pas les vendeurs de Flanby (ND) et de scooters qui lui en voudront. Dans la couche de Laure et d'Hugues, deux verres s'entrechoquent et deux regards amoureux "s'entrelacent".

— Bienvenue à Camaret-sur-Mer, mon amour !

— Je t'aime ! se contente de répondre Laure avec un poutou langoureux à la clé.

Le temps de boire, avec une lenteur toute relative, leurs bulles de ce matin pas comme les autres, et Hugues redevient quelque peu sérieux, comme un pharmacien se le doit.

— Tu crois que tu as eu raison de ne pas remettre ton pansement ? Tu n'as pas peur des risques d'infection ?

— BHL* me l'a dit hier. Ses craintes d'avoir repéré des signes de début de rejet de la greffe ont diminué. Depuis son précédent examen, les choses ont bien évolué. Les microscopiques points noirs qui l'inquiétaient s'estompent. Manifestement les nouveaux médicaments qu'il m'a donnés marchent bien, et j'ai freiné un peu sur le lambig…

— Mais pas sur le champagne !

Et il lui ressert une flûte.

— Je sais ! Mais promis, je commence mon régime lundi.

*

Ambiance beaucoup moins glamour et enjouée derrière la tour Vauban. Pas moins de trois voitures bleu gendarme et un fourgon empêchent tout accès au stand nº 13 du vide-greniers. En prime, une rubalise jaune et noir “GENDARMERIE NATIONALE – ZONE INTERDITE” a été déployée sur un large périmètre, décourageant tout curieux épris

* BHL : Bernard-Henri Léveillé, chirurgien de Laure.

d'hémoglobine. L'accès au Sillon, appelé ici « la digue », cette ancienne bande de galets protégeant le port de Camaret jusqu'au début du XIXe siècle – date de sa transformation en mur de défense par le génie militaire –, s'est trouvé également condamné, au grand désappointement des nombreux visiteurs, dont certains ont marché des centaines de mètres pour se rendre à cette brocante réputée bien au-delà de la presqu'île de Crozon. Promeneurs ou badauds venus des autres stands en seraient de toute façon pour leurs frais puisqu'il n'y a pas la moindre trace de sang sur les lieux du drame. Deux techniciens en identification criminelle, les fameux TIC, examinent chaque centimètre carré du territoire délimité tandis que le légiste agenouillé finit d'examiner le corps étalé sur le sol.

Pendant que le médecin finit son examen, la jeune femme, visiblement marquée, est montée dans le Trafic avec le major Paugam et une gendarme OPJ (Officier de police judiciaire) qui cherche à trouver les paroles les plus apaisantes possibles, une mission bien difficile dans des circonstances semblables.

— Vous savez que rien ne vous oblige à nous répondre maintenant, c'est clair, précise le sous-officier. Vous êtes encore en état de choc, et nos questions peuvent attendre ce soir ou demain.

La jeune militaire s'efforce d'arrondir encore plus les angles.

— Vous ne voulez pas boire un peu d'eau ?

Larmes aux yeux, voix hoquetante, la rescapée prend sur elle pour commencer à balbutier quelques mots.

— Merci, je n'ai pas soif ! Et je voudrais répondre à vos questions au plus vite, des fois que ce salaud soit encore dans le secteur.

Un pâle sourire éclaire les lèvres du major :

— Merci pour votre courage, Madame, mais vous savez, entre le moment où vous vous êtes rendu compte du drame, le moment où on est arrivés et le moment où on a pu bloquer la zone, c'est clair, il a dû s'écouler plus d'une demi-heure. Celui qui a fait ça avait largement le temps de partir tranquillement par la digue sans attirer l'attention. Et il a pu tout aussi bien, c'est clair, repartir par la mer. Autant dire que les chances qu'il soit resté sur zone sont infimes. D'où l'importance de votre témoignage si rapide, il nous laisse une minuscule chance qu'il soit encore à proximité. Certains criminels éprouvent une curiosité morbide, et aiment rester sur place, avec un sentiment d'invincibilité qu'on a de la peine à imaginer. Mais il ne faut pas se faire beaucoup d'illusions, c'est clair.

— Le salopard ! – Dans ses yeux brillent des éclairs de colère. Alors vous pensez qu'il s'est déjà échappé ?

— J'en ai bien peur, c'est clair. Voilà pourquoi tout ce que vous pourrez nous dire, nous donner comme détails est extrêmement important. Vous êtes la seule qui puisse nous aider à retrouver le ou la meurtrière. Ou tout au moins à pouvoir nous donner un début de piste. Pourriez-vous me raconter tout ce que vous avez vu ? Mais évidemment, procédure oblige, j'aurais d'abord besoin de vos nom et prénom, adresse, profession…

Des yeux rougis regardent le gendarme. Le sourire est triste quand vient la réponse.

— Morellec, c'est mon nom, et Nicole, mon prénom, j'habite rue de Verdun, pas très loin de l'église Saint-Rémi. Je suis infirmière à l'EHPAD de Camaret. Vous savez, en fait, je n'ai pas vu grand-chose. J'étais en train de commencer à disposer le stand ; il faisait encore sombre, et j'ai trouvé que Céline mettait beaucoup de temps à rapporter de nouvelles affaires du coffre de la voiture. Je l'ai appelée, mais elle n'a pas répondu, et comme je ne pouvais pas la voir, à cause de la porte du Kangoo et de la pénombre, je suis allée vérifier ce qu'elle faisait. – Un temps d'hésitation et elle reprend, d'une voix chargée d'émotion : Et là je l'ai vue à genoux, par terre, avec le haut du corps et la tête écroulés dans les cartons et les cageots. J'ai cru qu'elle avait fait un malaise. Alors j'ai crié pour essayer de la réveiller, je lui ai donné deux ou trois claques pour la faire réagir… Elle ne bougeait toujours pas, je l'ai tirée par la ceinture de son jean, tout en maintenant sa tête, et je l'ai posée sur le sol, le plus doucement possible, en PLS. Position latérale de sécurité.

— Et vous n'avez appelé personne à ce moment-là pour vous aider ?

— Les choses sont allées tellement vite ! Je n'ai pas vraiment réfléchi... Pour moi, elle était tombée dans les pommes, j'essayais de la réanimer comme je pouvais...

— Vous n'avez pas contrôlé son pouls, ou sa respiration ? Vous êtes infirmière.

Un court silence, et Nicole reprend avec un air presque penaud :

— Non ! Non ! J'avoue que je n'y ai pas pensé une seconde. J'étais bouleversée. J'ai plutôt pensé à une crise d'hypoglycémie ou un truc comme ça. Et de toute façon je ne voyais pas assez clair pour savoir si elle respirait. Je voulais lui faire avaler un sucre, mais il fallait qu'elle se réveille d'abord. Alors je lui ai versé sur la figure une des bouteilles d'eau qu'on avait apportées. Évidemment, ça n'a rien fait. Je l'ai encore secouée pendant une trentaine de secondes, et là seulement j'ai demandé aux gens des stands voisins de venir m'aider. Y a un monsieur qui s'est penché sur elle, et qui a dit qu'elle ne respirait plus et qu'il n'y avait plus de pouls. Il a essayé de lui faire des massages cardiaques pendant que sa femme lui faisait du bouche-à-bouche. Quelqu'un d'autre a appelé les pompiers, mais quand ils sont arrivés, ils n'ont pu que constater qu'elle était morte. – Un silence, et elle répète : Morte, Céline est morte !

Les joues ruisselantes de larmes elle crie quand elle ajoute :

— Putain ! On ne meurt pas d'une crise cardiaque à 34 ans ! C'est dégueulasse…

La gendarme essaie de la consoler au mieux tandis que le major Paugam, surnommé "C'est clair" par ses subordonnés – vous l'aviez deviné, non* ? –, lui laisse quelques secondes de répit avant de reprendre, de sa voix la plus douce possible :

— Je comprends votre tristesse, mais à ce stade, c'est clair, rien ne permet de confirmer qu'il s'agit d'une crise cardiaque. Les procédures en cas de mort "suspecte" sur un lieu public veulent qu'un médecin légiste examine votre amie. Et après, suivant ses conclusions, le procureur peut décider d'effectuer des examens complémentaires…

— Vous voulez dire une autopsie ? – Le regard outré de Nicole parle beaucoup mieux que des mots – Vous ne voulez pas dire qu'on va la charcuter ?

— Rassurez-vous, Madame, "examen complémentaire" cela veut dire beaucoup d'autres choses : une prise de sang avec recherche d'alcool, de

* Voir *Marée rouge à Plestin-les-Grèves*, même collection.

médicaments ou de toxiques, une inspection externe du corps, une analyse de substances trouvées sur ses vêtements, des traces ADN, des objets anormaux dans son environnement… Ne vous inquiétez pas, nous avons malheureusement l'habitude, et l'autopsie de votre amie ne sera que l'ultime recours si des doutes subsistent sur l'origine de sa mort. Par contre, j'aurais besoin, comme pour vous, de renseignements sur son état civil et sa profession.

Renseignements pris, le major continue :

— Elle avait un mari, des enfants, des parents ?

— Deux enfants. Florian et Théa. Huit et six ans. Ils sont justement chez les parents de Céline, à Morgat. Je vais vous écrire leur adresse.

— Et le mari ?

— Manifestement, répond-elle d'une voix brusque, vous n'êtes pas au courant de tous vos dossiers. Céline a… Céline avait déposé plusieurs mains courantes à la gendarmerie du temps où elle vivait avec lui. Et comme cela ne changeait rien, j'ai fini par la convaincre, il y a un peu plus de trois ans, de contacter une association de femmes victimes de violences conjugales. Là, elle a trouvé toutes les aides à la fois psychologiques, administratives, pratiques et judiciaires dont elle avait besoin. Elle a porté plainte contre lui et obtenu une ordonnance de protection avec le juge aux affaires familiales. C'est elle qui avait conservé la maison et la garde des enfants, lui a été condamné à six mois de prison mais avec sursis, donc elle vivait quand même avec la crainte qu'il ne revienne et ne s'en prenne à elle ou aux petits, même s'il n'avait pas le droit de l'approcher. En fait, quand Céline paraissait heureuse, on sentait chez elle une forme d'inquiétude permanente. Je crois que Bertrand, son ex-mari, devait être équipé prochainement, comme elle, d'un bracelet antirapprochement, mais pour l'instant il n'y en a pas de disponible. En tout cas, il a interdiction de s'approcher d'elle à moins de cinq kilomètres et il doit pointer à la gendarmerie toutes les semaines.

— Et vous savez où habite le mari ?

— L'ex-mari… Le divorce a été prononcé il y a deux ans. Je n'ai plus aucun contact avec lui, mais je crois qu'il loue une petite maison à Telgruc. Il s'appelle Bertrand Beauchamp.

— S'il y avait des violences avérées, il aurait dû être condamné à de la prison ferme ?

— Mon amie a décidé, contre mon avis, de retirer sa plainte, et c'est le juge aux affaires familiales qui s'est occupé de tout… Et…

Les mots semblent difficiles à sortir pour Nicole. Comme si elle-même avait du mal à les prononcer.

Le major en profite pour insister :

— Et ?

— Et, au fond d'elle-même, je crois qu'elle l'aimait toujours, et qu'elle se demandait si elle avait eu raison de faire tout ça. Elle a même demandé à garder son nom de femme mariée, c'est un signe, non ?

— Cela ne m'étonne malheureusement pas. Vous savez, curieusement, on a, c'est clair, fréquemment le cas de femmes battues, maltraitées, violées, qui pourtant trouvent toujours une excuse à celui qui les martyrise, souvent même on a des exemples où les victimes se sentent responsables de ce qui est arrivé. Les psychologues expliquent cela très bien, mais je vous passerai leurs arguments car j'ai personnellement, c'est clair, du mal à les admettre. Mais c'est un fait. Et c'est ahurissant quand on pense qu'en France, au XXIe siècle, une femme en France meurt tous les trois jours sous les coups de son conjoint. Des chiffres inadmissibles, même s'ils semblent baisser depuis les nouvelles mesures d'accompagnement des victimes ! Quelque chose vous fait-il penser que monsieur Beauchamp était dans le secteur ce matin ?

— J'étais en pleine installation du stand, je n'ai pas vraiment regardé aux alentours, et comme je vous ai dit, le jour n'était pas encore complètement levé.

— Vous croyez qu'il aurait été capable de s'en prendre à elle au point de la tuer ?

— Ce salopard était capable de tout. Quand ils vivaient ensemble, elle a fini deux fois aux urgences, une fois pour un bras cassé et une fois pour une arcade sourcilière ouverte. Et je vous passe le nombre de visites chez le médecin pour faire constater des hématomes. Vous avez tous les documents et certificats médicaux avec la plainte qu'elle a déposée chez vous à Crozon. Excusez-moi, mais je trouve incroyable que vous ne soyez pas au courant ! C'est quand même vous le chef de brigade, non ! ajoute Nicole d'un ton acerbe.

Le major Paugam esquisse une moue pour cacher sa gêne, avant de répondre :

— Pour votre information, Madame, je ne suis arrivé à la brigade qu'il y a quinze mois, et bien évidemment, c'est clair, j'aurais été aux côtés de votre amie si j'avais été là auparavant. Mais je suis sûr que mon prédécesseur et tous les gendarmes qui se sont occupés de son cas ont fait leur travail. Le problème des violences faites aux femmes est une priorité pour nous, et à titre personnel, je vous confierai, c'est clair, que pour moi il s'agit d'un des fléaux auxquels j'attache le plus d'importance. Cela dit, et afin que les choses soient claires, c'est clair, tant que nous n'avons pas les conclusions du légiste, cela ne sert à rien d'échafauder des hypothèses. Nous allons pouvoir vous libérer très bientôt, dès que notre médecin et l'équipe scientifique auront fini leur travail. Je vous laisse voir avec la gendarme OPJ Duigou, pour que nous enregistrions par écrit tout ce que vous venez de nous dire. Il est possible néanmoins que j'aie besoin, c'est clair, de vous poser quelques questions complémentaires dans les jours qui viennent…

— Bien sûr, je comprends. N'hésitez pas. Si quelqu'un a tué Céline, il faut qu'il paie. Et si c'est ce salaud de Bertrand qui a fait ça – continue une voix beaucoup plus énervée –, j'aimerais qu'on lui coupe les couilles et qu'on lui fasse bouffer arrosées de piri-piri !

Les deux gendarmes, malgré l'extrême gravité de la situation, ont bien du mal à garder leur sérieux. Sans doute imaginent-ils la scène et cette dégustation qui n'a rien de tentant en matière gastronomique.

Sauf, peut-être pour les opposants à la corrida qui rêvent de la victoire du taureau… S'ils ne sont pas végétariens !

Le major s'efforce donc de garder le visage impassible, se lève et va pour descendre du fourgon, quand Nicole l'interpelle :

— Attendez ! Je ne sais pas si cela a de l'importance, mais je me souviens d'un truc : il me semble que j'ai entendu Céline discuter avec quelqu'un, pendant que je mettais les choses en place.

Un demi-tour express et le sous-officier affiche une mine très intéressée.

— Un homme ? Une femme ?

— Je ne faisais pas vraiment attention ; moi, vous savez, avant mon premier café, j'ai le cerveau qui tourne au ralenti. – Un court répit et elle reprend : Non ! C'était un homme, j'en suis presque sûre. Mais la conversation n'a pas duré longtemps.

— Et vous vous souvenez de quoi ils parlaient ?

— Sincèrement, non. Comme je n'ai plus rien entendu au bout de quelques secondes, ça m'était sorti de la tête. Et vous voyez, j'ai même failli oublier de vous le dire.

— Ah ! Au fait… Nous avons pris le sac à main de votre amie, mais nous ne retrouvons pas son portable. Vous sauriez où il est ?

— Je ne sais pas, je ne suis même pas sûre qu'elle l'ait eu sur elle…

*

Pas de week-end pour les écologistes… En tout cas pas pour Yannick Morellec, parti en expédition dès le lever du jour. Entre Camaret et sa première destination, pas loin d'une heure de route avant que ce professeur de SVT ne soit à pied d'œuvre, au début de la marée descendante. Son objectif : relever les taux d'hydrogène sulfuré lié aux algues vertes sur plusieurs sites de la baie de Douarnenez, tristement réputés pour leurs laitues nauséabondes. Après Trezmalalouen, Kervigen, Ty-Anquer, il continuera sa tournée par la plage du Ris, un gros morceau, avant de revenir vers Plomodiern et la plage de Lestrevet. Dernière étape, au nord de la lieue de grève, la plage de Pentrez sur la commune de Saint-Nic, tout près de Telgruc-sur-Mer. Après, il ira se faire un petit resto sans doute du côté de Morgat.

Une visite de contrôle qu'il espère décevante, car la présence de cette pollution chronique sur plusieurs plages, pas seulement bretonnes, ne devrait pas vraiment être significative en ce tout début de saison chaude. Mais la température n'est pas le seul facteur important, donc ces relevés sur le terrain peuvent réserver bien des surprises, même début mai. Et surtout, ils serviront de référence pour mesurer avec précision l'augmentation des taux d'hydrogène sulfuré si l'été permet la prolifération de ces algues que l'on combat depuis tant d'années, avec des résultats encourageants certes, mais encore insuffisants.

Cerise sur le gâteau, pour cet écolo pur et dur, qui ne compte pas que des amis, aucune contrainte conjugale ne peut s'opposer à ce qu'il s'attarde un peu, puisque Nicole, sa femme, est dans un vide-greniers avec Céline toute la journée. Il aura ainsi tout le temps cet après-midi de mettre sur le papier tous ses résultats d'analyse, et toutes ses réflexions. Il a également rendez-vous avec un journaliste à 17 heures, ce qui ne devrait pas l'empêcher de publier les résultats sur son site et sur son groupe Facebook avant ce soir. Il est bien loin de se douter de ce qui se passe du côté de la tour Vauban…

*

Retour à l'hôtel de France où Hugues et Laure, après leurs flûtes de champagne et un copieux petit-déjeuner pris dans la salle à manger du premier étage, avec une vue imprenable sur la tour Vauban et Notre-Dame-de-Rocamadour, voire Roc'h Amadour si vous le préférez à l'ancienne, s'interrogent.

— Heureuse de cette petite escapade, mon ange ?

— En tout cas j'adore l'hôtel. On a été très bien accueillis, la chambre est parfaitement à mon goût, avec le canapé en prime, et on a une vue somptueuse. Et tu as vu ces fresques sur les murs de l'escalier ? Superbes… Maintenant pour répondre à ta question, et le faire sincèrement, j'hésite entre deux sentiments. Ce port a beaucoup de charme, même à mi-marée, et j'ai hâte de le redécouvrir à marée haute. En plus, cette chapelle, cette tour et ce cimetière de bateaux de l'autre côté me donnent vraiment envie d'aller les explorer. Je suis vraiment contente d'être ici, dans un coin de Bretagne que je ne connaissais pas…

— Tu vas adorer ! Il y a énormément de choses à découvrir à Camaret, mais le reste de la presqu'île de Crozon regorge de merveilles. Je peux te dire que nous n'aurons pas tout vu en deux jours.

— On peut toujours rester une journée de plus ? Tu dois pouvoir t'arranger pour la pharmacie, et moi je n'ai rien d'urgent à faire lundi.

— Alors on décidera demain soir. On n'est pas encore en pleine saison, je ne pense pas que l'hôtel soit plein en semaine. Et pourquoi tu me parles d'un double sentiment ? Le champagne n'était pas à ton goût ?

— Déconne pas ! Même si j'aime le Denizon, ce Roederer était parfait, bien frais, et tu sais trop bien que j'adore boire du champagne le matin, quand on vient juste de faire l'amour, non ! En fait, je me sens un peu bizarre parce que cette virée en amoureux, juste après une consultation à la Cavale Blanche, me rappelle celle que l'on avait faite à Plouguerneau. Tu sais, l'histoire de Lesneven…

— Difficile de ne pas s'en souvenir. Mais à part être dans un superbe hôtel face à la mer le lendemain d'une visite chez Léveillé, tu ne vas pas me dire que tu t'attends à autre chose qu'à un week-end peinard, genre mini lune de miel, avec paysages magnifiques, bonne bouffe, bons vins, bonnes bulles – avec modération bien sûr – et nuits torrides ?

— Tu sais comme je suis un aimant à emmerdes…

— Oh oui, je ne le sais que trop, puisqu'en général, j'ai le plaisir, souvent douloureux, d'être à tes côtés quand ils arrivent. Il faut bien que ces troublantes coïncidences cessent un jour ! Allez, on va voir cette chapelle de plus près ? On a tout le tour du port à faire.

— On n'est pas aux pièces, on va pouvoir traîner sur les quais, faire les boutiques, je vais peut-être me dénicher un petit ensemble pour l'été ?

— Tant que tu ne déniches pas de cadavres, c'est tout ce que je te demande !

II

Surchaussures aux pieds, gants évidemment, “C’est clair” est revenu sur les lieux du drame voir le légiste.

— Alors, Clément, tu peux me confirmer la mort naturelle que je puisse me passer un week-end tranquille ? Je suis de repos cet après-midi et demain, et avec Fabienne, on s’est prévu, c’est clair, une petite partie de pêche aujourd’hui, et une grande journée voile demain avec le fiston. Il vient passer une semaine ici avec sa copine, alors on espère bien en profiter.

Le médecin détourne un instant les yeux de la victime pour regarder le major.

— Je crois, Jacky, que tu vas devoir changer tes plans, car ta petite protégée n’est certainement pas morte d’une crise cardiaque, ou alors celle-ci a été provoquée par ce bougeoir en métal – il lui montre l’objet en question –, sans doute un mélange d’étain et de plomb. Regarde bien à la base, tu vois même quelques cheveux qui sont restés accrochés. Et je peux te dire que celui ou celle qui a fait ça y est allé de bon cœur. Ta “cliente” a dû être assommée sur le coup, et à mon avis, elle n'a pas dû avoir le temps de crier.

Le militaire soupèse le chandelier, et fait une moue qui en dit long sur la lourdeur de l'objet.

— Il pèse son poids, dis donc. Et tu me dis que le coup l'a seulement assommée ! C'était assez lourd pour la tuer, non ?

— Affirmatif, Major. Mais si tu veux mon avis, le coup n'avait pas d'intention forcément mortelle. Je pense que l'objet a été choisi au hasard. Tu ne peux pas imaginer les variations de résistance de la boîte crânienne : on peut la fracasser avec un simple bâton de bois et lui faire juste une énorme bosse avec une batte de base-ball. Dans notre cas de figure, j'ai vraiment l'impression qu'on ne voulait pas laisser la moindre chance à la victime. Comme on n'était pas sûr de la tuer avec le premier coup, on a utilisé une deuxième méthode silencieuse, qui était létale à 100 %. Regarde ces marques ! La lumière du jour n'est pas encore suffisante, mais avec les spots autour de nous, tu vas voir ce que je veux dire. Tu distingues cette trace rougeâtre, ce sillon à la base du cou : à peu près huit millimètres de diamètre, la peau bien marquée, presque brûlée, et de manière très homogène ? Sur le visage tu remarques cet aspect bleuté avec ces petits points hémorragiques au niveau des yeux, le bout de la langue coincé entre les dents… Tu vois même des ecchymoses sur le front et sur les joues, mais ça je pense que c'est quand elle est tombée dans le coffre du fourgon après le coup de chandelier. En fait, elle est morte étranglée.

— Des traces de défense ?

— Pas la moindre : soit elle connaissait son assassin, soit elle n'avait aucune raison de se méfier et lui a tourné le dos sans la moindre crainte. Elle a pu aussi être attaquée par surprise… Je t'en dirai évidemment plus après l'autopsie, comme on dit dans les séries policières, mais pour moi le scénario est tout simple. Un client arrive, lui demande quelque chose qu'elle n'a pas encore déballé. Elle va fouiller dans le Kangoo, il la suit, il l'assomme avec le premier objet qui lui tombe sous la main, et comme elle est inconsciente, il peut prendre tout son temps pour l'étrangler avec sans doute une cordelette, enfin un bout – prononcer boute – de marine. Ni vu ni connu. Il peut repartir tranquille, sans doute avec une babiole sous le bras, pour passer encore plus inaperçu.

— Mais c'était très risqué, les voisins des autres stands pouvaient le voir ?

— Tu n'as jamais fait de vide-greniers ?

— Si ! Une fois, quand j'étais en poste à Plestin, j'avais aidé mes gosses et ma femme à déballer.

— C'était juste avant que tu ne sois promu ici ?

— Exact !

— Donc tu dois te rappeler qu'au moment du déballage, surtout quand on le fait dans une demi-obscurité, l'ambiance est super détendue. Tout le monde rigole avec tout le monde, mais en même temps chacun est occupé à s'installer le plus vite possible, pour ne pas manquer les premiers acheteurs. Les vrais chineurs, ils arrivent en même temps que les exposants, ils fouillent même dans leur coffre avant que les objets “intéressants” ne puissent être vus par d'autres. Donc ton gars, en venant à ce moment-là, il ne risquait pas de se faire repérer. Les gens du stand du côté gauche, ils ne pouvaient rien voir à cause du Kangoo ; ceux du côté droit, ils avaient leur propre voiture qui faisait écran, et les rares passants ne risquaient pas de remarquer quelque chose avec les portes du fourgon ouvertes et la semi-obscurité.

— Donc pour toi, aucun doute ? Elle a été assommée, avant d'être étranglée, et elle ne s'est pas défendue ?

— Aucun doute. J'ajouterais qu'à mon avis, il s'agit d'un homicide volontaire avec préméditation.

— Ou une tentative de vol qui aurait mal tourné ? Elle avait peut-être, sans le savoir, un objet de valeur que le gars voulait ?

— Possible : il faudrait interroger sa copine, mais je n'y crois pas. Tu as plus de chances de gagner à l'EuroMillions que de dénicher un trésor qui vaille qu'on tue quelqu'un dans ce genre de brocante ! Et si c'était un “simple” vol, pourquoi venir avant que le tiroir-caisse ne soit rempli ? On n'a même pas touché aux sacs à main de la victime et de sa copine ! Par contre, j'ai un élément qui peut t'intéresser : compte tenu de la position de la plaie au niveau du crâne, l'assassin était gaucher.

— Gaucher… Intéressant ! Homme ou femme ? D'après l'amie de la victime, celle-ci aurait discuté brièvement avec un homme. Tu peux confirmer ?

— Difficile d'être péremptoire, mais ce genre de crime en deux temps, et la strangulation avec une cordelette, cela fait plutôt penser à un acte d'homme. Et à l'évidence prémédité. Tout le monde ne se balade pas un samedi de mai à Camaret avec une cordelette dans sa poche. Elle avait peut-être un objet particulier qu'il recherchait ?

— Et tu crois que le proc' va demander une autopsie ?

— Il peut, rétorque le légiste avec une moue désabusée, s'il veut gaspiller le pognon des contribuables. Les causes de la mort et les circonstances où elles sont survenues ne laissent aucun doute que pourrait lever une nécropsie. On va quand même transférer le corps à l'IML*, mais, pour moi, un simple examen externe suffira, plus les analyses toxico habituelles. Maintenant, peut-être que tes spécialistes vont nous trouver de belles traces

* Institut médico-légal.

d'ADN ou des empreintes digitales… Je te laisse te débrouiller avec le bébé ; moi, j'ai quasiment fini. Ah ! Je te confirme, je n'ai pas trouvé de téléphone portable.

Le major regarde le corps allongé de la pauvre victime avec des sentiments mitigés. Bien sûr sa conscience professionnelle compatit devant le terrible drame qui vient de se jouer, bien sûr son instinct d'enquêteur réfléchit déjà aux pistes possibles.

Mais les pensées intimes qui circulent sous son képi auraient plutôt tendance à imaginer son petit *Cabochard* quittant le port et l'emmenant taquiner les maquereaux. Avec femme et enfants. Son bateau est à l'eau, son week-end aussi.

Les surprises ne font que commencer.

*

« *Et la main dans la main / ils s'en vont amoureux / sans peur du lendemain-ain-ain* », chantait Françoise Hardy. Hugues et Laure pourraient fredonner cette chanson en flânant le long du quai Gustave-Toudouze, surnommé le quai de la soif, ou de la faim, tant les établissements vous offrant boissons ou nourriture foisonnent à quelques mètres à peine de la grande bleue. Le pharmacien s'arrête un moment tout au bord d'une des cales de mise à l'eau :

— Tu vois, la toute première fois que je suis venu à Camaret, c'était en 1992, avec mes parents. Ils voulaient me montrer *Antartica*, le "voilier polaire" conçu par Jean-Louis Étienne pour aller explorer l'océan Arctique et se laisser dériver avec la banquise. Je n'en ai qu'un vague souvenir, mais j'ai encore les photos où je touche sa coque... Elle était vraiment originale, arrondie, toute en alu. Et si je me rappelle bien, le bateau était vendu et n'allait pas tarder à quitter Camaret.

— Ça me dit quelque chose. Il n'a pas été racheté par Peter Blake, un navigateur néo-zélandais très connu qui avait plus ou moins entrepris de faire le tour du monde avec ?

— Cinq sur cinq, mon amour ! Mais l'aventure a mal fini, puisqu'il a été assassiné par des pirates du côté du Brésil. Depuis, heureusement, le bateau a été racheté, rénové et rebaptisé *Tara*. Il a mené et mène toujours des campagnes d'explorations scientifiques sur à peu près toutes les mers du globe...

— Moi, je trouve ça génial que tu aies pu approcher et même toucher un bateau au destin si extraordinaire. Mais ton nouveau voilier n'est pas mal non plus.

— Le nouveau oui ! Mais l'ancien, il a eu un destin dont je me serais bien passé...

— T'inquiète ! On est loin de Tréguier, dans un charmant et paisible port, et je n'ai qu'une envie : penser à nous et à notre week-end. On va jeter un œil dans la biscuiterie ? Biscuiterie de Camaret, tout un programme ! En plus je trouve la façade vraiment superbe.

Quelques minutes à fureter dans le magasin, et ils découvrent une quantité de trésors, à manger ou à boire, et même des petits souvenirs qui feront marrer à coup sûr Tanguy et Isabelle. Les bras chargés de sacs, ils retrouvent la lumière du jour avant de décider d'aller déposer leurs achats à l'hôtel, pour ne pas s'encombrer inutilement pendant leur balade.

Les nuages ont déserté le ciel, sans doute provisoirement, et le soleil en profite pour distiller une chaleur digne d'un beau mois de juillet. Laure jette un regard panoramique pour savourer le spectacle de ce paradis pour plaisanciers, et a du mal à imaginer la même anse envahie pacifiquement par les navires sardiniers, ou plus récemment par les langoustiers qui allaient jusqu'au large de la Mauritanie pour pêcher leurs précieux crustacés.

— Il a l'air très intéressant le cimetière à bateaux ? On y va ? Tu crois qu'on peut monter à bord ?

— Je ne pense pas. Ce serait trop dangereux. Mais ne t'en fais pas, on prendra le temps de les admirer ces merveilles réduites au chômage ! De toute façon dans le port de Camaret, tu as trois choses incontournables où tu dois t'arrêter : la chapelle, la tour Vauban et ce cimetière à bateaux.

— Pas d'accord, mon ange, tu oublies deux "must" : les cafés et les restaurants. On finit notre tour des quais, le temps de jeter un œil sur tous ces endroits plus accueillants les uns que les autres et on rejoint tes "trois choses incontournables" ?

Un excellent programme, qu'approuve immédiatement le pharmacien. Aurait-il pris la même décision s'il avait pu apercevoir les voitures de gendarmes toujours garées aux abords du stand n° 13 ? Pas sûr… D'où ils sont placés, à hauteur de "L'abri du Kraken" ils ne peuvent distinguer qu'un vaste rassemblement de voitures et camionnettes diverses qui ceinturent la tour et la chapelle. Même la voiture de gendarmes, qui empêche tout accès au Sillon, est en dehors de leur champ visuel.

Il s'écoule une bonne demi-heure, le temps d'éplucher les divers menus et d'évaluer les différents cadres des restaurants avant qu'ils n'achèvent leur petite promenade matinale.

— Qu'est-ce qu'on décide ? On se fait une petite pause pré-apéro ou on continue ? demande Laure, tombée sous le charme du quai du Styvel, et qui scrute avec envie les devantures des restaurants et aussi celle du glacier.

Hugues, qui, lui, regarde de l'autre côté, vers le début de la digue, tarde à répondre, occupé à évaluer la situation, surprenante pour lui et pour tous les visiteurs du vide-greniers et les promeneurs, nombreux à venir se balader dans cette zone si attractive de la commune la plus à l'ouest de la presqu'île de Crozon. Laure n'a rien vu, et se retourne d'un air surpris quand il lui lance, sans enthousiasme.

— Je crois que notre problème est résolu… Regarde !

À trente mètres d'eux trois gendarmes repoussent, gentiment mais fermement, toute personne qui se dirige vers la digue. Deux barrières métalliques disposées en travers de la route empêchent tout passage automobile.

— Qu'est-ce qu'il y a ?

La question s'adressait à Hugues, mais c'est un touriste qui répond à Laure, avant que celui-ci n'ait pu ouvrir la bouche.

— On ne sait pas très bien, mais on n'a pas le droit d'aller sur le môle, j'ai entendu dire qu'un homme et une femme avaient été égorgés au milieu du vide-greniers, alors ils doivent interroger tous les exposants…

Le sympathique quinquagénaire, vêtu d'un bermuda fluo et d'une chemise hawaïenne, aimerait continuer à colporter tous les bruits divers qu'il vient d'entendre, mais il est interrompu par un bref mais clair :

— Merci, Monsieur, on ira donc un autre jour…

Et Hugues entraîne Laure, en la tirant sans délicatesse, vers le muret de béton qui surplombe la plage du Corréjou, avec la pointe du Gouin sur leur gauche. LSD ne réagit pas, son esprit ayant changé de fréquence, à l'insu de son pharmacien. À l'insu, pas tout à fait. Il la connaît trop bien pour ne pas savoir quel vent de curiosité professionnelle souffle sur ses cellules Breizh. Les mains posées sur le rempart de pierre, son regard vient de se perdre dans les vagues de la mer d'Iroise, bien calme aujourd'hui. Un peu plus au large elle pourrait apercevoir l'océan Atlantique, si son esprit n'était ailleurs.

— Même pas en rêve, Laure, même pas ! Je sais trop bien à quoi tu penses, alors tu oublies vite fait. On est venus passer un week-end en amoureux, je te le rappelle. “EN AMOUREUX” c'est toi-même qui me l'as dit ce matin. Alors, qu'il y ait un mort, deux ou douze, tu t'en fous, tu es en vacances ! “EN VACANCES” ! Qu'il ou elle, au singulier ou au pluriel, soit mort égorgé, pendu par les orteils ou décapité avec une lime à ongles tu t'en contre-fous. C'est compris ?

Le regard cherchant en vain à apercevoir l'Empire State Building, dans le “lointain lointain” LSD, revenue dans le réel, met du temps à réagir. Et c'est peu d'écrire qu'Hugues ne s'attendait pas à cette repartie.

— C'est clair. “C'est clair” c'est drôle puisque c'est le surnom qu'on donnait à l'adjudant-chef Paugam quand on l'a connu dans l'affaire de la “Marée rouge à Plestin” ! Tu t'en souviens ? Et c'est d'autant plus drôle que, si je me rappelle bien, il a été promu major, et muté ici dans la presqu'île de Crozon, son pays. T'imagines si c'est lui qui est chargé de l'enquête ? Cela nous replongerait quelques années en arrière, au moment de notre rencontre, à la source de notre amour… Tu ne trouves pas que ce serait un beau clin d'œil du destin ?

Difficile pour son compagnon de trouver une réponse adéquate et instantanée. Plusieurs secondes passent avant que monsieur Demaître ne réagisse :

— Tu veux dire que cela bouclerait la boucle, que tu arrêterais d'enquêter si je te laissais faire cette fois-ci ?

— Pourquoi pas ? Tu sais, entre mes années de flic à la BRB, mes années de journalisme et mes enquêtes bretonnes, j'ai suffisamment de réserves pour prendre du recul par rapport à la vie active. Je pourrais m'occuper de toi, de Pomponnette, de Bruxelles ; on pourrait se faire des barbecues coquins plus souvent… On pourrait passer plus de temps ensemble, tu laisserais davantage de responsabilités à ton associé, on ferait du bateau, on ferait l'amour, on ferait des voyages, des gueuletons… Je pourrais t'aimer comme jamais personne n'a osé t'aimer, comme disait Sardou. Il nous reste tant de choses à vivre, en dehors de notre travail.

— Attends ! Que je comprenne bien… Tu es en train de me faire une sorte de chantage : laisse-moi me mêler de cette enquête et je t'assure qu'après, j'arrête tout ?

— Tu résumes bien : quitte à mettre un terme à ma carrière d'enquêtrice, autant que ce soit aux côtés de celui qui nous a permis, même si c'est involontairement, de sceller notre amour !

— Laure ! Je vois tes yeux qui frisent ! En fait tu meurs d'envie de t'occuper de cette histoire, et tu es prête à tout pour que je te laisse faire, c'est ça ? Je sais que tu en es capable…

Un éclair d'espièglerie traverse les yeux si lumineux, et si attirants de Laure.

— Je n'enlèverai rien à ce que je viens de te dire. Ce serait ma dernière enquête, et, qui sait ? Ce pourrait être même ma toute dernière enquête ; la mort nous effleure si souvent, j'en sais quelque chose… Elle pourrait ne pas rater sa cible pour une fois.

Elle caresse doucement sa nouvelle cicatrice du revers de sa main droite, repensant à ce funeste reportage en Iraq.

— Ne dis pas de conneries ! Je ne suis pas superstitieux, mais je me méfie de ce genre de phrases. Donc, tu serais prête à laisser tomber notre week-end pour aider les gendarmes ?

Suit un long silence, que couvre le bruit des vaguelettes venant embrasser le sable de la plage. Que couvre surtout celui des voitures qui passent derrière eux…

*

Revenu dans le Trafic qui lui sert de bureau provisoire, Jacky Paugam fait le bilan des premières constatations avec le substitut du procureur de Quimper.

— Alors, vous en êtes où ?

— Comme vous avez pu voir la scène de crime, c'est clair, ce sera plus simple de vous expliquer. Même si évidemment on est en attente des résultats de recherches d'empreintes digitales, de traces d'ADN et d'autres analyses, il paraît certain que la victime, Céline Beauchamp, a été attaquée par surprise par un individu qui l'a suivie jusqu'au coffre de sa camionnette. L'agresseur – on sait qu'il est gaucher – l'a d'abord assommée pour éviter tout bruit suspect et l'a ensuite étranglée, c'est clair, avec une cordelette d'après le légiste. Le genre d'accessoire qu'on peut acheter aussi bien chez un marchand d'articles de marine que dans un magasin de bricolage ou un supermarché. Ensuite il s'est évaporé, personne ne l'a vu, et nous ne disposons d'aucun témoignage fiable. Une seule certitude, ou au moins une quasi-certitude, il ne s'agit pas d'un acte improvisé, c'est clair. L'individu avait l'intention de la tuer, la préméditation semble ne faire aucun doute.

— Bien sûr, vous avez interrogé tous les visiteurs et tous les déballants ?

— Le meurtre a eu lieu vers six heures et demie. Les seuls visiteurs présents si tôt sont des professionnels, des semi-professionnels ou des chineurs patentés. On a pu en intercepter quelques-uns, mais la plupart étaient déjà repartis avant qu'on n'ait le temps de sécuriser la zone. Quant aux déballants, on les a presque tous interrogés. Il n'en reste qu'une dizaine dont on doit prendre la déposition. Heureusement, comme vous le savez, en tant que BTA*, nous disposons de suffisamment de personnels, et je n'ai pas eu besoin de renforts, c'est clair.

— Vous avez des pistes ?

— Une seule ! Madame Beauchamp était la victime de violences conjugales. Son ex-mari a été condamné avec sursis et est soumis à une ordonnance de protection, avec évidemment interdiction d'approcher sa femme, c'est clair. Personne n'a été capable de l'identifier aux abords du stand, mais, à l'heure des faits, il faisait presque nuit, alors... J'ai envoyé une équipe à son domicile, mais il n'y est pas. Il devait rester à portée de téléphone, et pourtant il ne répond pas. J'ai donc fait monter une planque pour qu'on me prévienne s'il n'est pas rentré pour 13 heures. S'il ne donne pas signe de vie, alors je lancerai un avis de recherche. J'ai mis

* Brigade territoriale autonome.

également la maison de ses enfants sous surveillance. Mais vous savez, Monsieur le substitut, je ne crois pas beaucoup à la culpabilité du mari. Sa femme aurait poussé des cris si elle l'avait vu, c'est clair.

— C'est peut-être clair pour vous, mais personnellement je ne relâcherais pas ma pression sur le bonhomme. Il a pu arriver par surprise, pendant qu'elle avait le dos tourné. Les lâches qui battent leur femme sont capables de tout, et rien ne dit non plus qu'il ne l'a pas menacée avec une arme quelconque pour qu'elle se taise et aille à la voiture. Et après…

— On ne peut pas exclure cette hypothèse, mais franchement je commence à connaître le personnage au fil des contrôles judiciaires et je n'y crois pas. De toute façon, tout est déjà en place, il ne peut pas nous échapper si c'est lui.

— Il est droitier ou gaucher votre suspect ?

La réponse ne vient pas instantanément. Le temps de se remémorer les dernières fois où il a vu, en coup de vent, Bertrand Beauchamp à la brigade et il avoue :

— Je ne suis pas sûr, je vais vérifier.

— S'il est gaucher… Peut-être que la vérité est toute simple ! Malheureusement…

— Ce serait évidemment l'hypothèse qui nous permettrait une résolution rapide de l'affaire. Et pour l'autopsie, qu'est-ce que vous décidez ?

— Les circonstances de l'agression s'avèrent suffisamment explicites ; dites au légiste de se contenter d'un examen externe plus les analyses toxicologiques habituelles. Bien sûr il me contacte en cas de problème, je suis de permanence ce week-end.

Des mots qui font mal aux oreilles du major. Un regard à sa montre ne lui laisse plus aucun doute, il est plus de 11 heures, et il peut dire adieu à son beau week-end familial. Il remonte dans sa voiture aux côtés de l'adjudant-chef Marrec, un de ses adjoints, direction Crozon et la brigade de la rue de Camaret, une adresse particulièrement appropriée aujourd'hui… Pratiquement tous les exposants ont remballé. Ne restent que ceux qui ont encore leur déposition à faire.

*

— Je suis désolée, Madame, mais il vous est impossible de franchir cette limite, vous voyez bien que la zone est interdite. Il y a une rubalise plus des barrières métalliques !

— Oui, je vois bien, mais vous ne pourriez pas me dire ce qu'il s'est passé, je suis journaliste et romancière, et j'ai déjà eu l'occasion de travailler avec le major Paugam, du temps où il était adjudant-chef à Plestin-les-Grèves.

Un pas derrière Laure, Hugues lève les yeux au

ciel. Une phrase tourne en boucle dans sa tête, une phrase prononcée par sa chère et tendre, “l'insupportable” femme de sa vie : « Tu sais comme je suis un aimant à emmerdes. »

Pendant ce temps-là, la discussion semble s'envenimer entre la représentante de la gendarmerie et LSD.

— Je m'appelle Laure Saint-Donge. Peut-être avez-vous lu un de mes romans policiers ?

— Écoutez, Madame, je suis désolée, je n'ai reçu aucun ordre vous concernant, et comme je viens de vous dire que cette zone est interdite, je vous demanderais de circuler, sinon j'appelle mes collègues, et ils seront beaucoup moins aimables que moi.

Laure connaît suffisamment l'esprit de corps des militaires pour savoir qu'un ordre étant un ordre, ses chances de passer le barrage sont maintenant infinitésimales. Elle s'apprête donc à abandonner le combat quand un Captur bleu se présente derrière la barrière. Un discret coup d'avertisseur, et la gendarme de faction se retourne, visiblement dans l'embarras.

— Oh ! Excusez-moi, Major, j'expliquais à Madame que la zone était interdite et qu'elle ne pouvait…

Pas le temps de finir sa phrase, Laure s'est déjà faufilée sous la rubalise, et se précipite vers la fenêtre ouverte du conducteur.

Celui-ci, éberlué, s'apprête à monter le ton mais c'est sans compter sur la vélocité verbale de LSD.

— Major Paugam ! Ça me fait vraiment plaisir de vous revoir. Et avec du galon en plus !

Côté uniforme, ce n'est pas le plaisir qui transparaît le plus, mais la surprise.

— Excusez-moi, Madame, mais je crois qu'on vous a clairement dit, c'est clair, que l'entrée sur ce site était provisoirement interdite. Alors – et le geste du bras qui accompagne cette injonction s'avère très explicite – vous êtes gentille et vous repassez de l'autre côté de la barrière…

— Je crois bien que vous ne me reconnaissez pas, lance LSD avec un sourire éclatant. Est-ce que la mémoire vous reviendrait si je vous appelle adjudant-chef et que je vous parle de l'emmerdeuse de la marée rouge à Plestin ?

Silence. Embarras. Étonnement. Creusement de cervelle. Et finalement un éclair de lucidité :

— Saint-Donge, Laure Saint-Donge ? Mais ça ne peut pas être vous, reprend le major – détaillant ce visage lumineux et superbe, où seule une discrète double cicatrice, élégamment camouflée derrière un léger fond de teint parcourt la joue droite. Laure Saint-Donge avait… avait…

Ses yeux cherchent en vain la balafre perdue. Et, à l'évidence, ils n'arrivent pas à admettre vraiment la réalité de son absence.

— Les miracles de la chirurgie réparatrice, Major, et surtout, surtout, une rencontre avec un chirurgien hors pair.

Elle tend la main derrière elle, et Hugues s'avance à son tour, bouclant la boucle, achevant de raviver la mémoire prise au dépourvu – il y a de quoi – du sous-officier. Mais l'homme est aussi militaire, et le devoir reprend vite le dessus.

— Je dois vous avouer que je suis vraiment surpris. D'abord par votre…

Il marque un temps, révélateur de sa gêne, avant de se reprendre, avec la rigueur due à son rang.

— Je dois reconnaître que je suis content de vous revoir, nous avons vécu une sacrée aventure tous les trois…

— Tous les quatre ! Il y avait aussi le commandant Roche, ajoute-t-elle avec un sourire que ne partage pas vraiment son pharmacien.

Le visage du major se voile un peu à l'évocation de l'envoyé, à l'époque, de la section de recherches de Rennes. Manifestement, le gendarme n'ignore rien des pérégrinations sentimentales de Laure qui ont suivi cette enquête.

— C'est vrai ! Roche était là aussi… – Un rictus un peu gêné, et il ajoute : J'aurais vraiment aimé évoquer ces souvenirs avec vous, mais là nous avons une sérieuse affaire qui vient de nous tomber sur les bras, et le devoir m'appelle.

— Un homicide ?

Un simple hochement de tête, et la réponse vient, cinglante :

— Vous n'avez vraiment pas changé ! Vous savez très bien que je ne peux pas vous répondre ! Vous m'excusez, je dois y aller…

— Je vous donne quand même ma carte avec mon 06, on ne sait jamais !

Une main hésitante saisit le petit carton avant de prendre congé et de se faire ouvrir la barrière. Laure affiche un visage radieux. Maussade est celui d'Hugues. Infernale Laure !

*

La mer s'est bien retirée dans la baie de Douarnenez, et sur la plage de Pentrez on joue « rencontre d'un drôle de type » pour Yannick Morellec. Le sable, heureusement, n'a pas encore vu la couleur des marées vertes, et s'étend, magnifique, se dorant au soleil. Le professeur de SVT s'applique à faire des prélèvements en différents points, soigneusement repérés au GPS, pour mesurer le taux d'hydrogène sulfuré sous la surface, un des indicateurs de la présence et de l'accumulation de ces algues puantes, quand on les laisse sécher. Tous les chiffres sont relevés avec précision et concentration. Il est tellement plongé dans son travail qu'il n'entend pas le bruit du tracteur qui arrive dans son dos.

— Alors, Monsieur l'écolo, t'es déjà là à nous chercher des embrouilles ?

Sans précipitation, le prof se relève et fait face au colosse à la barbe de Viking qui est descendu de son engin. Quel que soit le profond manque d'enthousiasme qui accompagne cette arrivée, l'enseignant essaie de montrer un faciès le plus neutre possible.

— Tiens ! Salut, Yvon, ça va ? T'es venu voir la plage avant…

Une phrase peu appréciée par le géant aux mains comme des battoirs.

— Avant quoi ? demande une voix menaçante.

Yannick ne répond pas. D'un signe de tête panoramique il montre cette splendide plage.

— Regarde-moi tout ça ! C'est quand même plus beau sans ces putains de saloperies vertes ? Qui sait, peut-être que dans une semaine, tout ça ne sera plus qu'un champ d'algues, avec l'H_2S qui va avec ? Quand tu penses aux cochonneries qui sont charriées par les ruisseaux, à cause de gens comme toi.

— Je t'emmerde ! J'ai toujours fait comme ça, mon père faisait comme ça et on n'avait pas d'algues vertes. Y en a marre des gens comme toi qui foutent tout sur le dos des agriculteurs et des éleveurs.

— On ne va pas commencer le débat, mais tu sais très bien que je suis d'accord pour dire que vous n'êtes pas les seuls responsables. Seulement la plupart de tes collègues ont signé le plan anti-algues vertes, et toi, non seulement tu ne l'as pas fait, mais en plus t'as agrandi ton cheptel, tu as repris des terres à Saint-Nic et Plomodiern, sur lesquelles tu fous de plus en plus d'engrais et de fumier…

— J'ai des emprunts à rembourser, et ce n'est pas toi qui vas m'apprendre mon métier ! Tout ça pour un peu de salade !

Et le dénommé Yvon d'empoigner le professeur par son col de chemise et de le soulever comme un panier à coques vide, avant de le reposer quelques secondes plus tard.

— Un jour ou l'autre, tu verras qu'on avait raison, moi et tous ceux qui pensent comme moi. Mais d'ici là, dis-toi bien qu'il pourrait t'arriver des bricoles. À toi et à tes copains. Foutus écolos ! Les "vers" ça sert qu'à aérer nos terres, pas à emmerder le monde !

Jeu de mots de bon aloi – je remets donc deux euros dans le nourrain – mais difficilement supportable pour les férus d'orthographe…

Il ajouterait bien « c'est clair ? », mais avec le major Paugam à quelques kilomètres cela ferait peut-être trop… Et il repart sur son tracteur. Yannick Morellec met quelques secondes à retrouver son souffle après cet étranglement limité mais suffisant pour l'empêcher de respirer normalement. À une quinzaine de mètres un couple qui se promenait s'est arrêté pour fixer les deux hommes. Le monsieur, qui a manifestement tout entendu, demande gentiment.

— Vous allez bien ? Vous ne voulez pas appeler les gendarmes ?

— Non, merci. Vous savez, avec ce genre d'individu, il n'y a pas grand-chose à espérer. Ils ne veulent pas admettre leur part de responsabilité. Heureusement, ils sont de moins en moins nombreux à ne pas adhérer au plan anti-algues vertes, mais il faudrait faire tellement plus que ce qu'on fait pour le moment…

— Je pense aussi, mais en attendant il vous a menacé. Si vous voulez porter plainte, ma femme et moi, nous serons témoins.

— C'est gentil à vous, mais il a le tempérament “sanguin” je le connais bien, il s'énerve facilement.

Et le couple continue sa balade au soleil après un « Au revoir » chargé d'une certaine incompréhension.

Yvon Letourneur est déjà loin : il a repéré un beau tas d'algues brunes déposées par la récente tempête. Il va pouvoir faire son plein de goémon, ça peut toujours servir… et là les écologistes ne disent rien.

*

Le corps de Céline Beauchamp a été transporté à l'IML de Brest depuis un bon moment déjà. Son amie Nicole Morellec, “interdite de séjour” dans la zone où opèrent les TIC, a pleuré longuement dans les bras de la gendarme Duigou qui accompagnait le major dans le Trafic. Maintenant elle erre sur la jetée qui domine la marina, incrédule et seule. Facile de deviner ce qu'elle doit penser… Cette journée entre filles qui s'annonçait radieuse a viré à l'horreur. Aux oubliettes ces douze heures à passer avec sa meilleure copine, sans penser au boulot et loin de son bonhomme qui n'est pas toujours facile à vivre, surtout ces derniers temps. Ce vide-greniers, c'était un de ces espaces-temps privilégiés, un de ces entractes dans le grand opéra de la vie où les enquiquinements du quotidien s'évanouissent, un de ces moments où rien d'autre ne compte que de se débarrasser, même pour cinquante centimes d'euro de ce chemisier détesté à force d'être trop porté, de liquider cette lampe oubliée dans un placard, ou ces bibelots venus d'on ne sait où. Pique-niquer au milieu des autres exposants, s'échanger des petits coups à boire, parler de tout et de rien avec des tas de gens, rigoler pour des bêtises… Une manière de mettre son cerveau au repos, comme on glisse son corps dans un bain bouillonnant. Que lui reste-t-il de tous ces espoirs du matin qui paraissaient pourtant si simples à combler ? Une image indélébile, celle d'une silhouette enveloppée dans un linceul en plastique noir soigneusement zippé qu'on glisse dans le cul d'une ambulance comme une facture réglée dans le dossier des affaires classées. Les deux mains repliées sur son nez et sa bouche, elle regarde sans les voir les bateaux amarrés dans le port. Le petit phare du bout du môle, imperturbable, veille sur eux. Perdue dans sa rêverie aux contours de cauchemar, elle met quelques secondes à réaliser qu'on lui tapote l'épaule. La gendarme qui l'a si gentiment écoutée vient lui annoncer que les TIC plient bagage à leur tour ; elle peut donc, elle aussi, remballer.

Quelques secondes lui suffisent pour rejoindre ce Kangoo de malheur, dont les portes du coffre semblent vouloir l'aspirer, comme ils ont "avalé" la vie de Céline. Elle se retrouve abandonnée, brusquement. Le Trafic a quitté les lieux, ainsi que tous les autres hommes et femmes en bleu, sauf un, laissé en faction côté port, avec pour mission d'empêcher quiconque de souiller la scène de crime, toujours entourée de rubalise. Jusqu'à nouvel ordre. Les déballants, suivant les instructions "gendarmesques" ont déjà tous repris la route. Personne pour l'aider, ou même pour la soutenir. Au loin, pas une silhouette ne s'aventure sur le Sillon, lui faisant clairement comprendre que la zone reste interdite aux touristes, aux marins, ou aux plaisanciers. Le soleil commence à taper fort, et elle n'a plus qu'une envie, dérisoire : s'allonger sur un bain de soleil, dans son jardin, au calme, dans l'odeur de ses rosiers. Ne penser à rien d'autre qu'à son corps qui va dorer doucement, lentement, sous des rayons silencieux. Oublier. Oublier ce petit matin où sa vie a basculé. Tout oublier. Le présent a vite fait de reprendre le dessus, et la réalité avec. Elle rassemble à grand-peine tous les objets qu'elle avait déjà mis en exposition pour le vide-greniers, avant le drame. Elle range tout soigneusement dans un cageot ou un carton, à part quelques horreurs plus encombrantes comme cette abominable lampe de salon dont son mari avait enfin accepté de se débarrasser. Reste le plus dur à accomplir : remettre tout cela dans le coffre. Sans personne pour rigoler à ses côtés.

Un cageot entre les mains, elle hésite, avance d'un petit pas, stoppe. Et le manège recommence. Réussira-t-elle à franchir cette limite symbolique, cette porte grande ouverte, qui pour elle constitue comme un cap Horn psychologique ? Aller au-delà, pour elle, représente comme une vision d'horreur. Elle revoit la scène, son amie agonisante. Son cerveau s'efforce de lutter contre cette idée récurrente et entêtante : en remettant tous ces emballages ou objets divers, elle va revivre les derniers instants de son amie.

Pour elle, quelque part, cela revient à profaner une sépulture. "LA" sépulture de Céline, et donc aussi un peu la sienne.

Une tâche particulièrement difficile, tant ses yeux sont rougis par ces heures à essayer de réaliser que son amie a définitivement quitté le monde des vivants…

Elle prend sur elle, et finit par refermer les portes du Kangoo, comme on jette la dernière pelletée de terre sur un cercueil au fond d'un caveau. Les mains et le front en appui sur le volant, elle continue de pleurer.

Pas longtemps. Le gendarme qui veillait sur le côté maritime vient frapper à son carreau, le plus doucement du monde.

— Excusez-moi, Madame, mais nous venons de recevoir l'ordre de libérer la zone. Vous sentez-vous en état de conduire ? Voulez-vous appeler quelqu'un pour qu'il vous ramène ?

— C'est gentil, mais ça va aller, je n'habite pas loin et je déchargerai la voiture seulement demain. Vous avez du nouveau concernant le salaud qui a tué Céline ?

— Je suis désolé, Madame, mais je ne peux rien vous dire. Le major Paugam a vos coordonnées, et il vous appellera dès qu'il aura de plus amples éléments.

Et la camionnette s'en va, roulant, cela ne vous surprendra pas, à l'allure d'un corbillard. Quant au visage de Nicole, n'en parlons pas.

*

Des coquilles Saint-Jacques en entrée, un copieux plateau de fruits de mer en guise de plat principal, accompagnés d'un pouilly fumé de derrière les fagots, et une énorme glace pour faire passer le tout. Laure et Hugues se font un petit plaisir au Styvel, un des plus anciens et plus réputés hôtels-restaurants de Camaret. Assis à une table en terrasse, ils savourent leur repas tout autant que le panorama qui s'offre à eux. À part quelques rares voitures, ils n'ont que l'embarras du choix pour porter leurs yeux : entre le port, la chapelle, le cimetière à bateaux et la tour classée au patrimoine mondial de l'Unesco, excusez du peu, ils ont déjà de quoi faire. Ajoutez-y un léger voile de brume venu tamiser les rayons du soleil, et vous profitez de ce spectacle dans une lumière aux reflets étonnants, ajoutant à ce petit coin de paradis des allures de royaume magique.

Ils parlent peu, rigolent beaucoup, s'échangent des gestes tendres, et des paroles qui le sont tout autant. Bref, nous pourrions être dans un roman à l'eau de rose, mais Hugues connaît bien sa Laure. Et il sait qu'entre l'eau de rose et l'eau-de-vie, elle n'hésitera jamais longtemps. Alors ce bonheur aux allures de bluette sentimentale, il en profite au maximum, parce qu'il devine ce que trame sa douce ex-balafrée. Malgré sa greffe réparatrice, pour lui rien n'a changé. Il la regarde comme avant, comme du temps où cette sinistre cicatrice vallonnait sa joue droite du coin des lèvres à la base de l'oreille. Même s'il s'attirait des sarcasmes attendris de LSD chaque fois, il ne donnait jamais l'impression à sa belle de remarquer son infirmité. Heureux ensemble, ils baignent dans la douce torpeur océane, bercés par cette atmosphère si particulière. Laure n'a toujours pas évoqué une seule seconde le drame dont ils ont été des témoins très indirects ce matin, et qui s'est déroulé à quelques centaines de mètres d'eux à peine. Elle n'a pas dit un mot sur "C'est clair" ce personnage grâce à qui tout a commencé entre eux, du côté de Plestin. Et elle n'est pas revenue sur sa promesse voilée que cette vingtième aventure policière bretonne, si elle a lieu, pourrait bien être la dernière…

Hugues se méfie donc et s'attend à une attaque en douceur. Il ne la voyait pas arriver de cette manière.

Juste après avoir passé la commande de leurs cafés gourmands – celui de Laure accompagné d'un petit calva, « juste pour se rincer la bouche » –, le pharmacien évoque leurs possibles destinations de l'après-midi :

— On a tellement de choses à voir en presqu'île de Crozon… tu préfères qu'on explore ou bien qu'on se pose un peu ? Je pense que cette petite brume va se lever, on pourrait se faire un petit tour des falaises de la presqu'île : le cap de la Chèvre, la pointe de Dinan, la Tavelle, la pointe de Pen-Hir et les Tas de Pois, éventuellement le Toulinguet… Ou, comme la mer a l'air calme, on pourrait se faire les grottes de Morgat ? Demain, c'est dimanche, il risque d'y avoir trop de monde.

— Franchement, je n'ai pas vraiment envie de faire de voiture par ce beau temps. Pourquoi on ne ferait pas ce qu'on avait prévu ce matin ? On va sur la digue, et après on jette un coup d'œil au cimetière à bateaux, à la chapelle, à la tour… Ils ont l'air d'avoir tout rouvert.

— Après ce qui s'est passé ce matin ?

— On ne sait même pas ce qui s'est passé ce matin ! Si ça se trouve, c'est juste quelqu'un qui est tombé de la jetée et qui s'est cassé un bras. Je ne vois pas pourquoi cela m'empêcherait d'aller visiter certains des trésors de cette ville.

— Laure Amour, tu crois vraiment qu'une armada de flics aurait débarqué pour un simple accident ? Tu penses sincèrement qu'ils auraient bouclé une zone aussi touristique, refoulé autant de gens, pour une raison aussi bénigne ? Je te connais bien, mon ange, tu sais. En fait, tu crèves d'envie de savoir ce qui se cache derrière ce déploiement d'uniformes ! Comme un requin affamé, tu renifles l'odeur du sang, et tu as envie de dévorer ta future proie. Une belle enquête bien tordue où tu pourras faire admirer tous tes talents… C'est ça ?

LSD sourit, et regarde Hugues, avec un air un tantinet narquois.

— Mon Hugounet, je t'ai dit au petit-déjeuner que je n'aspirais qu'à un week-end de tranquillité, en amoureux avec toi. Rien de plus…

— J'aimerais tant pouvoir te croire…

III

Un dimanche matin de mai comme tous les Bretons en rêvent, sauf les semeurs de gazon et certains agriculteurs. Ciel bleu, dégagé, vent en grève illimitée, délaissant les plages encore désertes, température digne d'un bel été (pléonasme couramment utilisé en Bretagne), mer adolescente, en tout cas sans la moindre ride. Est-ce besoin de le dire, pas de pluie à l'horizon ? Le temps idéal pour sortir les kayaks dans la famille Le Bon, une lignée de grands sportifs originaires de Pont-Menou à la frontière Finistère-Côtes-d'Armor. Parties de la plage de Veryac'h, leurs deux embarcations avancent, sans bruit. Silence de la fine carène fendant l'eau, silence des pagayeurs savourant ce paysage hors du commun. À tribord – à droite dans le sens de l'avant de l'esquif pour les terriens –, ils n'ont que les falaises de la pointe de Pen-Hir pour unique montagne et unique horizon. Une beauté sauvage que ne dénature aucune habitation parasite. Un chef-d'œuvre d'architecture naturelle que le couple Le Bon, leur fils et leur fille apprécient en passant tantôt au plus près de la terre, tantôt en mettant le cap plus au large afin d'avoir une vue plus panoramique et de déjouer les courants, puissants à cet endroit. Un slalom entre les Tas de Pois est un must, comme on dit au pays du Brexit, pour tout kayakiste bien entraîné qui vient en presqu'île de Crozon. Petite parenthèse offerte par l'office de tourisme : les Tas de Pois, Ar Berniou Pez, situés au bout « d'*ar beg Penn-Hir* », comme on l'écrit en breton, sont six îlots rocheux, enfin cinq et demi, aux formes et aux tailles très diverses qui forment un alignement pratiquement unique au monde. Tous portent un nom, que je ne vous donnerai qu'en français. Le plus à l'ouest, le plus avancé dans la mer donc, en forme de bernique ou de chapeau chinois s'appelle le Tas de blé. Viennent ensuite la Fourche, puis le Chelotte, aussi appelé la Dentelle. Suivent, en se rapprochant du "continent" la Tête verte, le Petit Daouët, proche de la pointe, et le Grand Daouët qui fait la liaison avec le plateau rocheux proprement dit, et devrait donc être plutôt qualifié de presqu'île. Selon la légende, ils seraient l'œuvre des Titans, mais comme aucun reporter de BFM TV n'était sur place à l'époque, l'information ne peut être vérifiée.

Nos kayakistes zigzaguent, effleurant ces rochers légendaires, si attirants par mer d'huile – raison pour laquelle Camaret-sur-Mer a longtemps été un port sardinier – mais si dangereux quand les coefficients de marée s'élèvent, ou que houle et vagues sont au rendez-vous. Et que dire quand la mer devient furie ! Il est encore tôt pour un dimanche, mais comme dit le proverbe « La marée n'attend pas, surtout quand elle descend. » La famille profite donc à plein des jeux de lumière de ces eaux aux reflets allant du gris au turquoise et de ces îlots leur offrant au fil des chatoiements cinquante nuances de blanc, voire cinquante nuances de grès. Armoricain. Ghislain et Marine Le Bon, et leurs deux enfants ont maintenant pour objectif la plage de Pen Hat, située au nord-est de la pointe. Avec des conditions météo parfaites, ils profitent du calme des flots et des bas coefficients pour naviguer au plus près des rochers. En haut des falaises, encore peu de promeneurs. Neuf heures et quart du matin pour un touriste, surtout un dimanche, cela ressemble à l'aurore. Les pagayeurs échangent peu de mots, trop occupés à faire le plein de merveilles géologiques et esthétiques avec leurs yeux. Les voici à la Salle verte, cette mini-péninsule perpendiculaire à la presqu'île formée par la pointe de Pen-Hir. Et ce qu'ils découvrent au détour d'un rocher, ils sont les seuls à pouvoir le faire, puisque ce repli de la côte n'est pas visible des rares visiteurs plantés soixante mètres plus haut. Il faut quelques secondes aux kayakistes pour identifier leur découverte avec certitude. Conséquence immédiate : un cri d'horreur suivi de grossières interjections, que je ne vous répéterai pas. J'écrirai seulement qu'elles paraissent pleinement justifiées eu égard au cadavre qui gît sur les rochers, apparemment coincé dans une faille, ce qui explique qu'il soit resté en place malgré la marée descendante. Mais les Le Bon ont du sang froid et un téléphone portable, accessoire indispensable à toute sortie en mer. Dire que le major Paugam soit ravi de ce qu'il entend serait extrêmement exagéré.

*

Après avoir noté toutes les informations nécessaires, le sous-officier raccroche et jette un coup d'œil à la photo sur la page d'accueil de son portable. La famille au grand complet pose devant son *Cabochard*, son petit bateau de pêche-promenade. Une image qu'il va devoir oublier pour quelques semaines, le temps que son emploi du temps et celui de son fils se croisent de nouveau. Il profite de sa solitude très provisoire pour proférer une appréciation dont la lucidité n'a d'égale que la délicatesse :

— Merde de merde de merde ! Pour un week-end en famille, c'est réussi !

Bien vite la conscience professionnelle reprend le dessus, et l'ensemble des hommes disponibles à la brigade rejoignent la pointe de Pen-Hir, toutes sirènes hurlantes. Ils ne sont pas les seuls. La GMAR de Crozon, la gendarmerie maritime, a détaché sur zone un Zodiac avec à son bord deux plongeurs-enquêteurs. Le semi-rigide de la SNSM arrive en même temps que celui des gendarmes et des pompiers. Un détachement du GRIMP* de Camaret devrait arriver incessamment.

Si les rares visiteurs sont vite tenus loin du bord des falaises, laissant la place aux divers sauveteurs, les abords de la Salle verte côté mer deviennent de plus en plus animés au fil des arrivées des différentes unités de secours. Les Le Bon se retrouvent rapidement invités à rejoindre la plage de Veryac'h afin d'être entendus par les gendarmes, tandis que les deux plongeurs de la brigade nautique se mettent à l'eau. Deux minutes s'égrènent à peine avant que l'un des deux n'envoie un premier rapport au major, par VHF. Des nouvelles fortement attendues, puisque l'endroit où se trouve la victime est en dehors de son champ visuel.

— Présence d'un individu Delta Charlie Delta. Sexe masculin, environ 30 ans. Nombreux hématomes et effractions cutanées sur les parties visibles. Plaies majeures avec fractures au niveau du crâne et du visage. L'individu est coincé dans une faille entre deux rochers. Demandons renfort à la SNSM pour nous aider à dégager le corps. Impossible

* Groupe de reconnaissance et d'intervention en milieu périlleux.

d'exclure la présence d'autres blessures pour l'instant. L'intervention du GRIMP ne devrait pas être nécessaire dans l'immédiat. Terminé.

— Bien reçu ! C'est clair. Nous restons en position en haut de la falaise.

Un autre plongeur, celui de la SNSM, se met à l'eau à son tour et échappe aux regards du major et des autres intervenants. Quelques minutes à peine d'absence visuelle et sonore et les trois plongeurs refont leur apparition, l'un d'eux traînant la victime.

— Plongeur à autorité. Nous prenons la victime en charge pour retour direct à Camaret, môle Vauban.

— Autorité à plongeur. Bien reçu. Je préviens le légiste.

Avec difficulté, car l'homme pèse son poids, la victime est hissée à bord du semi-rigide des gendarmes. À l'aide de ses jumelles, le major Paugam scrute la scène attentivement. Un des plongeurs se penche sur le corps, aux vêtements déchiquetés, visiblement à la recherche d'éventuels moyens d'identification. En fouillant la poche arrière de son jean, il trouve enfin ce qu'il espérait trouver. Le plongeur empoigne sa VHF et brandit un petit rectangle.

— Plongeur à autorité. Pouvons confirmer l'identité de l'individu. Nom : Bravo, Écho, Alpha, Uniforme, Charlie, Hôtel, Alpha, Mike, Papa. Prénom :

Bravo, Écho, Roméo, Tango, Roméo, Alpha, Novembre, Delta. Je vous retrouve au port de Camaret. Terminé.

Le temps pour le plongeur de la SNSM de rejoindre sa propre embarcation, et la petite flottille repart, pleins gaz, vers l'ancienne cité-reine de la langouste. De son côté, le major Paugam regarde, ahuri, les lettres tracées sur son carnet. Beauchamp Bertrand. Bertrand Beauchamp, le mari de la victime d'hier ! Même réaction chez son deuxième adjoint, le major Laouen, qui n'était pas de service la veille, et qui n'est donc pas au courant.

— Bertrand Beauchamp ? C'est un client à nous, ça ! Il est… enfin, il était sous contrôle judiciaire. Je l'ai encore vu jeudi.

Un simple regard à son collègue, et il comprend qu'il a dû manquer un épisode…

*

Hugues n'aurait pas pu pousser de plus profond soupir. La flamme de la statue de la Liberté, juste en face d'eux, en vacille même sous la violence du souffle. Devant la voiture, un gyrophare qui clignote. En dessous, un fourgon de gendarmerie, et autour, empêchant tout passage, une rubalise jaune et noir… Un militaire, à la moustache aussi discrète que le sourire, gère la circulation qui s'est densifiée en ce premier week-end de mai ensoleillé.

— Dix minutes de bouchon pour en arriver là ! Je rêve…

Le pharmacien de Trémel fulmine, sa journaliste préférée bouillonne. Ce fut d'abord d'impatience, et maintenant sa curiosité d'enquêtrice prend le dessus. Deux endroits de Camaret qu'elle veut visiter et deux lieux dont elle se fait refouler sans ménagement. Le tout en moins de vingt-quatre heures !

— Attends ! Je vais demander ce qu'il se passe, propose-t-elle à son compagnon.

— Laure ! Je t'en prie ! Hier ne t'a pas suffi ? Tu sais très bien que tu n'auras aucune information des flics, enfin des gendarmes. Tant pis, on n'a plus qu'à faire demi-tour, et on reviendra cet après-midi, je vais t'emmener voir d'autres merveilles : les alignements de Lagatjar. Soixante-cinq menhirs…

— Je m'en fous de tes menhirs ! On est venus ici pour voir les petits pois…

— Pas les petits pois, mon Ange, les Tas de Pois ! Une beauté géologique comme il n'y en a qu'une dizaine au monde.

Refoulée sans la moindre explication, la Skoda d'Hugues a, sans enthousiasme, fait demi-tour. Quelques dizaines de mètres et le véhicule stoppe sur le bas-côté.

— Bon ! Qu'est-ce qu'on fait maintenant ? Je peux t'emmener voir la plage de l'Île Vierge à Crozon, classée dans les dix plus belles d'Europe, le cap de la Chèvre, Morgat, Roscanvel, où tu as une vue magnifique. On peut se faire un bout de GR aussi.

L'humeur de Laure a augmenté de six points sur l'échelle de Grincheux, une échelle inventée par le professeur Snowhite, comme vous le savez, et destinée à évaluer la valeur de mauvaise humeur d'un être humain.

On est passés de un, le minimum, à sept, soit une variation très significative. Ce qui se ressent instantanément dans son langage.

— Je n'ai pas envie de me baigner, je suis trop vénère. Putain ! Mais c'est pas vrai ! J'hallucine ! Hier je veux voir la chapelle Notre-Dame et la tour Vauban, on se fait jeter, aujourd'hui, on vient admirer les Tas de Pois…

— Et on se fait jeter… Je sais, ma Laurinette, mais seuls tes amis gendarmes pourraient te donner une réponse. Tu veux qu'on passe à la brigade ? Je crois qu'elle est à Crozon, et après on pourrait aller à Morgat ou au contraire vers l'île Longue ?

— Super ! Voilà une destination qu'elle est bonne ! Je connais le vice-amiral d'escadre qui commande les divers sous-marins de la force océanique stratégique. Si je lui demande gentiment, il nous fera visiter le *Terrible* ou le *Triomphant*, qui sont à quai à côté des chalutiers. Je suis sûre que je vais signer des dizaines d'autographes ! Tu n'as pas d'autres plans de visites originaux à me proposer ? Je ne sais pas, une centrale nucléaire, une station d'épuration, un incinérateur de déchets…

Le regard sombre de LSD en dit long sur son humeur devenue presque aussi noire que la gueule d'un mineur de fond à la fin de sa journée, dans un roman d'Émile Zola.

Hugues commence aussi à en avoir assez et, pour une fois, on sent poindre dans sa voix un début d'énervement.

— Bon, écoute ! J'ai été patient, mais là, tu finis par me courir sur le haricot !

Comme dit l'expression trémelloise très connue des amateurs du cassoulet local.

— Je croyais qu'on était venus pour se détendre en amoureux, pour savourer deux jours au bout du monde, dans une partie de Bretagne que tu ne connaissais pas, pour tout oublier, pour savourer le paysage et le soleil dans cet environnement paradisiaque, et tu ne fais que râler parce que tu ne participes pas à une enquête de gendarmerie ou de police. Alors, je te le dis tout net. "J'EN AI MARRE !" Avec "DEUX R". Maintenant tu te démerdes. Tu vas où tu veux, moi je rentre à Camaret à pied. Les clés sont sur le contact.

La porte claque et la silhouette de l'apothicaire s'éloigne d'un pas vif, le regard fixé sur la ligne bleue du Menez Hom, la montagne locale, plus facile à voir que celle des Vosges.

*

Le même dimanche matin

Chez les Morellec, l'atmosphère n'est pas plus réjouissante. Yannick remplit avec une ardeur sans faille des cases de tableurs sur son ordinateur, ou tapote un communiqué de presse pour les journaux locaux. Nicole, le moral en mode "déprime" essaie de s'occuper la tête. Elle est partie faire des courses au Super U local – U Express pour être précis. Quelques minutes à marcher dans la rue de Verdun et celle du Château d'Eau et la voici rue des Sardiniers, face à la grande surface. Elle n'a pas vraiment besoin de grand-chose si ce n'est d'oublier la vie pour une poignée de minutes, au milieu d'un environnement grouillant de vie mais impersonnel. Devant ses yeux flotte l'image de Florian et Théa, qui doivent jouer chez leurs grands-parents, inconscients du nouveau malheur qui vient de frapper leur famille déjà décomposée. Elle erre entre les rayons à la recherche d'un passé évanoui, indifférente aux divers « Bonjour ! » qui la saluent au passage. Camaret, à cette époque de l'année, ronronne encore comme une grosse bourgade, où tout le monde se connaît plus ou moins bien, loin du vrombissement qu'elle va vivre dans les prochains mois.

Son mari, feuilletant maintenant des livres et

divers articles scientifiques, ne fait même pas attention aux bruits extérieurs, pourtant très inhabituels. Il faut un coup d'avertisseur particulièrement bruyant pour qu'il lève la tête de sa lecture. Quand le deuxième coup retentit, la curiosité est la plus forte et il va ouvrir la fenêtre qui donne sur la rue. Au-dessus des troènes, juché sur le siège de son tracteur imposant, Yvon Letourneur le toise. Comme il le faisait la veille sur la plage de Pentrez. Les deux hommes s'affrontent du regard sans un mot. Cela dure à peine une poignée de secondes avant que la joute oratoire ne débute.

— Alors, l'écolo de mes deux ! Tu as encore fait mettre des conneries dans le journal de ce matin ! Tu n'avais rien de mieux à foutre que nous "rebassiner" avec tes conneries d'agriculteurs pollueurs ?

— Yvon, tu exagères, ce n'est pas moi qui ai écrit l'article, et de toute façon, tu sais très bien ce que je pense. Mais avec ton tracteur je t'entends mal. Gare-toi et viens discuter en buvant un coup à la maison.

— Tu veux m'avoir par la douceur, t'inquiète ! J'ai de quoi boire à la ferme, et je bloque la rue avec mon engin. Viens ici, toi, si tu as quelque chose à dire…

Le courage n'est pas la moindre des qualités du professeur de SVT d'un des collèges de Châteaulin. Il ne se le fait pas répéter, et se retrouve dans la rue en moins de temps qu'il n'en faut à un joueur de football pour “faire une fote de fransais” pendant une conférence de presse. Yannick paraît minuscule face au mastodonte à quatre roues qui encombre presque toute la largeur de la chaussée. Au volant, Yvon Letourneur n’a rien à envier à un roi sur son trône. Il emmerde le monde, il le sait, et ce ne sont pas les quatre voitures coincées derrière son tracteur qui l’impressionneront avec leurs avertisseurs aux sonorités bien maigrelettes.

— Je crois que tu gênes, alors il vaudrait mieux que tu me dises tout de suite ce que tu as à me dire. Je présume que tu ne viendras pas mardi à la réunion du comité de gestion du bassin-versant ?

— Le mardi, je travaille. Du lever du jour jusqu’à la tombée de la nuit. Et de toute façon, tu sais très bien ce que je pense de tout votre bla-bla-bla, et de tous ces experts en blouse blanche qui ne sauraient même pas s’occuper d’une ferme !

— Bon alors ! Qu’est-ce que tu es venu foutre ici ?

— Je voulais juste te remercier pour l’article du journal. Heureusement que mon nom n’est pas cité…

— T’es complètement taré ! Un journaliste m’interviewe, je lui réponds ! Et si j’ai des chiffres à donner, je lui donne. Je n’y peux rien si on retrouve des traces d’hydrogène sulfuré dans le sable ! Je lui ai juste dit la vérité brute, indiscutable, celle des chiffres. Après, c’est lui qui a rédigé l’article.

Manifestement imperméable à ces arguments qu'il n'a même pas écoutés, Letourneur continue sur le même ton.

— Puisque tu lui as donné quelque chose, moi aussi je vais te faire un cadeau. Un beau cadeau. Mais je serais toi je reculerais au moins derrière le portail de ton garage.

Il actionne quelques manettes, le bras de son tracteur se lève, avant de se déplier et de se mettre à l'horizontale. Juste face à Yannick Morellec qui a beau hurler, sans que cela stoppe la manœuvre en cours.

Le godet pivote d'un coup, et un immense tas de fumier vient s'écraser aux pieds du prof de SVT. Le trottoir est maintenant jonché de cette puanteur, mais le plus gros de la charge s'est écroulé contre le portail d'entrée du garage des Morellec.

À son volant, Yvon rigole en voyant le corps du militant écologiste constellé de taches aussi naturelles que nauséabondes. Yannick Morellec s'attendait à tout mais pas à ça ; il regarde, ébahi, le tracteur partir en klaxonnant, tandis que voisins et badauds accourent.

*

Un bâtiment d'architecture contemporaine, aux lignes géométriques, avec un mélange de matériaux harmonieux, nous voici au rond-point de la route de Camaret. Siège de la brigade de gendarmerie de Crozon. Le major Paugam n'affiche aucune surprise quand le substitut du procureur lui annonce la nouvelle.

— Un couple dont la femme est assassinée et le mari retrouvé mort dans des conditions suspectes, le tout en moins de vingt-quatre heures dans une bourgade comme Camaret… c'est trop pour vous. Je ne veux pas prendre de risque. Je confie l'affaire à la SR de Rennes. Le commandant Quéguiner, ou plutôt la commandante, a déjà un beau palmarès à son actif, je pense que c'est la femme qu'il vous faut. Elle a déjà pris la route, elle devrait arriver d'ici une heure, une heure et demie. Vous avez du nouveau ?

— Je viens juste de recevoir le rapport préliminaire du légiste pour Bertrand Beauchamp. Il lui est évidemment impossible de se prononcer avec certitude sans une autopsie en bonne et due forme, mais il n'a pas vraiment de doute que la victime soit morte de sa chute. Près de soixante mètres à dévaler une falaise quasiment à pic, pour s'écraser sur des rochers avec de multiples arêtes et finir dans la mer, il aurait fallu dix miracles pour qu'il puisse s'en sortir vivant. Nombreuses fractures, innombrables contusions ; à ce stade, il est impossible de savoir si la chute est due à un accident, un suicide ou un acte volontaire commis par un tiers.

— Heure de la mort ?

— Très difficile à déterminer compte tenu du séjour dans l'eau de mer, c'est clair. Elle est à 13° et il est impossible au toubib d'être vraiment précis. Moins de vingt-quatre heures en tout cas. Personnellement, je pense que la chute n'a pu se produire que dans les premières heures de la nuit. Hier, on était samedi, et il y avait encore foule, une bonne vingtaine de voitures et une cinquantaine de personnes sur les falaises vers 21 h 30 quand on est passés. Les gens étaient sans doute, c'est clair, venus voir le coucher du soleil. Il promettait d'être grandiose. Je pense qu'une chute ne serait pas passée inaperçue, d'autant plus que le corps a forcément flotté un certain temps avant d'être emporté avec le ressac et sans doute poussé par une vague vers les rochers de la Salle verte, là où on l'a retrouvé coincé.

— Et là où le corps a été repêché, vous confirmez que personne ne pouvait le voir ?

— Il n'aurait pu être vu que de la pointe de Pen-Hir proprement dite, c'est clair, mais compte tenu de la luminosité, il aurait fallu avoir une excellente vue ou des jumelles infrarouges, et une bonne raison pour aller traîner sur le Grand Daouët à la nuit tombante. Pour se casser une jambe, c'est l'idéal. On aurait aussi pu le voir de la mer, mais à cette heure-là, les bateaux qui naviguent dans le secteur sont rares. Non ! Pour moi, Beauchamp a dû arriver après le départ de la foule, je dirais pas avant dix heures ou dix heures et demie.

— Je suis plutôt d'accord avec vous, c'est ce qui paraît le plus vraisemblable. Et je présume que le légiste ne peut se prononcer sur l'existence de lésions défensives ? Ou de traces de balles ou de coups de couteau ?

— Sans autopsie complète, il ne peut rien certifier.

— Et l'autopsie ? Je la veux demain matin ! En début de saison touristique, avec les ponts à venir, si on se retrouve avec deux meurtres sur les bras, ça la fout mal. Je vais avoir tout le monde sur le dos.

— Vous n'êtes pas en poste ici depuis longtemps, mais vous savez très bien que le légiste de l'IML, le docteur Lesage, est un excellent toubib, c'est clair, mais aussi un pêcheur invétéré. Alors tout dépendra du coefficient et de l'heure des marées. Je ferai mon possible.

— C'est quand même invraisemblable qu'un médecin méprise à ce point les demandes des autorités. Il doit bien y avoir un deuxième légiste de disponible ?

— Il est en vacances, et Lesage, c'est une pointure, le meilleur de Bretagne. Alors on n'a pas envie qu'il parte, c'est clair.

La moue de désapprobation du jeune trentenaire, un homme sec tiré à quatre épingles, le visage étroit, plus imberbe qu'un œuf impubère, avec des dents longues à rayer le lino, en dit long sur son appréciation des pratiques locales. Ah ! Quand on débarque frais émoulu de Bordeaux et de son École nationale de la magistrature, les mœurs bretonnes demandent un temps d'acclimatation.

— Eh bien ! Il va quand même m'entendre si je n'ai pas son rapport sur mon bureau demain en début d'après-midi.

— On a des chances, ce sont des mortes-eaux… En attendant, j'ai eu le premier compte rendu des TIC pour madame Beauchamp. Rien de transcendant qui puisse offrir une piste quelconque.

— Et pour ce matin, vous avez eu des échos ?

— Pas encore, et à vrai dire, je ne m'attends pas à des miracles. L'endroit est tellement fréquenté que la scène doit être complètement polluée.

— Bon ! Je vous laisse faire votre boulot, j'ai une tentative de meurtre qui m'attend du côté de La Forêt-Fouesnant, et ça fait une trotte.

*

Un peu de jogging ne peut pas faire de mal surtout quand on aime ça et qu'on a fait quelques excès alimentaires. Mais avec des petits escarpins à talons plutôt relevés, l'exercice devient plus difficile, surtout sur un sol irrégulier. Laure a hésité un bon moment, avant de réaliser qu'il était trop dommage de gâcher ce week-end qui s'annonçait si prometteur. Elle oublie les Tas de Pois, elle oublie les gendarmes et ne pense plus qu'à une chose : rattraper son pharmacien, et essayer de reprendre cette journée sur de bonnes bases. Hugues avance vite, et LSD doit forcer un peu l'allure, ce qui n'est pas facile car la route menant à la pointe est encombrée dans les deux sens. Et cela ne va pas en s'arrangeant puisque aucune déviation n'a encore été mise en place, et donc les touristes continuent à confluer vers le parking du site de Pen-Hir, pour se voir systématiquement refoulés. Résultats des courses : un bon embouteillage, et une bonne senteur d'essence et de gazole qui ne s'accorde pas vraiment avec la sauvagerie des landes environnantes. En prime, une voiture, sans doute de gendarmerie, venant de Camaret ou de Crozon essaie de se frayer un chemin, à grands coups de gyrophare et de sirène, compliquant un peu plus la situation, en forçant toutes les voitures à empiéter sur le bas-côté.

Laure a enfin rejoint son compagnon, qui a, à peine, détourné le regard. Il continue sa route, inexorablement, les yeux toujours dans la même direction. LSD a du mal à rester à sa hauteur, et pour ce faire, elle doit marcher régulièrement sur la chaussée, s'attirant les foudres des automobilistes derrière elle. Concert d'avertisseurs, mots d'hirondelles un jour d'orage, ou en tout cas mots d'oiseaux qui volent bas. Laure ne les entend pas ; légèrement essoufflée, elle essaie juste de renouer le dialogue avec ce muet qui marche la tête haute.

— Hugues, merde, on ne va pas s'engueuler un jour pareil. C'est vrai que je suis vénère, mais tu peux le comprendre ? Tu peux avouer que j'ai le droit d'être écœurée d'être poursuivie par la scoumoune. On se faisait un plaisir de ce week-end et on est en train de tout gâcher. Je sais que ce n'est pas ta faute ce qui se passe…

Hugues, à ces mots, tourne la tête avec un soupçon de dédain apparent, que ne peut s'empêcher de remarquer sa chérie.

— Enfin une parole sensée !

Et il reprend son avancée comme si de rien n'était. Le bruit de la sirène devient envahissant. LSD continue néanmoins, en haussant un peu la voix.

— Tu me connais suffisamment…

Un long et profond soupir accompagne sa réponse.

— Oh que oui ! Je comprends ta réaction, mais je n'accepte pas que tu nous pourrisses ces deux jours, à cause d'événements complètement imprévisibles.

Les deux amants sont maintenant face à face et s'affrontent du regard. Un échange oculaire où la dureté est mêlée, imperceptiblement, d'une profonde tendresse.

Des coups d'avertisseurs répétés et insistants. Le

conducteur de la voiture qu'ils sont en train de bloquer n'apprécie pas, et le fait savoir. Cela ne semble pas atteindre Hugues et Laure le moins du monde.

— En plus, je le devine à cette petite flamme qui brille au milieu de tes pupilles, cette voiture de gendarmerie qui approche fait frissonner tes ovaires. Comme dirait Renaud. En fait, au fond de toi tu crèves d'envie de foutre ton nez dans ce qui ressemble à une nouvelle enquête policière ? Déjà hier...

— Écoute, ce n'est pas ça...

— Mais ça y ressemble bigrement ! Il y a ton instinct qui te démange ?

— Tu sais que j'ai ça en moi, et tu sais aussi que généralement, depuis que je suis en Bretagne, je ne suis jamais allée chercher les emmerdes et les enquêtes. C'est toujours elles qui sont venues à moi...

— Disons presque toujours. Mais le problème est différent cette fois-ci, l'enquête ne veut pas de toi !

Le Scénic bleu gendarme n'est plus qu'à quelques mètres. La sirène massacre leurs oreilles, les forçant à hurler.

— OK je reconnais que je me suis emportée, je vais faire comme si de rien n'était, et on va reprendre ce week-end. Tu m'emmènes là où tu veux, je ne peux pas mieux dire !

— Tu ne feras plus la tête ?

— Non !

— Tu ne me parleras plus d'enquêtes ?

Hésitation. Puis un sourire, un peu forcé.

— Non !

— Alors, voilà ce que…

— Laure ? LSD ?

Hugues et sa compagne tournent la tête, et regardent avec surprise la conductrice de la voiture au gyrophare et à la sirène qui les assourdit depuis cinq minutes. La jeune femme qui parle affiche un grand sourire. Un sourire du genre charmeur, que ne dénigrerait pas un dragueur masculin. Laure n'est pas longue à réagir, tant elle connaît ce visage.

— Mélanie ! Quelle surprise ! Tu as l'air en pleine forme, tu es superbe !

— Attends un peu ! C'est toi qui me dis ça ? J'ai eu du mal à te reconnaître… Heureusement, j'ai d'abord vu ton "bon" profil, sinon… Ça y est, tu t'es décidée à te faire opérer ! Tu es splendide. – Une œillade sans ambiguïté, et elle ajoute : Vraiment splendide.

Et comme si elle venait juste de l'apercevoir, elle lance un « Bonjour, Hugues ! » de simple politesse avant de reprendre.

— Tu restes à Camaret quelque temps ?

— On ne sait pas encore, on devait partir ce soir, mais je veux à tout prix voir les Tas de Pois, et comme tes copains interdisent l'entrée, je ne sais pas si je pourrai… On a déjà été emmerdés hier parce que le port était bloqué et que le major Paugam ne voulait pas nous laisser passer… Je trouve ça un peu dur, il oublie ce qu'on a fait pour lui et pour Jean-Philippe dans l'histoire de Plestin.

— Rassure-toi, je suis au courant. Moi, j'arrive seulement de Rennes, donc je ne peux rien te dire mais tu nous as toujours été d'une aide précieuse, et je ne vois pas pourquoi on se passerait de tes talents. Et – la voix se fait plus langoureuse encore – de toi tout court.

Si vous avez des feuilles de thé et le récipient qui va avec, c'est le moment de les confier à Hugues qui est proprement en train de bouillir. Voir sa meuf, comme on dit élégamment maintenant, d'une part en train de se faire draguer, d'autre part par une femme, et dans une troisième part entraînée dans une enquête de gendarmerie, cela fait beaucoup. D'autant plus que deux minutes auparavant tout semblait remis au point avec sa belle Laure, sans guillemets…

— De toute façon, réagit Laure comme si elle n'avait rien entendu, si on t'a appelée, si on a appelé la SR, c'est forcément qu'il y a du vilain !

Une conversation à très haute voix, que personne pourtant ne risque d'entendre, avec le lugubre hurlement qui continue. Un petit geste de la conductrice avec les doigts invite Laure à se rapprocher de sa vitre ouverte. Laure se penche avant de s'entendre murmurer à l'oreille :

— On a eu un meurtre hier et une mort suspecte aujourd'hui. La femme et le mari. Alors évidemment… Je vais sur place, je fais le point avec la Scientifique, et après je retourne à la brigade. Je te tiens au courant dès que possible. J'ai toujours ton 06…

Et la commandante de la SR lui embrasse discrètement le lobe de l'oreille, d'une façon telle qu'Hugues n'a rien pu voir. Laure sourit, ou plus exactement rayonne, et rejoint un Hugounet trépignant d'impatience, tandis que la voiture de Mélanie continue sa lente progression vers la pointe de Pen-Hir.

IV

Envie de rire, pitié, colère. Les trois sentiments se mêlent chez Nicole Morellec, au retour de ses courses au U Express en voyant son mari constellé de "pouah de senteur". Secoué par le petit "cadeau" dont il a "bénéficié" le professeur de SVT s'est appuyé sur le pilier de son portail. Même s'il est sonné comme une cloche après l'angélus, il n'a pas été blessé, au sens physique du terme ; seul son amour-propre en a pris un coup, d'autant plus marqué que cette "attaque" s'est produite par surprise. En plus de dix ans de militantisme il en a déjà connu des situations tendues, des pressions, des menaces. Des affrontements verbaux avec les opposants aux causes qu'il défend, c'est par centaines qu'il les compte, pourtant jamais rien n'est allé au-delà d'une bousculade, ou d'une empoignade comme la veille sur la plage de Pentrez.

Sa femme s'est rapprochée de lui, et reste, impuissante, à un bon mètre de distance. Elle aurait bien voulu le prendre dans ses bras, mais franchement, l'idée d'étreindre ce corps couvert de débris épars de déjections bovines et de paille n'arrive pas à se frayer un chemin dans son cerveau. Alors les paroles remplaceront les actes.

— Qu'est-ce qu'il s'est passé ? Il y a eu un accident ? Une remorque qui s'est renversée ?

— Non, c'est Letourneur, tu sais l'un des agriculteurs qui ne veulent pas adhérer au plan de lutte contre les algues vertes. Il a disjoncté et a déversé son godet de fumier juste à côté de moi… Je n'ai rien eu le temps de faire. Rien.

La vingtaine de badauds accourus, par l'odeur non rebutés, restent néanmoins à quelques mètres de l'épicentre du spectacle, émettant des commentaires qui vont dans tous les sens. Depuis « À force de s'en prendre à certains groupements agricoles, il fallait bien s'y attendre ! Il l'a quand même un peu cherché… » jusqu'à « C'est dégueulasse que des agriculteurs fassent ça ! La violence ne résout rien ! »

D'autres commentaires s'avèrent plus modérés sans être dénués d'un certain égoïsme :

— C'est inadmissible de faire ça, et en plus ça va empester toute la maison !

— Déverser des saloperies dans la rue ça peut se discuter mais qui va ramasser tout ça, surtout un dimanche ?

— Bah moi, je vais chercher ma brouette, ça me fera de l'engrais pour mes légumes. Pour mes courges et mes courgettes, ce sera parfait !

Et je vous en passe. Pendant que les badauds continuent à gloser, tout en restant à distance respectable (sauf l'éleveur de cucurbitacées), Nicole a pris les choses en main, ce qui ne constitue qu'une façon de parler.

— On va passer par le garage, tu vas te déshabiller, et après tu monteras prendre une douche. On s'occupera de tes affaires plus tard.

Le Yannick qui réapparaît dans la salle à manger n'a plus rien à voir avec l'aimant à mouches qu'il était quinze minutes plus tôt. Entre l'odeur du gel douche et celle de l'eau de toilette, dont il a dû utiliser une tonne, sa présence est nettement plus supportable. Et comme il a enfilé un jean et un polo bleu aussi azur que le ciel, ce n'est incontestablement plus la même personne. Pourtant, quand il s'approche de la fenêtre et regarde le trottoir, son regard vire au gris sombre. Si l'espace de quelques secondes il pouvait se dire qu'il avait rêvé, cette vision vient de le faire retomber sur terre. Sans parachute. Occupée dans la cuisine à préparer le repas, Nicole se retourne avec un grand sourire, pour découvrir son "homme" beau et propre comme un euro neuf.

— Bon ! Qu'est-ce qu'on fait ? Tu portes plainte ?

— Je ne pense pas qu'elle soit prise en compte. Je vais juste leur signaler par téléphone, et demain j'irai déposer au moins une main courante. Le tout c'est que les flics soient informés. En tout cas, je vais aller m'expliquer avec lui. – Le ton monte quand il ajoute : Qu'on ne soit pas d'accord, je peux le comprendre, mais qu'on m'agresse physiquement, je ne peux pas l'admettre. Entre hier où il m'a presque étranglé avec ma chemise et aujourd'hui, ça dépasse les bornes.

— Si tu vas t'expliquer avec lui, cela ne fera qu'envenimer les choses, répond Nicole, en le serrant dans ses bras.

— Tu as peut-être raison, je vais d'abord voir ce qu'ils me disent à la gendarmerie, je les appelle tout de suite.

— Et appelle aussi la mairie ; il faut que les services techniques interviennent pour dégager ce tas de merde. Avec la chaleur qu'il va faire en plus…

— Je le fais. Et toi. Tu as du nouveau pour Céline ?

— Non, et je n'en attends pas vraiment. Pourquoi veux-tu que les flics me tiennent au courant ? Et ce n'est pas sa saloperie de bonhomme qui me donnera des nouvelles. S'ils préviennent quelqu'un ce sera les parents de Céline, mais je ne veux pas retourner le couteau dans la plaie en leur téléphonant trois fois par jour. Ils ont déjà les deux pauvres mômes à gérer, et je pense que cela ne doit pas être facile de faire comme si de rien n'était. En principe, Dominique doit m'appeler ce soir, quand les enfants seront couchés, mais je ne vois pas ce qu'il pourrait avoir de neuf.

— On ne sait jamais ; quand je parlerai aux flics, je peux tomber sur un sympa qui me donnera des news.

*

Dire que le gendarme de service est passionné par le récit de Yannick Morellec serait très exagéré. Il n'en note pas moins soigneusement les différents détails, et invite le professeur de SVT à passer à la brigade le lundi. Par contre, dans le bureau du major Paugam, une tension certaine règne. Ce n'est pas la première fois que le major travaille en soutien de la SR, et le contact passe plutôt bien avec Mélanie Quéguiner. L'heure des premiers bilans pour le mort de la pointe de Pen-Hir est venue, et aussi celle de faire le point sur le meurtre de la tour Vauban, comme le public l'a déjà surnommé.

— Alors, Jacky, qu'est-ce que tu en penses ?

— Je vais être cash avec toi. Mais ce que je vais te donner, c'est juste une impression, ma première impression. Je n'ai pas encore tous les rapports de la Scientifique…

— Je m'en doute. Vu l'étendue de la zone à explorer et la pollution de la scène. Mais j'ai vu que tu avais déjà reçu des renforts ?

— Châteaulin m'a envoyé son PSIG, et j'ai mobilisé presque tous les TIC disponibles entre Quimper, Châteaulin et Brest. Mais tu parles : ils vont trouver des dizaines d'objets. Le plateau qui précède la pointe est tellement étendu… Il a pu tomber d'à peu près n'importe où. Avant d'avoir fait le tri, il va se passer du temps. En prime, j'ai la mairie sur le dos, qui gueule parce qu'on a dû mettre en place une déviation pour empêcher les gens de s'engager sur la D8 au-delà de la route qui mène à la plage de Veryac'h. Et on a dû aussi interdire les sentiers de randonnée qui passent à Pen-Hir. Le premier dimanche ensoleillé de la saison… C'est une catastrophe touristique, mais je ne peux rien faire d'autre.

— Tu n'avais pas le choix ! Si jamais ils reviennent à la charge, c'est moi qui leur parlerai. Bon, alors, cette première impression ?

— La victime était un violent, qui tabassait sa femme. C'était un sanguin, et comme il n'avait pas de bracelet antirapprochement, il est probable que c'est lui qui a tué sa femme hier matin. Il savait qu'elle faisait le vide-greniers de début mai tous les ans. Il a sans doute dégagé les lieux tout de suite, avant qu'on ne boucle le périmètre. Après, il a dû se bourrer la gueule quelque part, marcher jusqu'à Pen-Hir, sûrement en prenant le GR parce que j'avais envoyé des patrouilles sur les routes, et là, soit il est tombé accidentellement, soit il s'est jeté dans le vide parce qu'il s'était rendu compte de ce qu'il avait fait. Compte tenu de son état probable et de l'obscurité au moment où ça a dû se passer, moi, je parierais plus pour un accident. Il a trébuché sur un rocher, et après… le grand plongeon. En fait, c'est clair, je dirais qu'il s'est suicidé mais par accident !

— J'adore ton résumé, Jacky, et en plus il aurait l'avantage de résoudre l'affaire immédiatement. Tu as soumis ta version au substitut ?

— Oui ! Lui aussi, l'hypothèse lui plaît bien, et permettrait de freiner les ardeurs des journalistes qui n'arrêtent pas d'appeler ou de venir et qui ont eu, je ne sais comment, le nom des deux victimes. Mais il faut des preuves, c'est clair… et comment veux-tu que je lui en donne ? Peut-être avec le rapport des TIC, quand on les aura tous ?

— J'ai lu, en diagonale, leur premier rapport sur le meurtre de Céline Beauchamp. Apparemment, le meurtrier n'a laissé aucune empreinte…

— Aucune empreinte "exploitable" pour être précis. Dans ce genre de brocante, les objets ont déjà été manipulés par tant de mains… qu'il n'y a pratiquement aucune chance de retrouver les bonnes, c'est clair. D'après le légiste, elle aurait été assommée avec un vieux chandelier en étain. D'après lui, celui ou celle qui a fait ça a pris le premier objet qui lui tombait sous la main. Et il m'a dit autre chose d'intéressant. Pour lui, le meurtrier est gaucher.

— Intéressant ! Et tu sais si le mari était gaucher ?

— Pour le mari, l'enquête de personnalité et de voisinage commence seulement ; à la brigade, personne, y compris moi, n'a fait attention avec quelle main il écrivait. Et comme autant que je sache, il n'avait ni boulot régulier ni ami… Comme il n'adressait pas la parole à ses voisins, je ne vois pas trente-six personnes qui pourraient me renseigner. La meilleure amie de la victime ou ses parents. Mais ils sont tous les trois en état de choc.

— De toute façon, à ce stade, qu'il soit gaucher ou non, cela ne nous avance pas beaucoup. Et je me méfie des premières conclusions des légistes. Attendons demain pour avoir l'avis de Lesage, je présume que c'est lui qui fait l'autopsie ? Et tu vérifieras après, au besoin, si Beauchamp était gaucher ou droitier. Mais j'aimerais qu'on revienne sur l'absence d'empreintes. Oui ou non, en a-t-on retrouvé qui matchent, même partiellement avec celles de Beauchamp ? Il me paraît invraisemblable qu'il ait pu penser à mettre des gants, on aurait dû retrouver quelque chose !

— On a ses empreintes en magasin, c'est clair, car il a été interpellé déjà plusieurs fois pour des délits mineurs et surtout on l'a mis en examen quand sa femme a fini par porter plainte. Mais d'après nos experts, c'est clair, il est impossible d'affirmer que ses empreintes correspondent, même en partie, avec celles du chandelier.

— Donc, pour le meurtre de Céline Beauchamp, on n'a que le témoignage de sa copine. Personne d'autre n'a rien vu ?

— Personne ! Mais cela n'a rien d'étonnant vu l'heure du crime et l'activité de tous ceux qui étaient autour. En plus, comme tout s'est déroulé à l'arrière d'une camionnette, à l'abri des portes grandes ouvertes, comment veux-tu que quelqu'un ait pu apercevoir quelque chose ?

— OK ! Donc Beauchamp reste suspect pour le premier meurtre mais on ne peut rien affirmer. Et la principale raison de le suspecter serait son suicide, ou sa chute involontaire aux faux airs de suicide, le soir du crime ?

— C'est à peu près ça… Juste un détail mais il ne faut rien négliger. On a retrouvé un radis, coupé en deux, prêt à être mangé, dans la poche arrière du jean de Céline Beauchamp.

— Un radis dans sa poche arrière de pantalon ?

— Oui !

— Peut-être que cela faisait partie de son pique-nique ?

— On a interrogé sa copine : pour le déjeuner, elles avaient prévu saucisson sec, salade piémontaise toute faite, et un kouign amann en dessert. Avec un coup de rosé bien frais pour faire passer le tout.

— Eh bien, elles ne devaient pas être au régime… Et l'autopsie ?

— Le proc' n'a demandé qu'un examen externe pour le premier meurtre, et une autopsie complète pour le mari. Mais tu sais qu'on est dimanche…

— Et que Lesage ne les fera que demain. Donc, si je comprends bien, sauf trouvaille extraordinaire et improbable venant de l'IML, il est impossible d'établir un lien certain entre la culpabilité du bonhomme et sa mort, que je qualifierais provisoirement de suspecte. Alors là, tu vois, mon petit doigt me dit que les choses ne sont peut-être pas aussi simples que tu le souhaiterais. J'ai l'impression qu'un esprit neuf pourrait bien nous être utile.

— Un esprit neuf ? Qu'est-ce que tu veux dire ? Toute la brigade ici est au taquet, tu es là, il ne nous reste plus qu'à récupérer les différents rapports manquants des TIC et d'autopsie, et on aura sans doute tous les éléments pour résoudre cette enquête. Pourquoi veux-tu un esprit neuf ? Tu veux faire venir un expert ?

— "UNE" experte plutôt. Une spécialiste des enquêtes tordues qui me paraît être la personne idéale pour regarder cette affaire d'un œil différent, quelqu'un avec qui j'ai travaillé toujours avec bonheur, et qui a été la pièce maîtresse qui nous a aidés à résoudre plusieurs affaires.

Avec l'enthousiasme d'un condamné à mort qui monte à l'échafaud en sachant que la hache n'a pas été affûtée, le major Paugam se risque sur la pointe des dents.

— Oh non ! Ne me dis pas que tu as vu cette fout-la-merde de Laure Saint-Donge et que tu veux nous la balancer dans les pattes ?

Les yeux de Mélanie s'assombrissent en entendant des mots si durs contre LSD.

Mais ils s'éclairent en repensant à son visage, à son nouveau visage, et à ce nouveau charme qu'elle dégage.

— Laure t'avait bien dépanné sur le coup de Plestin, il me semble ? C'est un peu grâce à elle que tu as pu passer major, et revenir dans ton pays en plus… Non ?

— Je dois reconnaître qu'elle nous a donné un bon coup de main, à Roche et à moi, sans jamais tirer la couverture à elle… Le problème, c'est que je n'aime pas ses méthodes ! Et je ne dirais certainement pas que c'est grâce à elle que je me retrouve major à Crozon ! Excuse-moi !

— En tout cas, tu ne t'opposeras pas à son appui ?

— Je ne vais pas te dire que cela m'enchante, mais c'est toi qui diriges l'enquête maintenant.

— Exact ! Alors je vais lui demander de nous aider. Elle a cette capacité, en tant que civile et ancienne flic de prendre du recul sur l'affaire et de regarder les faits et les personnages d'un œil différent.

— Tu sais, j'arrive en fin de carrière et, d'expérience, je sais que le mélange des genres n'est pas toujours facile à gérer, c'est clair, je me rappelle encore le profileur de Plestin, ce n'était pas un cadeau… Mais c'est toi, la cheffe, c'est ta décision, et objectivement je n'ai aucune raison de voir arriver cette LSD avec inquiétude. Si tu arrives à convaincre le substitut et le juge…

— Ne t'en fais pas ; en voyant son CV, ils ne pourront qu'approuver.

Pauvre Hugues, il a du souci à se faire…

*

Chez Yvon Letourneur, célibataire, à part quand il va déverser du fumier du côté de Camaret, le dimanche est un jour, presque, comme les autres. Surtout quand le temps se remet au beau après plusieurs journées de pluie. Cet après-midi, il retournera aux champs pour désherber entre ses plants et après il s'occupera de ses porcs et de ses vaches laitières. Mais pour l'instant, c'est repas amélioré avec un collègue, Christian Prat, qui exploite une ferme à quelques kilomètres de la sienne et qui s'occupera de la sienne pendant sa prochaine hospitalisation. La conversation roule évidemment autour du professeur écolo.

— Tu aurais vu sa tête au petit intello. J'peux t'dire qui s'y attendait pas. L'était tellement surpris que je l'ai pris en photo sans qu'y s'en aperçoive. Tiens, regarde !

Et les deux hommes éclatent de rire en se repassant le cliché immortalisé sur le smartphone.

— Ah, tu l'as pas raté ! Mais c'est bien fait pour sa gueule. Tu sais qu'il fait tout pour bloquer mon projet d'extension ! *Gast !* Celui-ci est un *genaoueg* fini* ! C'est pas la fin du monde d'élever trois cents laitières, et si je pouvais, je demanderais de passer à cinq cents. La banque me soutient. Et j'ai des tas d'éleveurs qui sont avec moi aussi. Ils aimeraient faire pareil, mais ils n'ont pas assez de terres. C'est ces enfoirés d'écolos qui bloquent tout. Ton gars, il est venu avec ses copains à la réunion vendredi soir. Toujours avec les mêmes arguments : les nitrates, les nitrates, les nitrates ! Moi, j'y peux rien si on est sur un bassin-versant, mais avec tous les talus qu'on a, il doit pas arriver grand-chose dans la rivière. Alors pourquoi y nous emmerdent ? Qu'ils aillent chercher ailleurs ! Des pollueurs, y en a partout ! Pourquoi y s'en prennent pas aux stations d'épuration ?

— Moi, c'est pareil, ma porcherie, elle est aux normes, alors pourquoi il vient me faire chier sans arrêt ? Je fais mon épandage où je peux, mais jamais près des ruisseaux. Alors, pourquoi, il s'en prend à nous plutôt qu'aux collègues ?

— C'est lui qui pousse les autres ! On aurait beaucoup moins d'emmerdements s'il était pas là !

---

* « Putain ! Celui-ci est un sacré imbécile ! », en breton.

— En plus, on peut pas lui parler, à ce mec ; il te sort tout de suite ses grandes phrases avec ses chiffres sortis d'on ne sait où… Tu reveux un coup de *gwin ru** ? demande Letourneur.

— C'est du bon en tout cas ! Et c'est les radis de ton potager ? Ils sont super !

Une gorgée de vin rouge et haro sur le prof de nouveau.

— Tu espères que ton dossier d'extension va aboutir quand ?

— “L'assoce” de Morellec fait recours sur recours, alors j'en ai marre. Plus que marre, je crois que la prochaine fois que je le rencontre, c'est pas du fumier que je vais lui balancer… J'ai mon fusil qui n'attend que la réouverture de la chasse aux emmerdeurs… Un peu de plomb dans les fesses, peut-être que ça lui en mettra dans la cervelle ? lance Christian Prat.

Les deux hommes éclatent de rire, avant que “l'invité” d'Yvon Letourneur ne se reprenne une poignée de radis, et ne se tartine une tranche de pain avec du beurre salé. Avant de se reverser un coup de rouge, et de commencer à se servir dans l'assiette de charcutaille.

*

* « Vin rouge », en breton.

Nouveau restaurant pour Hugues et Laure, en mode “lézardons au soleil” toujours face au port. Autour d’eux la foule des grands jours, trop contente de pouvoir profiter en même temps d’une bonne bouffe, du soleil et d’une vue unique sur le port de Camaret et tous ses attraits.

— Alors, à défaut des Tas de Pois, ça t’a plu la pointe des Espagnols, et les fortins de Roscanvel ?

— Franchement, je ne croyais pas que Brest était aussi près. J’avais presque l’impression d’être au fond de la baie et de regarder le port de Locquirec. J’ai même cru apercevoir Léa, en train de promener ses jumeaux sur la plage du Moulin Blanc, ajoute-t-elle en souriant. Léa Mattéi, tu sais, ma copine qui travaillait à la BR de Brest, et qui a eu deux enfants avec Marc, le commandant de la brigade. Maintenant elle a quitté la gendarmerie et est détective privée. Quant à sa vie personnelle, la dernière fois que je lui en ai parlé, c’était un vrai séisme. Je ne sais pas comment elle fait pour rebondir avec tant d’acharnement, mais elle garde toujours la pêche. Et on a un point commun. Toutes les deux, on a travaillé à la BRB : elle à la brigade de recherches de Brest et moi à la brigade de répression du banditisme… C’est un truc qui nous fait toujours marrer. Faudrait que je l’appelle, tiens ! En attendant, que me proposes-tu cet après-midi, puisque notre programme initial est tombé à l’eau ?

— En entrée, on pourrait se faire une petite randonnée sur le GR du côté de la plage de l'Île Vierge, même si son accès est souvent interdit, parce que trop dangereux ; en plat principal, je verrais bien un cap de la Chèvre, accompagné d'une vue imprenable sur la baie de Douarnenez, et, offert par la maison, le panorama inoubliable du cap Sizun avec la pointe du Van en assaisonnement.

— Et le dessert ?

— Détour par une crêperie dont tu me diras des nouvelles, Chez Raymonde à Morgat. Je n'y suis pas allé depuis quelques années, mais ses crêpes sont réputées parmi les meilleures de la presqu'île. Je crois même que c'est la sœur d'Yvette, notre fournisseuse attitrée quand nous sommes à Locquirec ou Trémel ! Et en guise de digestif, balade le long du port de plaisance, toujours à Morgat, avec l'incontournable visite des grottes.

Les yeux vert d'eau de Laure ont délaissé l'assiette de fruits de mer posée devant elle pour plonger dans le regard couleur N.....a d'Hugues, du nom de la pâte à tartiner préférée des orangs-outans, à cause de l'huile de palme. Une voix langoureuse susurre :

— Et dans ton menu tu ne pourrais pas glisser, en guise de trou camarétois une petite sieste "crapouilleuse" voire crapuleuse ?

Tandis que le bout du pied de Laure, débarrassé de son escarpin, s'aventure avec douceur vers le haut des cuisses de son pharmacien, la bouche de celui-ci se plisse en un sourire empreint de coquinerie. Quant à son pantalon, il subit une augmentation de volume inversement proportionnelle à la distance qui sépare les orteils de sa dulcinée de sa braguette.

— J'allais justement vous le proposer, Mademoiselle. Bien sûr ce sera la tournée du patron.

Le son assourdi du deuxième mouvement du *Concerto nº 21* de Mozart s'échappe discrètement du sac à main de Laure.

— Merde ! J'ai complètement oublié de couper mon téléphone.

— Tu n'as qu'à ne pas décrocher, lâche tendrement le pharmacien. Un dimanche après-midi, ce ne peut être qu'un emmerdeur.

— Ce peut être aussi Bruxelles qui est malade…

— Vérifie d'abord si c'est le numéro d'Isabelle ou de Tanguy !

Trop tard, LSD a déjà décroché. Involontairement ? Pas si sûr… Un visage qu'elle connaît bien lui sourit sur l'écran de son smartphone. À voir la tête déconfite d'Hugues, il est clair qu'il a deviné qui appelait.

Son menu gastronomique, si alléchant pourtant, risque fort d'être remis à une date ultérieure. Indéterminée.

*

Fin de repas morose malgré les glaces qui sont un délice, surtout avec cette chaleur estivale.

Le couple ne parle plus, mis à part quelques échanges banals sur le vin ou sur la nourriture. Sans un mot, ils ont pris le quai du Styvel et rejoint la digue.

Les yeux dans le vague, Hugues regarde la mer et la plage.

Les yeux dans les vagues, il murmure, sans même tourner la tête.

— Je pense que tu n'auras pas besoin de la voiture cet après-midi ? Tu vas avoir un ou plusieurs chauffeurs à ton service, à moins que tu n'aies une chauffeuse…

— N'en fais pas toute une montagne ! Mélanie veut juste discuter un peu avec moi, avoir mon opinion, mais je ne sais même pas de quoi il s'agit. Si ça se trouve, dans une heure je t'appelle pour que tu viennes me chercher.

— Dans une heure ! répète Hugues avec un petit rire sarcastique. Tu rêves ! Je crois qu'il serait plus simple de se parler sincèrement. Je vais te dire : pour moi, tu es embringuée dans cette affaire pour un temps indéfini, et même si Camaret a beaucoup de charme, je n'y suis pas venu en week-end pour rester tout seul !

— Mais… proteste sans beaucoup de conviction une Laure aux yeux de cocker n'ayant pas mangé depuis trois jours.

— Il n'y a pas de mais, tu sais très bien qu'une fois que tu seras plongée dans l'enquête je n'existerai plus que par intermittence. Alors voilà ! Il est 15 heures. Après t'avoir laissée à la gendarmerie, je commence par confirmer à l'hôtel que nous gardons la chambre une nuit de plus et après, je vais aller me balader dans les petites rues derrière le port : rue des Langoustiers, rue de Reims, rue de Liège, rue de la Marne… Il y a plein de galeries et de coins insolites à découvrir. Je vais traîner, essayer de dénicher un trésor, et si je n'ai pas de tes nouvelles pour 18 heures, je rentre à Trémel. Je reviendrai te chercher quand tu auras terminé avec Mélanie… Ton père pourra continuer à s'occuper de Bruxelles pendant la semaine ?

— Oui ! En ce moment, il est en cure de désintox.

— Ton père est camé ?

— Oh non ! Il se sent un peu fatigué, alors il fait abstinence. Pas de sexe pendant quinze jours. Ça m'étonnerait qu'il tienne…

— No comment ! répond Hugues d'un ton désabusé. Je vais chercher la voiture.

*

Crozon. Route de Camaret. Dans l'imposant bâtiment qui abrite la brigade de gendarmerie, Laure est accueillie comme une reine par une Mélanie aux anges.

Pas d'effusions. En présence des collègues, ça ne se fait pas, mais une solide poignée de main et deux visages qui s'éclairent de plaisir. Le temps de jeter un coup d'œil amical et empreint de compassion au poisson rouge solitaire emprisonné dans l'aquarium de la salle d'attente, et LSD passe derrière le comptoir où sont reçus les visiteurs lambda. Elle n'est pas une visiteuse lambda. Elle serait plutôt une invitée traitée façon VIP. Sans grande surprise, elle croise dans le couloir le major Paugam, qui semble préoccupé par une histoire de déversement de fumier à laquelle la nouvelle arrivante ne comprend pas grand-chose. Quelques pas en silence, et les deux jeunes femmes se retrouvent dans le bureau qui a été réservé pour la commandante de la SR.

Assises de chaque côté du bureau, aucune d'elles ne parle. Mélanie la dévore des yeux, tandis que Laure, tout en affichant un visage aussi souriant que possible pense avec un énorme regret, au corps et au cœur, aux diverses fredaines auxquelles elle aurait pu se livrer à la même heure avec Hugues. Elle essaie de se consoler en se disant qu'après tout, c'est bien elle qui a cherché à être mêlée à cette ou plutôt à ces enquêtes, mais elle ne peut s'empêcher de revoir dans sa tête la figure ravagée d'Hugues quand elle l'a laissé.

— On va parler boulot dans une seconde, mais avant, laisse-moi te regarder. Je n'en crois pas mes yeux. – À voir l'éclat qui brille dans ses prunelles, nul doute que c'est la vérité. – Tu es resplendissante. Tu avais un charme fou avant, mais là… Quand t'es-tu décidée à te faire opérer ?

— Quand j'ai revu le chirurgien québécois que j'avais déjà consulté et qu'il m'a parlé des greffes de parties de visages qu'il commençait à pratiquer régulièrement, avec d'excellents résultats. Il venait quelques mois en France, c'était un ami de mon père. Toutes les planètes étaient alignées. Je n'ai pas hésité vraiment longtemps, mais je te passe les détails. Tout va bien, une petite alerte, il y a quelques semaines, de micro-signes de rejet, mais il a aussitôt renforcé le traitement, et quand je l'ai revu avant-hier, il était très content.

— Et toi, tu…

— Mélanie, si on se mettait au boulot ?

— Si tu veux… On pourrait reparler de tout ça plus tard, ailleurs qu'ici ? Tu laisseras bien Hugues tout seul pour une heure ou deux ?

— Je préfère qu'on change de sujet.

— OK ! Alors je te briefe. Tu m'as dit tout à l'heure que tu repartais ce soir, c'est toujours vrai ?

Laure hésite un instant, repensant à l'ultimatum d'Hugues.

— On a décidé de rester jusqu'à demain soir, en fait. On est arrivés vendredi soir, en sortant de la Cavale Blanche.

— Donc tu as dû voir du remue-ménage hier matin sur le port ?

— Tu parles, je voulais visiter la chapelle et la tour, comme tout le monde, et je me suis fait refouler à l'entrée de la digue. C'est là que j'ai rencontré le major Paugam…

— C'est clair…

Elles éclatent de rire avant que LSD ne reprenne.

— J'ai tout de suite compris qu'il s'était passé quelque chose de sérieux, mais il n'a rien voulu me dire. Et quand je t'ai vue hier sur la route des Tas de Pois, j'ai rapidement compris, avant même que tu ne me le dises, qu'il y avait forcément eu du vilain. Si le procureur faisait appel à la SR de Rennes… Et je vais être franche avec toi. Je me doutais que tu me sonnerais. Pour être encore plus sincère, je dois dire que je l'espérais.

Une déclaration enthousiaste qui ravit la splendide Mélanie.

— En résumé, tu ne sais rien de précis, ni sur le meurtre d'hier ni sur la découverte d'aujourd'hui ?

— Rien d'autre que ce que tu m'as dit tout à l'heure…

— Voici tous les éléments dont on dispose actuellement. On a encore quelques TIC sur le terrain aux Tas de Pois, et on attend les rapports d'autopsie et les tests ADN. Tu vas en être au même point que moi pour te forger une opinion. Et comme j'ai le procureur et le juge qui vont m'appeler vers 17 ou

18 heures, ce serait bien qu'on puisse avoir au moins un début de piste à leur donner à grignoter. Qu'ils nous foutent la paix jusqu'à demain midi.

— Et la presse ?

— T'inquiète, ils ont les noms des victimes, mais on leur a donné le strict minimum. Ils ont bien assez pour faire un article demain, c'est parfait.

— Au moins, on est tranquilles de ce côté-là, mais il y a une chose que je ne comprends pas. J'ai travaillé plusieurs fois avec la SR, que ce soit avec Jean-Philippe ou avec toi, et on "brainstormait" toujours tous ensemble. Là, il semble qu'il n'y ait que toi et moi, avec la bénédiction de Paugam et du procureur.

— Je t'explique vite fait ! Ce n'est pas pour t'envoyer des fleurs, même si j'en aurais envie, mais toi et moi, on est sur la même longueur d'onde, on fonctionne pareil…

— Pas sur tous les plans… ironise Laure.

La réponse vient avec un petit sourire enjôleur et une œillade enflammée. Rassurez-vous, sans conjonctivite.

— Si j'avais travaillé avec le major Paugam ou son adjoint, je sais que tôt ou tard, tu aurais débarqué. Soit parce que tu aurais mené l'enquête de ton côté, soit parce qu'on t'aurait appelée pour que tu nous fournisses un complément d'information, puisque tu te débrouilles toujours pour en récupérer avant nous. Comme ta collaboration avec la gendarmerie a toujours été d'un grand secours, il m'a suffi de développer ces différents arguments auprès du procureur et du juge. Le temps qu'ils donnent quelques coups de fil pour vérifier avec leurs collègues s'ils pouvaient te faire confiance, et tout était réglé. On va donc travailler à deux, ce qui sera beaucoup plus simple, mais évidemment avec la collaboration permanente du major Paugam et de toute la brigade. Et tu le devines, pour des raisons de procédure, comme tu n'es pas OPJ, ton rôle se limitera sur le terrain à observer, ou à questionner, mais pour le reste, tout le côté officiel, ce sera forcément des officiers de police judiciaire qui opéreront. C'est clair ?

— Ah, dit une petite voix rigolarde, tu te "reprends" pour le major ?

— Excuse ! Je n'ai pas pu m'en empêcher. Allez, je te fais le topo. Voilà : notre victime d'hier s'appelle Céline Beauchamp. Avec une copine, Nicole Morellec, elle faisait le vide-greniers annuel d'une association locale et était installée avec sa voiture derrière la tour Vauban. On l'a retrouvée assassinée dans le coffre de sa camionnette. Ce matin, et c'est pour ça que je suis là, c'est son ex-mari, un homme violent qui la battait, qu'on a retrouvé mort au pied de la falaise des Tas de Pois. Cause de la mort indéterminée au moment où je te parle : la chute a pu le tuer, c'est certain, mais on n'en sait pas plus sur les circonstances exactes et les causes de cette chute. Commençons par le début, la morte d'hier matin.

— Tu m'as dit que sa voiture était garée derrière la tour. Donc, pas loin du pont-levis ?

— En face. Son emplacement était presque au bord du quai, juste au-dessus du port de plaisance.

Ce qu'elle raconte ensuite, vous le savez déjà. Mais le récit déclenche plusieurs remarques du côté de Laure.

— Si elle était placée près du môle, l'assassin a pu venir de n'importe où : ce peut être un client, un autre exposant, ou quiconque serait passé entre les voitures et le môle. Ce pourrait même être un plaisancier, un pêcheur ou quelqu'un qui attendait sur une des jetées qui protègent les pontons. Vous avez interrogé tous ces gens-là ?

— C'est une très bonne question. Je sais que Paugam a sécurisé toute la zone côté entrée des voitures sur la digue. La marée descendait, donc les plages aussi étaient sous surveillance côté port et côté plage du Corréjou. Toutes les personnes présentes au vide-greniers ont été interrogées mais côté port de plaisance je n'en sais rien.

Un rapide coup de fil au major, et la réponse tombe :

— Il n'avait pas assez de gendarmes disponibles, il a demandé à la GMAR, la gendarmerie maritime, d'envoyer un Zodiac. Mais ils n'ont fait que contrôler les bateaux qui quittaient le port.

— Et ça ne servirait à rien d'interroger ceux qui sont là aujourd'hui ; il y en a certainement très peu qui étaient aussi là hier matin, sans compter le temps qu'il a fallu pour sécuriser le périmètre. Le tueur pouvait largement se barrer, avant que tout ne soit en place.

— Je suis d'accord, et c'est pour ça que j'ai demandé à Jacky…

— Jacky ?

— Paugam… On commence à bien se connaître, c'est la quatrième affaire où l'on bosse ensemble. Donc je ne lui ai pas demandé de réinterroger tous les plaisanciers du bassin Vauban ni les pêcheurs.

— L'enquête de voisinage n'a rien donné ?

— Rien ! C'était une femme effacée, sans histoire. Une mère de famille exemplaire d'après les voisins. On a eu juste sa voisine immédiate, celle qui gardait ses enfants en dépannage, qui a affirmé qu'elle semblait toujours plus ou moins inquiète. « Même si elle souriait », – elle fouille dans le dossier – Ah ! J'ai retrouvé les mots exacts : « Même quand elle souriait, on sentait qu'elle avait peur ! »

— Peur de quoi ?

— On va y venir : c'était une femme battue, mais je vais t'en parler très bientôt. Je finis juste avec le premier meurtre. Donc, aucun témoin, et aucune empreinte exploitable.

— Reste à espérer pour l'ADN et l'autopsie, mais je n'y crois pas.

— Moi, ce qui m'intrigue le plus, c'est ce qu'on a trouvé sur elle.

V

Nicole Morellec rêvasse sur son bain de soleil dans le jardin. Ses écouteurs diffusent un CD de Céline Dion qu'elle écoute à peine. Réfugié dans son bureau, son mari doit faire des recherches sur Internet, ou préparer une publication quelconque. Yannick lui avait pourtant promis d'aller faire une balade cet après-midi, voire d'aller à la plage du Veryac'h. Comme il est bientôt 16 h 30, tous ces beaux projets lui semblent sérieusement compromis. Et elle s'en fout ! Elle s'en fiche comme de l'an 40 avant Jésus Christ, depuis qu'elle a reçu la bonne nouvelle, juste à la fin du repas. Le smartphone breton a bien fonctionné, et une amie commune lui a appris la nouvelle qu'elle attendait avec impatience. Ce salaud de Bertrand Beauchamp a été retrouvé mort au pied de la falaise de Pen-Hir. Il est définitivement et officiellement rayé du tableau des vivants. La presqu'île est débarrassée de cet être abject, malfaisant, qui avait fait tant de mal à celle qui était sa meilleure amie. Comme elle aurait aimé voir la réaction de Céline en apprenant cette mort ! Yannick, lui, n'a pas montré un enthousiasme délirant à l'annonce de cette disparition, mais il est vrai que la mort de Céline, qu'il connaissait depuis le collège, l'avait déjà bien secoué, et la douche au fumier n'avait pas arrangé son humeur. Il avait même refusé la proposition de sa femme d'ouvrir une bouteille de champagne pour fêter, de manière quelque peu cynique, cette “libération” posthume. La jeune femme, débarrassée de son boulet, aurait pu retrouver une vraie joie de vivre, celle où l'on ne tremble pas chaque fois qu'un bruit suspect se fait entendre. Une idée qui fait sourire l'infirmière.

Sans doute son mari s'était-il réfugié dans le boulot pour éviter de trop gamberger… Pour Nicole, son spleen dominical émane de racines plus profondes, plus ardues à mettre au jour. Beaucoup d'éléments se mélangent dans son cerveau bercé par les lénifiants rayons solaires. En premier lieu, l'incrédulité face aux événements de la veille : elle se revoit en pleurs, près du corps de sa copine, se repassant en boucle les moments qui avaient précédé. La présence de la gendarmerie, leurs questions légitimes l'avaient ensuite poussée à bout. Mais ce samedi mortel n'était qu'un début… Pour son dimanche, elle avait eu droit à un arrosage de fumier en apéritif, ce qui avait laissé dans son cerveau des impressions très contradictoires, et en digestif l'annonce tant espérée de la disparition de l'ordure qui était responsable de tout. Et la voici maintenant baignant dans le soleil et ses contradictions… Elle aimerait s'offrir pleinement à Phoebus, mais comment le pourrait-elle ? Depuis quelques jours, sa vie n'est plus qu'un gigantesque chaos. Encore quelques minutes entre spleen et mélancolie, et la voix, inespérée, de son mari retentit.

— Tu es prête, Nicole ? On va faire un tour ?

Tu parles qu'elle est prête !

*

À Locquirec aussi, le soleil a répondu présent. Un petit barbecue improvisé réunit Vincent Saint-Donge, le père de Laure, Tanguy et Isabelle, les meilleurs amis de notre héroïne. Bruxelles passe son temps à passer de l'un à l'autre, cherchant une main généreuse.

— Je ne me rappelle pas qu'on ait déjà déjeuné seulement tous les trois, répète le professeur d'IUT de Lannion pour la énième fois.

Pardonnons-lui ce radotage sans doute lié à l'absorption répétitive des cerises à l'eau-de-vie laissées par Laure à leur discrétion.

Pendant que VSD se marre, Isabelle, plus terre à terre s'en prend d'un ton sec à son compagnon intermittent :

— Je te signale que même si c'est moi qui conduis, je n'ai pas l'intention de ramener un mec bourré à Louannec. N'oublie pas qu'on est dimanche, que demain y a école et donc tu couches chez toi ce soir. Alors si tu pouvais te contenter de boire de l'eau à partir de maintenant, ce serait une bonne idée, parce que tu devras ramener ta voiture ! Et profite de cette vue au lieu de te goinfrer !

Attablés à la terrasse du premier étage de la maison de Laure, ou plus exactement de la maison prêtée à Laure, les trois convives savourent le superbe panorama qui s'offre à eux : la baie de Locquirec, le port, la pointe d'Armorique, celle de Locquémeau, Trébeurden, l'île Millau et tous les bateaux, kitesurfs et planches à voile.

— Tu as raison, mon Isa, dit une voix mal assurée, j'arrête avec les cerises. Mais quand tu penses que Laure va mieux, ça mérite de s'arroser, non ?

VSD, resté sagement au médoc – un Écrin de Couleys 2011 venu directement de chez le producteur –, intervient pour modérer l'enthousiasme du compagnon d'Isabelle :

— Tu as raison, Tanguy, les cerises préparées par Laure sont excellentes, mais je dois mettre un bémol à ce que tu viens de dire. J'ai eu Bernard-Henri au téléphone hier…

— Le fameux BHL, celui qui n'a pas Ariel à ses côtés pour laver ses chemises blanches… interrompt Tanguy dans un éclat de rire.

— Si ça te fait marrer, c'est le principal. En tout cas j'ai parlé avec le professeur Léveillé hier soir. Il m'a promis de passer avant son retour au Québec, et il repart jeudi… On a parlé de Laure, mais évidemment, secret professionnel oblige, il ne m'a rien dit de confidentiel. Juste des généralités à propos des greffes. Et il m'a dit une phrase qui m'a particulièrement frappé, parce qu'elle était à la fois évasive et très évocatrice, à mon avis, du cas de Laure. Il m'a dit textuellement : « En matière de greffe, rien n'est jamais gagné. À part les greffes du rein qu'on maîtrise presque parfaitement maintenant, on est toujours à la merci d'un grain de sable qui ferait s'enrayer le mécanisme antirejet. Et Laure, ce n'est pas un grain de sable qui la menace, c'est une plage… Il faudra encore beaucoup de patience, et autant de prudence de sa part avant de pouvoir crier victoire ! Mais je ne suis pas sûr que patience et prudence soient ses qualités principales ! »

*

Sans doute pas en temps normal. Mais face à Mélanie Quéguiner, c'est moins la prudence que la ruse qu'il faut utiliser. Ce dont Laure ne se prive pas. Le bouton du haut de sa chemise bleu ardoise vient discrètement d'abandonner sa boutonnière, LSD seule sait comment, et le haut de sa poitrine arrogante se laisse maintenant facilement deviner. Quant au reste de ses seins, l'étoffe tendue au niveau des tétons ne laisse pas son interlocutrice indifférente. Laure commence à bien la connaître et laisse, sans complexe, les pulsions de la commandante s'épancher pendant qu'elle repose cette question existentielle, que même Jean-Paul Sartre n'osait pas évoquer.

— Maintenant que tu m'as tout raconté, je me pose une question, je dirais même "LA" question. Pourquoi ce radis dans la poche de son jean ? Ça n'a pas de sens ! Quand on va faire ses courses, on ne met pas de radis dans sa poche, et pareil si on va faire un vide-greniers ! Ce radis n'est pas là par hasard, j'en suis convaincue !

Un franc sourire envahit le visage de la jeune femme qui lui fait face.

— J'ai eu exactement la même réaction que toi, répond Mélanie, incontestablement séduisante avec sa trentaine flamboyante, son visage avenant et ses yeux plus bleus qu'un atoll polynésien.

Ses cheveux d'un blond éclatant, réunis en une queue-de-cheval basse, ajoutent à ce charme indéniable que dégage cette silhouette grande et élancée. Avec cette pointe de bronzage en plus venue du mois d'avril – et surtout de ses vacances à la montagne –, elle ferait chavirer plus d'un mâle, si bon marin soit-il. Dommage pour la gent masculine qu'elle préfère, sans la moindre ambiguïté, les femmes en pleine maturité, surtout celles qui ont ce quelque chose en plus, indéfinissable, propre aux êtres comme Laure. LSD connaît le danger, très relatif, de sa coenquêtrice, et s'en amuserait plutôt. Elle sourit beaucoup moins quand la commandante de la SR reprend la parole. Et le dossier en carton orange posé juste devant elle.

— Puisque tu t'intéresses au radis, j'ai devant les yeux un premier rapport établi par les TIC qui explorent le plateau de la pointe de Pen-Hir avec le PSIG, à la recherche d'indices, et l'endroit où la victime a pu chuter. Tu connais le site, alors…

Laure n'a pas de mal à prendre cet air renfrogné des gens qui ont l'impression qu'on se fiche d'eux. Elle a d'autant moins de mal que sa joue droite, ressuscitée, arrive pratiquement à reproduire les mêmes mimiques que sa joue gauche. Une occasion unique pour elle de vérifier en conditions réelles la réussite de son opération. Son sourire new-look réapparaît quand elle s'adresse à Mélanie.

— Je présume que tu te fous de moi ? arrive-t-elle à articuler. Avec Hugues, quand nous avons choisi Camaret pour venir en week-end, c'était pour être ensemble évidemment et avec trois destinations touristiques en tête : le port avec sa tour, sa chapelle et son cimetière de bateaux, les Tas de Pois, et les ruines du manoir de Paul Roux, alias Saint-Pol-Roux, alias Le Magnifique. Comme tu le sais, et pour cause, l'accès à la pointe de Pen-Hir et aux Tas de Pois était, et reste, bloqué par tes collègues. Du coup, puisque hier nous n'avons pu accéder à la digue que l'après-midi, nous avions prévu d'explorer le site ce matin… Et pour la suite, je ne te fais pas un dessin.

Mélanie pose son portable avant de reprendre.

— OK ! Donc tu ne connais pas et cela tombe bien parce que je viens de recevoir un message des TIC encore présents sur place. Ils aimeraient bien que je les rejoigne. Tu m'accompagnes ? Comme ça, tu joindras l'utile à l'agréable.

Une grosse dizaine de minutes dans le Scénic de Mélanie, et la même dizaine de minutes à repousser la main baladeuse de la conductrice, qui veut à tout prix, mais en douceur, "investir" la cuisse gauche de Laure élégamment dénudée par sa minijupe gipsy, dont le blanc imprimé vient trancher harmonieusement avec son chemisier bleu ardoise noué au niveau du nombril.

Laure savait que la cohabitation "policière" passerait par ce genre de scénario, mais elle ne s'attendait pas à un déclenchement des "hostilités sensuelles" si précoce.

— Allez ! Laisse-toi faire, je sais que tu en meurs d'envie.

Pas de mots en guise de réponse, juste une main qui vient redéposer celle de la conductrice sur son volant. À chaque nouvelle tentative d'exploration crurale.

Au niveau de la déviation qui renvoie les automobilistes vers la plage de Veryac'h, la gendarme de faction s'empresse de lever la rubalise, et le

Scénic se gare peu après sur le parking de la pointe de Pen-Hir, aux côtés de la voiture des TIC et de celle des pompiers.

*

Une promenade en couple, de la rue de Verdun jusqu'au bout de la digue. Sans y croire vraiment, Nicole espérait, à défaut de mots d'amour, des gestes de tendresse, mais Yannick Morellec a plus l'humeur morose que sentimentale. À peine échangent-ils quelques banalités sur la chaleur, le soleil, le nombre de touristes, l'état des bateaux dans le cimetière… Pourtant, à marée haute, le port de Camaret représente un endroit idéal pour situer une idylle romantique. Une idée qui la fait sourire. Quelques minutes de marche. Le couple vient à peine de rentrer dans leur coquette maison, débarrassée, grâce aux services techniques de la mairie intervenus en urgence, de l'amas pestilentiel qui encombrait l'entrée du garage ; lui est déjà retourné dans son bureau…

— J'ai juste un article à finir, et quelques coups de téléphone à donner.

Des mots qui signifient, en "langage Yannick" « Ne viens pas m'emmerder, on se retrouve au dîner. »

De retour sur le canapé, Nicole se repasse, pour la énième fois l'histoire de leur couple. Ils se sont rencontrés en boîte, lui était avec des copains, elle avec Céline et Julie, ses deux meilleures amies. Ils avaient fini la soirée ensemble et s'étaient revus fréquemment. Puis la vie les avait séparés, entre lui qui était à la fac de Rennes et elle qui était à l'IFPS du CHRU de Brest. C'est-à-dire qu'elle suivait des cours à l'Institut de formation des professionnels de santé du Centre hospitalier régional universitaire de Brest pour devenir infirmière. Ils avaient surmonté ensemble quelques années de longues séparations et de courtes retrouvailles, liées à leurs affectations respectives. La vie les avait enfin rapprochés, cela faisait neuf ans maintenant, et ils avaient pu s'installer ensemble à Camaret, le pays de leur cœur (et de leurs parents à l'époque). Plusieurs années de concubinage, et ils s'étaient mariés, en toute simplicité, cela faisait six ans. Ils avaient filé le parfait amour, sans la moindre envie d'avoir d'enfant. Lui bossait à Châteaulin et elle était devenue infirmière à l'EHPAD de Camaret. Elle y avait retrouvé Céline, déjà aide-soignante dans l'établissement, tandis que Julie s'était établie comme infirmière libérale à Crozon. À elles trois, depuis la séparation de Céline, elles formaient une bande de joyeuses luronnes, toujours prêtes à faire la foire quand le mari de Julie lui laissait la bride sur le cou, généralement au moment des grandes compétitions sportives et des soirées avec ses copains. Encore fallait-il que leurs horaires s'accordent pour qu'elles puissent se retrouver, ce qui n'avait rien d'évident quand on travaille toutes dans le milieu médical et qu'on a des enfants à gérer.

Nicole, de son côté, n'éprouvait pas beaucoup de difficultés pour se libérer, puisque son Yannick était toujours par monts et par vaux, engagé dans de multiples combats pour la sauvegarde du patrimoine, de la faune, de la flore, des eaux et rivières, contre le gaspillage alimentaire, contre la malbouffe… et bien sûr contre les algues vertes. C'est ce dernier volet de ses activités qui lui tenait le plus à cœur, et lui prenait le plus de temps. Au début, elle l'avait accompagné dans les diverses réunions, avant de réaliser que la "réunionite aiguë" ce n'était pas son truc. Elle l'avait suivi de moins en moins aussi dans les manifs, et maintenant, elle le laissait agir seul. Depuis des mois, chaque jour qui passe voit leur couple se dégrader doucement, sans heurts, et évidemment sans chaleur. Entre ses horaires personnels régulièrement décalés et les réunions de son mari le soir ou le week-end ils ne doivent plus passer ensemble que deux ou trois soirées au maximum par semaine. Autant dire que leur vie sexuelle se limite à quelques brèves et de plus en plus rares étreintes, sans passion, principalement quand tous les deux ont un peu abusé de la dive bouteille.

Le divorce n'est pas à l'ordre du jour – Nicole aime trop sa maison pour risquer de la perdre, et lui y est opposé “par principe” – mais leur vie de couple se réduit au fil du temps à une portion de plus en plus congrue. Et tout dialogue sur le sujet avec son mari relève de l’utopie : il sait être calme, il sait écouter, il sait que leur union bat de l’aile, mais il n’acceptera rien. Changer ses priorités sociétales pour moins délaisser sa femme, l’idée ne l’effleure même pas. Absorbé par ses actions associatives diverses, “égoïste XXXL” il n’apprécie que trop d’avoir quelqu’un pour gérer les soucis quotidiens ou domestiques à sa place. Et Nicole se sent de plus en plus seule, chaque jour un peu plus que la veille, et un peu moins que le lendemain. Bien sûr, comme aurait dit Jacques Brel, « elle aurait pu prendre quelques amants, afin de passer le temps, afin que son corps exulte ». Mais elle a un gros défaut, une tare sans doute héréditaire, venue de sa mère, elle est fidèle, désespérément fidèle. Elle respecte à la lettre le serment prononcé à leur mariage : pour le meilleur et pour le pire. L’idée même de tromper son mari l’effleure rarement, et encore faut-il que ce soit parce qu’un beau parleur lui serine des mots doux. Côté mari, rien que penser qu’il pourrait lui être infidèle la fait sourire, presque rire. Avec son emploi du temps de ministre, comment Yannick se risquerait-il à se lancer dans une relation adultère ? Comment pourrait-elle envisager une telle hypothèse ? Elle a donc choisi de croire en des jours meilleurs, avec le même enthousiasme qu'un violoniste jouant *Ce n'est qu'un au revoir* sur le *Titanic* un jour de rencontre avec un iceberg. Machinalement, elle se lève et part en cuisine préparer le dîner, des idées morbides dans la tête. Demain sera-t-il un autre jour ?

*

Après le parking, les deux femmes se sont engagées sur un espace plat qui les mène vers un plateau rocheux désert, ou presque. Sur la droite une immense stèle se dresse face à la mer d'Iroise. Voyant le regard de Laure tourné vers le monument, Mélanie Quéguiner lui précise :

— C'est une croix de Lorraine dédiée "aux Bretons français libres" et qui a été inaugurée par le général de Gaulle au début des années 1950. Mais nous, on ne va pas par là. On va là-bas.

Et elle montre du doigt deux hommes qui s'affairent au bord de la falaise, visiblement des pompiers, d'après leur équipement, et surtout d'après la couleur du 4x4 garé tout près d'eux, l'arrière tourné vers la mer.

— Fais attention où tu mets les pieds, le sol est très irrégulier. Il paraît plat mais en fait il y a plein d'arêtes. Toutes les roches ici sont du grès armoricain, ce qui en fait, d'après ce que j'en sais, est une forme de sable littoral cimenté naturellement. Dans certains endroits il s'est recristallisé et forme ce qu'on appelle du quartzite. Mes connaissances en géologie s'arrêtent là, et encore c'est parce que Jacky me l'a expliqué ce matin…

Tout en faisant très attention en marchant, car le sol s'avère effectivement recéler bien des traîtrises, Laure ne peut qu'admirer ce panorama fantastique. Tout autour d'elle, mis à part le sémaphore du Toulinguet et la croix de Lorraine entraperçue plus tôt, aucune construction ou bâtiment. On ne voit que des plages, des baies et des avancées rocheuses, baignant dans une mer d'Iroise résolument calme.

Devant ses yeux, à l'extrême bout de la pointe de Pen-Hir, une succession d'îlots rocheux, aux tailles très diverses qui s'avancent dans l'océan comme des enfants de pierre qui voudraient échapper aux jupons de leur “mère-falaise” et courraient en file indienne, pour être les premiers à aller se baigner.

Les deux femmes ne sont plus qu'à quelques mètres du bord ouest de ce site qui constitue un des plus sauvages de Bretagne. Laure, qui a pourtant vu bien d'autres paysages dans sa vie de journaliste qui l'a emmenée tout autour du monde, ne sait plus où porter ses yeux.

Le visage de Mélanie s'éclaire un peu plus, et elle savoure avec une tendresse certaine le faciès émerveillé de LSD. Par certains aspects, il lui rappelle celui d'un enfant découvrant le sapin de Noël garni de cadeaux.

— C'est beau, hein ? « *Homme libre toujours tu chériras la mer…* » Ce n'est pas pour rien qu'on a gravé ces mots sur la croix de Lorraine là-bas. Je sens que toi, tu aimerais bien jouer les touristes et que je te serve de guide… Mais on est là pour le boulot ! T'inquiète, tu reviendras plus tard, avec ton chéri, ou peut-être toute seule, si jamais il en a marre de t'attendre.

Des mots durs enrobés de douceur que Laure encaisse sans broncher, même si au fond d'elle-même cette réflexion s'avère pleine de bon sens.

Les deux jeunes femmes sont tout près de la voiture des pompiers quand un troisième homme surgit, venant de l'autre côté de la jeep, les surprenant presque.

— Tiens ! Mélanie ! Ça fait un bail que je ne t'ai pas vue !

— La dernière fois, c'était déjà ici, non ? Les deux junkies qui avaient fait le grand plongeon ! Ils étaient restés coincés en bas de la falaise. Avec la mer qu'il y avait, on ne risquait pas d'aller récupérer leurs corps en Zodiac, alors tu étais venu avec ton équipe.

— Exact ! Mais ils étaient tombés un peu plus sur la droite. On n'aura jamais su ce qui leur était arrivé…

Un haussement d'épaules. La commandante se contente d'un laconique :

— Vu le cocktail magique qu'on a retrouvé dans leur sang et la quantité d'alcool qu'ils avaient ingurgitée, je dirais que l'on ne m'a pas incitée à pousser trop loin les investigations. Comme en plus ils n'avaient pas de parents, je ne crois pas qu'ils manquent à qui que ce soit, sauf peut-être à leur dealer. Bon ! Revenons au présent, qu'est-ce que tu as fait de mes deux TIC ? Ils m'ont appelée pour me dire qu'ils avaient presque fini, ça fait une bonne demi-heure ! Au fait, j'ai oublié de te présenter Laure, Laure Saint-Donge, qui m'assiste dans l'enquête.

— Laure, voici Ronan, Ronan Le Louarn, chef de groupe au GRIMP de Camaret.

Une franche poignée de main accompagnée d'un sourire, et le pompier ajoute malicieusement, en regardant alternativement Mélanie et LSD :

— Ce n'est peut-être pas politiquement correct mais, excusez-moi de vous le dire, si tous les flics de France étaient superbes comme vous, ça se bousculerait au concours d'entrée dans la gendarmerie…

— T'es con ! Heureusement que j'ai besoin de toi et de ton équipe, sinon je te coffrerais pour harcèlement verbal, rétorque Mélanie, sourire aux lèvres. Je reviens à notre affaire, où sont passés mes TIC ?

— Tes deux TIC, comme tu dis, ils ont des balloches, surtout la demoiselle. Nous, après avoir récupéré “TON” cadavre…

— “MON” cadavre ! Tiens ! Justement, vous l’avez récupéré où ? Jacky m’a parlé de Salle verte, mais il n’a pas eu le temps de rentrer dans les détails…

— Attends, je vais te montrer. Mais il faut s’approcher un peu plus du bord de la falaise. Attention à ne pas glisser et à ne pas vous prendre les pieds dans toutes les cordes accrochées au Defender. Seb et Mathieu assurent déjà quatre personnes, je ne crois pas qu’ils aient envie d’aller en chercher deux de plus en bas.

Les deux sapeurs, en entendant prononcer leur nom, se retournent pour un bref salut.

— Excusez-nous, on ne peut pas vous parler, ils ont fini, il faut qu’on les remonte.

— Eh bien, voilà, tu sais où ils sont tes chercheurs d’indices. Pendant qu’ils les ramènent, je vous explique. Sur la droite, là, à une trentaine de mètres, vous voyez ce bout de falaise perpendiculaire ?

— Oui ! répondent en chœur les deux jeunes femmes.

— Eh bien, c’est ça, la Salle verte. Et si vous regardez bien, juste en face de nous, vous voyez deux petites anfractuosités dans la roche. La première n’est pas très grande mais la deuxième est plus profonde. C'est dans celle-là que le corps était resté accroché au rocher, et il était parfaitement impossible de le voir d'ici, de la falaise principale, à moins d'aller tout au bout de la pointe et de se hisser sur le Grand Daouët. Mais il y a un joli fossé, et à part ceux qui font de la varappe ou les frimeurs inconscients, personne ne s'aventure par là. Trop dangereux. C'est pourquoi le corps, en réalité, n'était visible que de la mer.

Une tête émerge du flanc de la falaise, comme sortie de nulle part, suivie quelques secondes après d'une autre. Toutes deux sont recouvertes de la "cagoule" et du masque blanc typique des techniciens en identification criminelle. Puis viennent leurs corps revêtus de leur reconnaissable "combinaison blanche d'astronaute". Encore un court instant, et les deux silhouettes reprennent pied sur le plateau de Pen-Hir, manifestement pas fâchées d'avoir retrouvé un sol stable sous leurs pieds. Les deux pompiers du GRIMP qui les sécurisaient arrivent à leur tour. Une simple étreinte, bien franche, entre gendarmes et pompiers, et tous savourent un café bien mérité. Le temps de les laisser apprécier ces quelques instants de repos indispensable, et Mélanie se présente aux jeunes gendarmes qu'elle ne connaît pas.

— Bonjour, Commandante. Adjudant-chef Le Beller et maréchale des logis-chef Benoist. Je crois que nous avons trouvé des choses intéressantes.

— Eh bien, on va faire le point tout de suite, dès que vous vous sentirez d'attaque, ce sera le mieux !

— Je pense aussi. Mais permettez-moi de remercier d'abord les deux binômes du GRIMP qui nous ont considérablement aidés, Gilles et Romain, ainsi que Ronan, Seb et Mathieu, qui nous assuraient d'ici. On se connaît tous bien, il nous arrive de faire de la varappe ensemble. Merci, les gars, vous avez été super !

*

La pointe de Pen-Hir retrouve lentement son calme ; les pompiers commencent à remballer tout leur matériel, et les TIC, reposés, peuvent commencer leur rapport, avec d'autant plus de concision que, du côté de Mélanie, on surveille la montre. Le procureur ne va pas tarder à appeler et il faut des éléments à lui fournir. Laure jette aussi un coup d'œil discret à l'heure. L'ultimatum fixé par Hugues approche à grands pas, et l'enquête n'a pratiquement pas avancé. Acceptera-t-il de repousser sa décision ? Pour cela il lui faudrait une idée du temps que durera la recherche de la vérité. Comment pourrait-elle en avoir une ? Autant l'appeler tout de suite, elle aura peut-être plus de chances de l'amadouer en jouant franc jeu plutôt qu'en l'appelant à la dernière minute pour lui dire… pour lui dire… pour lui dire qu'elle ne peut rien lui dire.

— Vous m'excusez deux minutes, j'ai un coup de fil à donner. Commencez sans moi.

*

Une voix presque mielleuse lui répond. Elle connaît trop bien son Hugounet pour savoir que cela n'augure rien de bon.

— Ah ! Mon ange ! J'attendais ton coup de fil. Ça y est ! Tu en sais assez ? On peut reprendre notre week-end ?

Un blanc à l'autre bout du sans-fil. Le dialogue s'engage mal. Très mal.

— On vient juste d'arriver à Pen-Hir et on ne sait toujours pas comment la victime est morte. On l'a récupérée accrochée à un rocher presque au pied de la falaise. Tout ce que je peux te dire, c'est qu'on attend encore le rapport des TIC et que l'homme retrouvé ce matin était l'ancien mari de la victime d'hier, assassinée pendant le vide-greniers organisé sur la digue. Le couple était divorcé et comme le bonhomme était violent, il n'avait pas le droit de foutre les pieds à Camaret.

— Conclusion, tu restes sur place ? demande une voix désabusée. Et je présume que tu n'as aucune idée du temps que tu vas rester ?

— Très franchement, non. Dans le meilleur des cas, affirme-t-elle avec cynisme, c'est l'ex-mari qui a fait le coup. Si jamais il a laissé une lettre où il s'accuse et où il dit qu'il va se suicider, l'enquête peut être bouclée dès ce soir.

— Tes gendarmes ont forcément déjà fouillé chez lui et dans sa voiture.

— Pour l'instant, on n'a rien trouvé… Aucune lettre. Et on cherche toujours sa voiture.

— OK ! Je vois avec Titouan s'il peut me remplacer à la pharmacie, mais je te préviens, je suis obligé de rentrer demain soir. J'en ai déjà discuté avec Katell, la patronne de l'hôtel, elle peut nous garder la chambre pour l'instant. Mais à partir de mercredi, c'est complet.

— Je ne rentrerai pas pour dîner mais je reviens le plus vite possible. Je suis contente que tu restes, tu sais…

Deux minutes plus tard, LSD a rejoint le petit groupe formé par Mélanie et les deux TIC quimpérois.

*

— Comme on a déjà bien avancé, propose l'envoyée de la SR, je te résume juste. Tu vois l'espace autour de nous ; le plateau est immense et la circulation des piétons est maintenant canalisée par ces clôtures mono-fil, avec un seul fil placé très bas, pour éviter que le piétinement des visiteurs ne massacre la lande et ne fasse crever la flore. Ce qui n'empêche donc pas vraiment ceux qui ne respectent rien de la piétiner régulièrement. Toujours est-il qu'il a fallu d'abord évacuer le site et le sécuriser. Le major Paugam a fait venir un PSIG de Châteaulin pour explorer toutes les zones herbues à la recherche d'indices. Et les collègues de Quimper ont, eux, cherché d'où la victime avait pu tomber.

— Question sans doute idiote, le corps n'a pas pu être apporté par la mer ?

— Tu as raison, c'était une possibilité, mais que nous avons écartée, puisque Beauchamp a pointé à la gendarmerie jeudi matin, et que s'il s'était jeté à la mer du haut de la falaise, il n'aurait pu le faire, au plus tôt, qu'à la nuit tombée, puisque dans la journée, cela ne serait pas passé inaperçu. Dans ce cas son corps aurait certainement fini par couler. Et une fois qu'elle a englouti un cadavre, la mer ne le rend pas si rapidement et si facilement. Il faut au moins trois semaines en général.

— Il aurait pu se jeter vendredi à l'endroit où on l'a retrouvé ? Ou son corps a été déplacé par la mer sans couler, et s'est coincé entre les rochers où on l'a récupéré ?

L'adjudant-chef interrompt Laure d'un ton empreint de certitude :

— Nous sommes ici sur un site d'escalade réputé, et si l'individu avait déjà été là vendredi ou samedi, un grimpeur l'aurait forcément repéré et aurait prévenu les collègues. En plus, comme le dit la commandante, une chute en pleine journée avait très peu de chances de passer inaperçue. D'autre part, on nous a envoyé les photos du corps au moment où il a été dégagé. La topographie rend impossible une chute de la falaise à cet endroit, au niveau de la Salle verte. Mais je vais y revenir. Pour nous, il n'y a pas de doute : l'homme est tombé de ce côté-ci de la falaise, côté nord-ouest. Avec Benoist, nous avons d'abord exploré toute la zone entre le monument à la France libre et le "gouffre" qui sépare le continent du Grand Daouët, le premier Tas de Pois.

— Mais vous étiez au bord du précipice, vous preniez des risques énormes ! Vis-à-vis de votre hiérarchie…

— Ne vous inquiétez pas, Commandante, nous étions en permanence assurés par les "collègues" du GRIMP. Nous n'avons jamais pris de risque inconsidéré d'autant que nous avons été envoyés ici surtout parce que nous avons suivi un module de formation spéciale, nous permettant de collecter des indices en milieu périlleux.

— Je t'ai dit que je résumais, alors je résume. L'adjudant-chef et le MDC-chef n'ont rien remarqué avant d'arriver à l'endroit précis où nous nous trouvons. Si tu te penches, tu vois qu'on a un à-pic direct jusqu'à la mer. Pourtant, il y a un bout de rocher qui dépasse légèrement du flanc de la falaise, environ trois mètres sous le bord. Tu le vois ?

Laure, qui n'a pas le vertige, heureusement, s'est effectivement penchée au-delà du bord et a remarqué cette petite saillie rocheuse.

— Je la vois.

C'est l'adjudant-chef Le Beller qui continue :

— En regardant d'ici, j'ai cru apercevoir des bouts de tissu sur le rocher en dessous. J'ai demandé à Ronan et à ses hommes de m'assurer, et j'ai effectivement trouvé des morceaux d'un pull-over ; quand on est descendus plus bas, avec Benoist, on en a retrouvé d'autres, et on a trouvé ça aussi.

« Ça », c'est un bout de cordelette de marine, de petit diamètre, avec une couleur verte dominante et quelques tresses rouges et noires. Ce qu'on appelle de la garcette en termes de marine.

Difficile d'en apprécier la longueur puisqu'elle est soigneusement emballée dans un sac à prélèvement, mais l'adjudant-chef apporte la solution.

— Ce cordage doit mesurer environ un mètre de long et on l'a trouvé, pratiquement à mi-pente. Dernière découverte : une belle tache de sang sur le dernier rocher qui surplombe la mer. On a eu du pot, avec les mortes-eaux, il n'a pas été recouvert à marée haute. Du coup on peut, quasiment à coup sûr, reconstituer le scénario. L'homme est tombé à hauteur de cette pierre – qu'il montre du bras – avant de dévaler les cinquante à soixante mètres de la falaise. Comme il a chuté en plus sur des rochers bien acérés juste à fleur d'eau, il a dû mourir sur le coup.

Question de la commandante.

— Je ne sais pas si vous pouvez me répondre, mais s'il est tombé dans la mer à l'endroit où nous sommes, et qu'on l'a retrouvé drossé contre des rochers à une trentaine de mètres de là, comment vous l'expliquez ? Laure suggérait qu'il avait pu ne pas couler, c'est possible ?

— Oui, et non ! Il y avait suffisamment d'air entre ses vêtements et sa peau pour qu'il flotte un peu, et le ressac a fait le reste. La mer est capricieuse, vous savez, et qu'un corps soit baladé sur trente mètres ou plus, cela n'a rien d'extraordinaire. Pour moi, il n'y a aucun doute, il est bien tombé d'ici. Maintenant pour le confirmer, il nous reste les échantillons à analyser et les tests ADN pour vérifier que le sang sur le rocher matche bien avec celui de la victime.

— Attendez ! Vous me faites aussi une recherche ADN sur la cordelette, et vous vérifiez d'éventuelles correspondances avec la victime d'hier. Ce bout de garcette, comme vous dites, pourrait bien être l'arme du crime. Évidemment, vous n'avez aucun moyen de savoir si l'individu est tombé accidentellement, s'il s'est jeté dans le vide ou si on l'a poussé ?

— Sauf votre respect, ça, c'est votre boulot, Commandante…

Mélanie hésite entre rappeler à l'ordre l'adjudant-chef et rigoler. Elle choisit la deuxième solution, version asiatique. Elle rit, mais jaune. Et pas longtemps. La voiture du GRIMP vient d'avancer de deux bons mètres pour faire un peu de place pendant qu'on remonte les cordes. Les yeux de Laure viennent de se fixer sur le sol :

— Putain ! Encore un radis, qu'est-ce qu'il vient foutre là ?

— La jeep était juste à l'endroit où vous l'avez trouvé ; il devait être derrière le pneu. On ne pouvait pas le voir.

VI

Il est 19 h 30. Yannick Morellec n'a pas quitté son bureau, à part pour boire une tasse de café étiqueté « bio » et « commerce équitable ». La sonnerie de son portable sort Nicole de sa demi-somnolence. Julie au bout du fil.

— Tu as eu des nouvelles des gendarmes ?

— Non, rien. Enfin, pas grand-chose. Ils m'ont appelée tout à l'heure pour me demander de passer demain matin à la brigade. Apparemment ils ont deux ou trois questions complémentaires à me poser. Pour le reste, concernant Céline, je ne pense pas qu'on puisse s'attendre à quelque chose avant l'autopsie.

— Son salopard de Bertrand n'a pas essayé de te contacter, par hasard ?

— Tu n'es pas au courant ?

— De quoi ? J'ai bossé toute la journée, je rentre juste. Et je n'ai pas écouté les infos.

— On a retrouvé son corps ce matin au pied des falaises de Pen-Hir, il a dû se suicider après avoir tué Céline… Ça ne peut être que lui !

— Ce salopard est mort, je ne le pleurerai pas ! Mais tu crois qu'il aurait été capable d'aller jusqu'à la tuer ? Il la battait, c'est vrai et c'est dégueulasse... De là à l'étrangler... s'étonne Julie.

— Rien ne m'étonnerait. C'était une ordure, on en sait quelque chose ! Combien de fois on a soigné Céline, puisqu'elle ne voulait jamais aller voir les flics et qu'elle ne voulait pas aller aux urgences ? rappelle Nicole.

— Sauf quand il lui a ouvert l'arcade sourcilière...

— Et qu'elle a dit qu'elle s'était cognée contre la porte d'un placard de cuisine laissé ouvert !

— Pareil quand il lui a cassé le bras, elle a prétendu avoir glissé dans l'escalier sur un des jouets des gosses. Ce mec était une pourriture et je le haïssais. Pourtant, je crois qu'au fond de lui-même, il l'aimait quand même... ajoute Julie.

— Je t'avoue que ça me fait mal quand tu dis des conneries pareilles ! Cela dit, tu sais que je la connaissais un peu plus que toi, et elle m'a fait des confidences un jour où elle était légèrement pompette. Je lui demandais pour la énième fois pourquoi elle ne quittait pas ce bonhomme, et elle m'a répondu...

— Qu'elle l'aimait quand même ? Et que c'était pour ça qu'elle ne voulait pas reprendre son nom de jeune fille ?

— Elle te l'a dit à toi aussi ? Mais comment peut-on aimer un bonhomme qui te tabasse ? Un mec dont tu ne sais jamais si la main va te caresser ou te foutre une baffe monumentale ? C'est aberrant ! Et ce que je te raconte, elle me l'a redit le soir du dernier réveillon du nouvel an : elle m'a dit qu'il lui manquait. Tu te rends compte ?

— Je suis persuadée comme toi que c'est lui qui l'a étranglée, reprend Julie, mais cela ne nous rendra pas notre Céline… Tu as eu ses parents ?

— Je suis allée les voir en fin d'après-midi, et je ne suis pas restée longtemps, avoue Nicole. Ça a été dur, et en plus à cause des petits, on parlait à mots couverts. Je ne vois pas comment ils vont leur annoncer. On a discuté un peu plus librement quand ils sont partis jouer dehors. Ils ont pu se lâcher un peu. Chantal s'est mise à pleurer à chaudes larmes, et ce qui m'inquiète, c'est que Dominique s'est tout de suite énervé, dès que les enfants ne pouvaient plus entendre. Je crois que si Bertrand avait été encore vivant, il l'aurait zigouillé.

— Moi, je ne sais pas quand je pourrai passer, j'ai une journée de dingue demain…

— Tiens, justement, à propos de demain ! J'ai quelque chose à te demander…

*

Ce soir, menu sandwich à la brigade de Crozon.

Comme à son habitude, Mélanie a su enjôler procureur et juge d'instruction. Il suffisait de leur faire croire que l'enquête avait bien avancé dans l'après-midi avec l'aide des experts, et que tout devrait être complété avec les résultats des autopsies prévues le lundi.

Comme l'enchaînement meurtre-suicide était d'un classicisme qui leur convenait tout à fait, cela satisfaisait tout le monde.

— Bon ! Maintenant que nous sommes un peu libres, je te propose de débriefer tous les éléments dont on dispose, en se prenant un petit apéro-olives-saucisson. J'ai apporté mon petit whisky personnel, un Eddu Brocéliande, dont tu me diras des nouvelles. Il vient directement…

— De la distillerie des Menhirs, à Plomelin. Je sais ! C'est un de mes préférés ! Et un pur blé noir, quoi de plus breton, je te le demande ? Par contre je n'en prendrai qu'une goutte, à cause de mes médicaments.

La bouche délicatement parfumée par l'arôme incomparable de ce breuvage chargé de légendes, le seul whisky au monde à base de sarrasin, les deux jeunes femmes en reviennent à l'enquête, chacune d'un côté du bureau de Mélanie. Laure, discrètement, a reculé son siège, histoire de ne pas risquer une nouvelle approche digitale, manuelle ou pédieuse. Plus simplement, avec le bout du pied.

— Vas-y, résume, ça ira plus vite ! Et je t'interromps si j'ai des remarques ou des questions.

— OK ! Premier assassinat, Céline Beauchamp, 34 ans, aide-soignante à l'EHPAD de Camaret. Divorcée de Bertrand Beauchamp, un mari violent qui la battait et qui était sous le coup d'une condamnation avec sursis, assortie d'une ordonnance d'éloignement et d'un contrôle judiciaire. Le couple avait eu deux enfants, âgés maintenant de 8 et 6 ans. Cela s'est passé vers 6 h 30 hier matin, au vide-greniers annuel organisé sur la digue du port de Camaret. On sait que la victime a été assommée avec un chandelier en étain, par une personne a priori gauchère, avant d'être étranglée avec une cordelette. On aura plus de détails après l'autopsie prévue demain…

— Si Lesage ne va pas à la pêche…

Mélanie fait ses yeux noirs quand elle répond :

— Il n'a pas intérêt, sinon, je ferai tout pour le faire casser.

— Je te souhaite bien du plaisir, parce qu'il est pêcheur, et aussi chasseur. Alors je peux t'assurer qu'en matière d'appuis divers, politiques ou autres, il est blindé. Allez, reviens à nos moutons.

— Tu as raison. Donc, on a retrouvé le corps dans le coffre du Kangoo d'une amie de la victime,

Nicole Morellec, qui était en train d'installer le stand au fur et à mesure que Céline lui apportait des cageots ou des cartons. Aucun témoin du meurtre, mais un homme aurait, je parle au conditionnel, aurait été vu parlant avec la victime peu avant les faits. Un témoignage de Nicole Morellec livré sans certitude. L'enquête de voisinage n'a rien donné. La victime vivait toujours au domicile conjugal, rue Saint-Pol-Roux, et aucun incident n'a été signalé avec son ancien conjoint depuis qu'il avait déménagé à Telgruc. En un mot, une femme sans histoire, qui élevait ses deux enfants comme elle pouvait, mais qui avait toujours peur de son ex-mari, selon madame Morellec. Du côté de la Scientifique, aucune empreinte exploitable sur le chandelier, ou sur les objets environnants qui avaient tous été manipulés des dizaines de fois. Sur place, pas de traces du lien qui a servi à étrangler la victime ; le légiste estime qu'il s'agit d'une cordelette résistante, sans doute du type garcette de marine, d'environ huit millimètres de diamètre. Cordelette qu'on a peut-être retrouvée dans les affaires de Bertrand Beauchamp aujourd'hui ? Aucune trace d'ADN qui soit fichée chez nous. Un groupe d'intervention a été envoyé dès la découverte du corps au domicile du mari, puisqu'on redoutait qu'il puisse se retrancher chez lui, mais il n'était pas chez lui. Et aucun de ses voisins ne l'a aperçu de la journée ; en même temps, il vivait isolé. Sa voiture n'était pas là.

— Donc on ne sait pas où il a passé la journée ?

— D'après les voisins, qui le voyaient rarement, il semble qu'il était souvent absent le vendredi et le samedi. Selon eux, il donnait un coup de main aux agriculteurs à la recherche de main-d'œuvre, et il dormait chez eux le vendredi soir. Nous, on a quand même gardé en permanence une équipe en planque près de sa maison, on a visité quelques fermes, mais c'était chercher une aiguille dans une botte de foin, car parfois il allait bosser loin de chez lui. En tout cas, on n'a pas retrouvé sa trace avant la découverte de son corps.

— Il s'est peut-être méfié et a remarqué les gendarmes ?

— C'est des professionnels, ils savent passer inaperçus, il n'a pas pu les voir.

— Et les enfants ?

— On avait un autre groupe à proximité de la maison des grands-parents à Morgat. Ils ne risquaient rien. Ce cher monsieur Beauchamp a été absent des écrans radars toute la journée et toute la soirée du samedi, jusqu'à ce qu'on le découvre, se prenant pour un phoque hissé sur un rocher ce matin. Maintenant, on a plusieurs hypothèses, dont celles du major Paugam, pour expliquer son emploi du temps possible.

— Bon ! Balance le rapport de tes TIC pour les Tas de Pois parce que, avec tout ce que tu viens de me dire, ça sent le suicide à plein nez. Ou plutôt, ça sentirait sans cette odeur de radis qui me laisse songeuse…

— Et moi donc ! En fait, pour les TIC, tu sais déjà presque tout. Ils sont affirmatifs, les analyses confirment bien que les prélèvements effectués sur la falaise correspondent parfaitement aux vêtements que portait la victime. Les examens microscopiques et par spectrométrie de masse ne feront vraisemblablement que conforter les premières observations. Pour le reste, rien n'est exploitable. On a quand même un élément important que j'ai oublié de te donner. Le médecin qui l'a examinée quand le Zodiac l'a ramenée au port a confirmé l'absence apparente de blessures autres que celles provoquées par sa chute : pas de plaie perforante type coup de feu ou coup de couteau, mais on ne pourra avoir de certitude qu'après l'autopsie.

— OK ! Normalement, c'est là que mes petites cellules Breizh devraient se mettre en mode accéléré. En principe.

Les deux femmes se dévisagent. Une sorte de malaise flotte dans la pièce, et d'un coup le silence est venu les envelopper de ses grandes ailes. Manifestement, ni l'une ni l'autre ne veulent avancer d'hypothèse.

On entendrait voler une libellule aptère, si elle en était capable.

Laure finit par craquer la première :

— J'ai l'impression qu'on ne fera plus rien de bon ce soir. Si on se rentrait ? T'es à quel hôtel ?

— Je n'en ai aucune idée, j'ai demandé à Jacky de me réserver quelque chose sur le port pas trop cher, j'espère qu'il l'a fait. Avant de lui demander, je voudrais qu'on puisse lui montrer qu'on a avancé.

— Tu parles ! On a une piste en or. Le suicide paraît évident. Le gars tue sa femme hier matin parce qu'il ne supportait plus la séparation, échappe sans problème à vos contrôles avant qu'ils ne soient encore en place, et il rejoint la pointe de Pen-Hir soit par la route soit, plus vraisemblablement, par le GR. Il y a quoi ? Quatre ou cinq kilomètres de marche, pas plus. Il a dû s'arrêter en chemin, rejoindre les Tas de Pois vers 10 heures hier matin, quand les premiers touristes commencent à arriver. Là, il se pose quelque part, et, au milieu de la foule, il passe inaperçu jusqu'à la nuit tombante. Il connaît le coin comme sa poche et il a certainement déjà repéré l'endroit idéal pour faire le grand plongeon. Il attend l'heure fatidique, et crack, boum, plouf. Fin de l'enquête, bravo, commandante Québuiner, une enquête menée tambour battant, et résolue en moins de douze heures. Il reste l'autopsie pour la forme, mais affaire bouclée. Chapeau bas, Mélanie… Reste les radis !

Le tout dit avec un petit sourire ironique que ne partage pas tout à fait l'envoyée de la SR de

Rennes. Une petite ride d'expression souligne légèrement ses lèvres quand elle répond.

— Tu as exposé le scénario idéal, mais à ta question « que viennent faire ces radis ? », je réponds : « Pour moi, rien ! »

— Rien ou tout ! Mon avis est très différent : ce vilain petit canard de la famille des crucifères est un élément clé. Nous n'aurons pas résolu l'affaire tant que nous n'aurons pas compris sa signification…

— Tu exagères ! Pourquoi ces radis auraient-ils de l'importance ? l'interrompt Mélanie. – Un silence, prolongé – Mais qu'on est connes ! On se pose des questions, on se dit que ces radis pourraient remettre à plat la théorie du suicide, mais au contraire ! Je trouve qu'ils la renforcent. Le radis devait être un symbole pour eux, quelque chose d'important… Je ne sais pas, c'était peut-être ce qu'elle mangeait quand ils se sont regardés la première fois, ou la première fois qu'ils se sont embrassés. C'était peut-être un souvenir de leur premier repas ensemble ? Tellement d'hypothèses sont possibles… Ce radis, pour moi, c'est juste, comme on dit dans *Le Grand Blond avec une chaussure noire*, « un attrape-couillon, un piège à cons… »

— Si tu le dis ! répond Laure en souriant. En tout cas, je suis prête à te parier ce que tu veux que ces radis ne sont pas des pièces rapportées dans cette histoire. Ils ont leur importance ; seul problème, nous ne savons pas encore laquelle.

— Pour moi, aucun doute, il s'agit d'un crime passionnel, suivi d'un suicide parce que le mari s'est rendu compte de son acte, et, désespéré, il s'est tué. Point barre. Mais attends ! – Une étrange lueur fait étinceler les yeux bleu lagon de la belle Mélanie – Tu viens bien de me dire que tu étais prête à parier ce que je veux que ces radis avaient une importance que nous ne soupçonnions pas ?

— Absolument ! répond Laure avec son aplomb habituel.

— OK ! Alors, puisque c'est à moi de fixer l'enjeu du pari, si tu perds, tu me devras… une nuit.

— Une nuit ? Tu veux dire…

— Tu m'as très bien comprise, répond la commandante, avec un plaisir non dissimulé affiché sur son visage. Dès qu'on aura les résultats de l'autopsie, on pourra conclure définitivement cette enquête ! Et demain soir… la nuit est à nous !

Dommage que vous ne voyiez pas le regard de Laure, mi-vexée de s'être laissé prendre au piège, et mi-confiante en son intuition. Cet instinct qui l'a si souvent conduite dans la bonne direction… Et encore plus souvent dans la mauvaise, ajouteraient perfidement Isabelle et Tanguy. Sa réponse vient d'un ton parfaitement neutre, comme si la proposition on ne peut plus claire de Mélanie n'avait pas été émise.

— Un pari est un pari !

— Je passe voir Paugam, le temps de lui donner nos conclusions et de savoir où je couche, je repasse te dire, et on va boire un verre dans un bar sympa ? Je n'ai fait qu'y passer rapidement en voiture mais il y en a qui m'ont l'air très accueillants sur les quais.

Laure affiche un très léger sourire, manifestement embarrassée à l'idée de ce qu'elle va dire.

— J'aurais vraiment adoré, mais j'ai un début de mal de crâne carabiné. Tu ne m'en veux pas si on remet ce pot à plus tard ? En plus, Hugues a accepté de rester un jour de plus, alors, si l'affaire est bouclée, tu n'as plus vraiment besoin de moi ?

Un ricanement. Un sourire enjôleur. Un visage lumineux. Conquérant.

— Tu m'abandonnerais lâchement en plein début de soirée, et tout ça pour ton mec ?

Sa main vient doucement caresser la joue opérée de LSD.

Laure, surprise par la rapidité et la douceur du geste, réagit à peine, laissant tous les espoirs à la superbe blonde qui lui fait face.

— Juste un pot ensemble, ce n'est pas la fin du monde ?

Et la main revient, avec la joue gauche, à l'évidence comme objectif. Mais notre héroïne avait pressenti le geste et écarte ce bras inquisiteur avec une élégante tendresse qui a l'avantage d'être très explicite, sans être décourageante ou mal interprétable.

— Cela m'aurait vraiment fait plaisir mais, franchement, ce soir j'ai envie d'un bon Paracétamol, et de me blottir dans les bras de mon chéri.

Un brin espiègle, Mélanie rétorque de sa voix toujours plus veloutée :

— Je n'ai pas dit mon dernier mot, tu pourras bientôt comparer… Allez ! File retrouver ton homme. Du coup, je vais commencer mon rapport, et je vais finir ma soirée comme une vieille cow-girl solitaire, loin de son foyer. Tu repasses demain en fin de matinée voir les résultats de l'autopsie ?

— Bien sûr. Allez ! Je suis partie.

Et Mélanie se met à sangloter, pour de faux évidemment, tandis que Laure en profite pour sortir de la pièce en lâchant un discret « Bonne soirée ». Et en poussant un « ouf » de soulagement une fois la porte franchie.

*

Nuit magique à l'hôtel de France. Par la fenêtre de leur "chambre privilège" Hugues essaie de récupérer le temps perdu. Tenant Laure tendrement par la taille, ils contemplent tous deux, en silence, ce port au charme si fort. Même si nous ne sommes qu'en mai, les passants déambulent encore nombreux sur le quai Gustave-Toudouze, dans la lumière jaunâtre des réverbères. Au loin, la tour Vauban et la chapelle offrent un spectacle somptueux au gré des projecteurs qui mettent en valeur leurs silhouettes si caractéristiques et qui rendent encore plus étrange la proximité de ces deux édifices à la vocation si différente. Guerre et paix, version architecturale.

— Tu sais ce qui me ferait plaisir ? demande Laure en embrassant son pharmacien au coin des lèvres. On pourrait s'entamer le lambig hors d'âge qu'on a acheté avec les gâteaux bretons à la biscuiterie de Camaret ?

— Tu devrais freiner un peu sur le lambig. N'oublie pas ce que t'a dit BHL… Tu ne préfères pas une bouteille de champagne ? Le Roederer était très bon hier matin. On se le prendrait assis sur le canapé, et on poserait les gâteaux sur la petite table. Avec les senteurs de la marée qui viennent nous caresser les narines, on ne serait pas bien ? La nuit est à nous, non ?

*

Lundi après-midi, entre 12 et 13 heures

Julie Lacaze continue son périple, semblable à celui des autres jours. Ses horaires de travail, en tant qu'infirmière libérale à domicile, n'invitent pas à la fainéantise. Jusqu'à quarante visites par jour, de

6 heures du matin pour ses patients les plus matinaux à 20 ou 21 heures. Voire plus. Un programme chargé, surtout avec un petit bout de chou de 3 ans à câliner en plus, mais qu'elle effectue avec plaisir, tant l'organisation de son cabinet lui permet d'avoir un repos compensateur appréciable, et tant la plupart de ses clients sont accueillants. Chaque fois qu'elle arrive, on la reçoit presque comme une amie ou un membre de la famille. Bientôt huit ans qu'elle travaille à Crozon et dans sa presqu'île. De Rostellec à Morgat, de Telgruc-sur-Mer à Lanvéoc, de Roscanvel à Camaret, elle en connaît du monde ! Et sur les petites routes cahoteuses qui mènent aux maisons isolées ou aux fermes reculées, son 4x4 japonais a bien musclé ses amortisseurs. Bandages, soins divers, piqûres, prises de sang, toilettes, elle a de quoi s'occuper, avec des gens de tous âges et de toutes conditions.

En cette fin de matinée elle ne se rend pas chez son client le plus facile. Pourtant, sous des aspects bourrus et un visage buriné par la poussière, le vent, le froid et quelques excès de *gwin ru*, celui qu'elle va voir n'est pas un mauvais bougre. Juste un agriculteur à l'ancienne, même s'il n'a qu'une cinquantaine d'années. Un homme marqué par une vie difficile : un père mort jeune, une mère handicapée par une arthrose précoce et sévère des hanches et placée dans un institut spécialisé, et un frère cadet, Yohann, avec lequel il ne s'entendait pas bien depuis l'adolescence. Pourtant, tant bien que mal, la ferme perdue au milieu de nulle part tournait correctement, jusqu'à ce que son frère rencontre sa « pute », comme lui l'appelait avec une tendresse très relative. Une jeune femme fort sympathique au demeurant mais qui avait commis un irréparable outrage le jour de ses fiançailles. Alors qu'elle était seule en cuisine, son futur beau-frère, le lambig aidant, s'était montré un peu trop entreprenant. En réaction, instinctivement, elle lui avait envoyé une gifle TGV aller-retour qui l'avait laissé sur le cul. Au figuré seulement, vu sa corpulence et sa force. Quand son frère avait déboulé dans la pièce et su ce qu'il s'était passé, les deux frères, qui avaient déjà un lourd passif commun s'étaient empoignés et battus à grands coups de poings et de pieds jusqu'à ce que les invités les séparent, non sans se prendre des châtaignes au passage, même si ce n'était pas la saison.

Après, la cohabitation difficile entre le couple encore jeune et le frère aîné célibataire s'était transformée en enfer, bien qu'ils habitent deux bâtiments de ferme différents. Ils s'étaient réparti les terres, mais partageaient, non sans engueulades, le matériel agricole. Une situation qui ne pouvait pas durer. Et que n'endura pas longtemps le cadet de la fratrie. Les disputes permanentes avec son frère avaient dégénéré et déclenché conflits conjugaux et batailles perpétuelles. Un beau matin, la haine était dans le pré, et la jeune femme avait pris ses cliques et ses claques et était repartie vivre chez ses parents. Devant son refus permanent de revenir à la ferme, il ne restait plus que le divorce comme porte de sortie. Une situation que Yohann n'avait pas supportée longtemps. Il avait craqué et on l'avait retrouvé un matin dans une des granges, le visage déchiqueté par une décharge de chevrotine qu'il s'était tirée à bout portant sous la gorge. Le suicide ne faisait aucun doute. Quant à son frère Yvon, Yvon Letourneur, il s'était mis en retrait du monde des vivants, à part deux vieux copains qu'il voyait encore, quelques visites chez le banquier, ses contacts professionnels et ses courses hebdomadaires.

Et c'est cet ermite agricole, seul depuis quinze longues années, que Julie Lacaze revenait voir en ce lundi midi, seule heure où il rechargeait un peu les batteries, avec aussi la collation de 16 heures. Le matin et le soir étaient consacrés à ses quatre-vingts vaches laitières et à l'entretien de ses deux cents porcs à l'engraissement. Le reste de la journée, il le passait à l'entretien de ses champs, produisant surtout du fourrage, du maïs et un peu de légumes. Ce qui ne lui laissait que peu de temps pour profiter de la vie. Cela en avait fait un client difficile et Julie le savait en arrivant dans la cour de la ferme, aux confins de Telgruc-sur-Mer et de Saint-Nic. Et elle le savait d'autant plus qu'elle était déjà venue la veille, pour la même raison qu'aujourd'hui.

Comme le jour précédent, une chienne berger, de nationalité inconnue lui fait un accueil sonore, et peu encourageant, en se précipitant sur elle tout en montrant les crocs. Heureusement, Julie la connaît bien, et quelques mots bienveillants adoucissent vite l'animal. Comme par miracle, aboiements menaçants deviennent jappements de sympathie.

— Salut, Lapac, ma belle ! Tu m'as l'air en forme. Alors il est où ton maître ?

Sans attendre la réponse, l'infirmière, trousse en main, se dirige d'un pas pressé vers l'entrée de la ferme, un bâtiment moderne auquel sont adossées plusieurs granges ou extensions montées en pierres traditionnelles ou en parpaings. Sur la droite un grand bâtiment héberge les vaches, alors qu'à gauche, légèrement en retrait, une longue étable moderne accueille les porcs. Les aboiements de la chienne les ont réveillés, pouvant faire croire à n'importe quel visiteur qu'on est en train de les égorger. Il en faut d'autres pour impressionner Julie, qui maintenant frappe à la porte, pourtant grande ouverte. Pas de réponse. Elle refrappe une fois. Seul le silence lui répond, alors que le tracteur et deux voitures attendent sagement dans la cour, attestant sans le moindre doute que le maître des lieux est présent. Elle entre donc dans la cuisine, sans y être invitée. Un désordre peu ordinaire l'attend ; contrairement à d'habitude, la table est entièrement envahie d'un magma de magazines, lettres ouvertes ou fermées, vêtements sales, sacs de croquettes pour chien, cartouches de chasse, cageots de pommes, assiettes sales et j'en passe. Plantée à l'entrée de la pièce, Julie interpelle l'occupant, répétant la même phrase, en montant d'un ton chaque fois.

— Monsieur Letourneur ! C'est Julie pour votre prise de sang !

Pas de réponse. Julie, décontractée, fait le tour de la table, et accède au salon. Un bien grand mot pour qualifier deux fauteuils, une table basse et une télévision à écran plat qui occupe tout le mur opposé. Chez Yvon Letourneur, il n'y a qu'un signe extérieur de richesse, et il est accroché au mur... Un petit tabouret, qui sert sans doute de repose-pieds complète l'ameublement de la pièce, au papier peint plus fatigué qu'un candidat de téléréalité ayant réussi à faire une phrase entière sans barbarisme ou faute de syntaxe. La chambre du rez-de-chaussée, rangée si proprement qu'elle ferait tomber dans les pommes une technicienne de surface, et peut-être même une femme de ménage, ne révèle aucune présence. Un escalier tout proche tend ses marches à l'infirmière, qui commence à se poser des questions, et qui, en plus, n'a pas vraiment de temps à perdre. Sa rengaine « Monsieur Letourneur ! C'est Julie pour votre prise de sang ! » n'a pas plus de succès au premier étage.

De retour dans la cuisine, la jeune femme hésite entre colère et inquiétude. Premier réflexe : consulter son agenda électronique. Aucun doute, le rendez-vous pour une prise de sang non à jeun était bien programmé entre 12 et 13 heures, officiellement 12 h 30. Donc, il y a un “blème” comme il est de bon ton de dire dorénavant pour ne pas passer pour un “bolos”. Et ce tracas, comme il est de bon ton de dire dorénavant pour passer pour un candidat à l’EHPAD, revêt une certaine importance. Pour le rendez-vous, une précision a été apportée, comme la veille : « INR impératif en vue d’une intervention chirurgicale en fin de semaine. » Pour les chanceux qui ne savent pas ce qu’est un INR, disons que c’est un examen sanguin destiné à évaluer la vitesse de coagulation pour les gens qui prennent certains types d’anticoagulants, pour cause de phlébite, fibrillation auriculaire, etc. Conclusion : elle doit mettre la main sur son patient le plus vite possible, sinon le prélèvement ne sera pas collecté par le laboratoire et il n’aura pas le résultat le jour même, et ne prendra peut-être pas la bonne dose de médicament ce soir… Avec pour conséquence, un décalage possible de son opération.

Elle part donc en exploration, dans les divers bâtiments d’élevage et dans les diverses dépendances, Lapac, la chienne, sur ses talons. Reste un seul bâtiment à explorer, la grange, où comme son nom l’indique sont entreposés paille et foin. En principe… Cette fois-ci, Julie a droit à un bonus, un spectacle inattendu. Heureusement que son métier l'a préparée à voir des horreurs… Un rapide examen de ses trouvailles ne peut que l'inciter à un geste : prendre son téléphone et prévenir la gendarmerie.

A-t-elle vraiment le choix ?

*

Même jour, une heure plus tôt

Encore inconscientes des événements de Telgruc, Laure et Mélanie se retrouvent comme prévu à la brigade de Crozon. Le major Paugam participe à la réunion, au grand soulagement de LSD qui, grâce à cette présence, risque moins les assauts empressés de la commandante de la SR de Rennes. Pas de babillages sur leurs matinées respectives, l'ambiance est boulot-boulot.

— Tu arrives à point nommé, on vient de recevoir il y a vingt minutes à peine le rapport préliminaire d'autopsie de Céline Beauchamp, les résultats ADN, et le compte rendu d'analyse de la cordelette retrouvée à Pen-Hir, dit une Mélanie qui a particulièrement soigné son maquillage ce matin, pour mettre en valeur à la fois son teint hâlé, ses yeux couleur d'atoll polynésien et sa chevelure d'une blondeur éclatante.

— A priori, il ne doit plus rien manquer pour tirer les conclusions définitives, ajoute Laure, d'une voix résolument enjouée, sauf l'autopsie de Beauchamp.

Le major Paugam vient la conforter dans son opinion :

— Exact. Le dernier élément en date, d'importance, on l'a appris par Nicole Morellec : Beauchamp était bien gaucher. Et comme on sait que son ex-femme a été assommée par un gaucher, ça nous fait un argument de plus. Comme vous le dites, je crois que maintenant la théorie de Mélanie est la seule possible. Et quand…

— Je sais ce que tu vas dire, Jacky, et je suis plutôt d'accord avec toi. L'affaire était très simple, et vous aviez tous les moyens pour la résoudre seuls au niveau de la BTA. Brigade territoriale autonome vs Section de recherches… Le substitut a fait son choix et cru bon de faire appel à nous, c'est comme ça… On n'y peut rien. Au début, on ne pouvait pas imaginer que l'enquête serait si simple. Il a "assuré" comme on dit, ça peut se comprendre. On est dans une zone à risques. Entre l'île Longue d'un côté et l'importance du tourisme en presqu'île de l'autre, il devait prendre le moins de risques possible. Surtout en début de saison, avec tous les ponts du mois de mai.

— Bon ! Si tu pouvais résumer le tout à Laure, j'aimerais bien boucler l'affaire dès qu'on reçoit les derniers éléments qui nous manquent, c'est clair. J'ai déjà dit adieu à mon week-end, j'aimerais me reposer un peu cet après-midi, avec le mois de fous qui nous attend.

— OK ! L'autopsie de Céline Beauchamp d'abord. Je vous passe le jargon médical, je vous raconte juste ce qui nous intéresse. Lesage a l'air de bonne humeur, son rapport préliminaire est clair comme de l'eau de roche. La victime a bien d'abord été frappée par le chandelier, avant d'être étranglée. Il confirme que vu l'angulation du coup, celui-ci a été asséné par une personne gauchère. Aucune trace de blessures défensives, donc elle ne se méfiait pas de son agresseur. Aucun hématome à part un bleu bénin au niveau du tibia gauche. Aucune autre blessure, seulement des ecchymoses au niveau du front et des joues. Après avoir fait le prélèvement ADN, on lui a fait parvenir la cordelette retrouvée aux Tas de Pois : Lesage confirme que la taille de la garcette et le type de fibres qui la composent sont parfaitement compatibles avec les marques de strangulation. Il n'a pas retrouvé de micro-traces de tissu dans la plaie, mais cela ne le surprend pas compte tenu du matériau utilisé, une garcette utilisée sur les bateaux de plaisance. L'heure de la mort n'est pas précisée, mais on la connaît déjà par recoupement. RAS au niveau alcoolémie et toxico.

— Donc une autopsie conforme à ce qu'on attendait.

— Pour le reste, ce sont les résultats des prélèvements et des observations de la BR et des TIC. On sait déjà que rien n'est exploitable dans le Kangoo où a été commis le premier meurtre : ni empreinte ni ADN. On a beaucoup plus d'éléments pour le "plongeur" de la falaise. Premier point qu'on connaissait déjà : tous les fragments de tissus retrouvés sur les différents rochers que le corps a touchés correspondent bien à ceux manquant sur ses vêtements. Idem pour le sang : celui des rochers est bien identique à celui de Beauchamp. Pendant qu'on parle de Beauchamp, les plongeurs ont envoyé les photos prises lors de la récupération du corps. Les experts confirment les observations faites sur place. C'est bien la marée, ou en tout cas les vagues, qui l'a déposé. Il ne nous reste plus qu'à recevoir le rapport d'autopsie…

— Et pour les radis, on a quelque chose ? interrompt Laure avec un petit air volontairement provocateur.

Le major Paugam est le premier à réagir :

— Excusez-moi, Madame Saint-Donge, mais je ne vois pas, c'est clair, l'importance que vous accordez à ces radis. Ce sont des détails sans intérêt ! Cela ne change rien au déroulement des faits, et découvrir la vérité des faits, c'est cela notre priorité. Nous la devons au substitut du procureur et aussi et surtout aux parents de la victime. Je trouve suffisamment dramatique qu'on ait un nouveau féminicide, et à Camaret qui plus est. Je considère que dans un pays comme le nôtre, ces actes barbares sont encore beaucoup trop nombreux, sans compter les autres drames conjugaux comme les femmes battues régulièrement ou harcelées moralement ou sexuellement par leurs conjoints. Même si elles ne meurent pas, les faire souffrir à ce point est inexcusable. Il faut vraiment qu'on continue à faire des efforts pour que les femmes puissent échapper sans risque à leur tortionnaire. Je crois, c'est clair, que le fait qu'on en parle maintenant au grand jour constitue un bon pas en avant. Mais le bracelet antirapprochement devrait se généraliser plus vite, comme les foyers d'accueil sécurisés. Alors, vous m'excusez, mais à côté d'un drame comme celui que nous venons de vivre, votre radis, pour être clair, je m'en fous. C'est clair ?

Laure a du mal à garder son sérieux face à ce vigoureux discours, dont elle partage totalement les termes. Mais pendant que le major Paugam parlait, elle ne pouvait s'empêcher de penser aux arguments que pourrait employer Mélanie. Elle qui n'a pas vraiment de penchant pour le genre masculin a dû boire du petit-lait. Pourtant elle réagit plutôt sobrement :

— Bien évidemment que je partage ton opinion, Jacky. Et sans avoir l'air extrémiste, je pense qu'à défaut de peine de mort, on devrait les condamner à une peine de couilles. Mais je préfère qu'on arrête là ce débat, puisque nous, on est là pour faire appliquer la loi et pas pour la voter. Et je reviens deux secondes sur ces radis. Ne t'inquiète pas ! Laure, comme elle te l'a dit, partage ton avis, mais on a fait un pari concernant ces deux radis et c'est sans doute parce qu'elle sait qu'elle l'a perdu d'avance qu'elle s'y intéresse autant. N'est-ce pas, Laure ?

— No comment…

— Eh bien, je vais en faire un, de commentaire, très court. L'analyse des radis n'a montré que des traces inexploitables, ADN ou empreintes. Quant à leur composition, elle correspond à celle d'un *Raphanus sativus* classique de la famille des brassicacées. Tu veux d'autres détails ?

Pendant que Mélanie jubile, Laure a décidé de faire semblant d'accepter sa défaite, mais non sans un dernier sursaut.

— Merci, Mélanie. Je ne pensais pas vraiment que l'on puisse trouver des empreintes “exploitables” mon idée est plus complexe. Tu gagnes la première manche, mais dans ma Saintonge d'origine on a un proverbe qui dit : « C'est à la fin du marché qu'on compte les bouses ! » Je ne suis pas sûre qu'on soit à la fin du marché…

— Mais si on pouvait recevoir ce rapport d'autopsie en attendant…

Pas longtemps à patienter, le bip indicateur de l'arrivée d'un nouveau mail est perçu comme une délivrance par les trois occupants de la pièce. Mélanie se jette sur son ordinateur et entreprend la lecture des conclusions du légiste. À voir son air radieux, on devine que les nouvelles doivent être bonnes. Elle lit le texte à voix basse, ne livrant à ses coenquêteurs que le résumé. « *En conclusion, multiples fractures dont plusieurs, létales, au niveau cervical, en regard des C1, C2 et C3 et deux au niveau crânien avec un enfoncement massif de l'os frontal, responsable d'une hémorragie cérébrale massive et létale. L'os occipital est également complètement éclaté, occasionnant un épanchement sanguin massif avec atteinte profonde de la structure cérébrale. La mort a été instantanée, causée sans le moindre doute par la violence de l'impact après une chute d'une hauteur évaluée à au moins cinquante mètres. Le séjour dans l'eau de mer a certainement été très bref, comme permet de le penser la présence abondante de sang résiduel sur les plaies précitées et sur les autres. Les autres fractures, vertèbres dorsales, lombaires, pelvis, fémur droit et bras gauche sont également compatibles avec une chute du haut d'une falaise. D'autres hématomes, nombreux, sont notés, mais aucun ne fait penser à des traces de type défensif. L'absence d'eau salée dans les poumons confirme que la mort est intervenue instantanément à la suite du choc initial avec les rochers. Des traces d'eau de mer ont néanmoins été relevées dans la cavité buccale et l'estomac de la victime, conséquences classiques de son séjour même limité dans la mer.*

En ce qui concerne les examens toxicologiques, on relève un taux d'alcool élevé, 2,35 g/l de sang, et la présence de benzodiazépines en quantité possiblement thérapeutique mais qui, associée avec une alcoolémie élevée, peut avoir généré des troubles de l'équilibre et une altération du jugement.

Conclusion, l'examen post mortem permet de confirmer une chute d'au moins cinquante mètres, du haut d'une falaise, d'origine accidentelle ou liée à un acte suicidaire. Un acte volontaire, n'ayant pas laissé de traces post mortem, ne peut néanmoins pas être exclu à 100 %. Les examens sanguins permettent d'affirmer que la victime avait un jugement fortement altéré au moment de sa chute. »

— Eh bien, tu vois, Mélanie ! Tu l'as ta confirmation. On va pouvoir boucler l'enquête et s'attirer les bonnes grâces du substitut et du juge !

— Si le rapport avait exclu à 100 % la possibilité d'homicide volontaire, cela aurait été mieux, mais comme tu le dis si bien, les experts couvrent toujours leurs arrières. Ma conclusion personnelle sera plus simple : ça s'arrose, non ? lance une Mélanie débordante de joie d'avoir résolu l'affaire si vite. Et Laure va bien nous accompagner, malgré sa déception concernant les radis ?

Si la commandante de la SR et le major rient aux éclats en voyant la physionomie peu réjouie de la journaliste, celle-ci ne se fait pas prier pour accepter la proposition. Un petit verre d'Eddu Brocéliande, ça ne peut pas faire de mal ! Elle commencera son régime mardi au lieu de lundi…

Les trois “complices” s'apprêtent à trinquer quand on frappe à la porte d'une manière si peu discrète que cela ne laisse rien augurer de bon. L'adjudant-chef Marrec entre en fanfare dans le bureau et lâche :

— On vient de nous appeler. On a retrouvé deux cadavres dans une ferme de Telgruc. Morts violentes. J'ai dit qu'on arrivait tout de suite.

— Et merde de merde de merde !

C'est clair, le major ne s'attendait pas à ça, et repose brutalement son verre déjà rempli. Même tête des mauvais jours pour Mélanie. Laure se contente d'avaler son Eddu cul sec, ce qui est bien dommage. Elle ne prend donc pas le temps de contempler sa robe d'une belle brillance ambrée. Elle ne relève pas non plus ses notes boisées délicatement vanillées et ses arômes fruités d'amandes grillées et de noix. Par contre, s'il ne tenait qu'à elle, derrière toutes ses qualités, elle lui trouverait bien, en plus, un arrière-goût de radis. L'affaire avait l'air si simple…

VII

Difficile pour Julie de ne pas entendre le bruit des sirènes qui se rapprochent. Assise sur une botte de paille, elle attend avec un mélange d'angoisse et d'impatience leur arrivée, tout en essayant "d'atterrir". Elle cherche, en vain, à se convaincre qu'elle n'est pas en train de vivre un cauchemar, en tentant de comprendre tout ce qui a pu se passer au milieu de cette grange. Son téléphone dans la main, elle voudrait "l'appeler" bien sûr, mais sa réaction, elle le sait, serait terrible. Pas la force. Pas le courage. Pas l'envie. La tête plongée entre ses mains, elle aimerait pleurer mais n'y arrive pas. Inconsciemment, son cerveau professionnel a repris le dessus, et elle essaie d'évaluer les solutions qui permettraient d'éviter que les patients qui l'attendent cet après-midi ne soient privés de leurs soins. Machinalement, elle appelle ses associés au cabinet pour voir quelles sont leurs possibilités pour la remplacer au pied levé, ou reporter ce qui peut l'être. Le drame qui s'est déroulé à ses pieds va lui faire perdre au moins trois heures, sans doute plus. Mais quelques dizaines de minutes, est-ce si important à côté de la tragédie humaine qu'elle vient de vivre ? Bien sûr, elle n'a touché à rien, bien éduquée par le leitmotiv seriné dans toutes les séries policières dont elle est friande. Mais là, ce n'est pas une fiction… Elle aurait tant préféré.

Un crissement de pneus dans la cour, suivi de plusieurs autres. Le chant lugubre des sirènes qui s'estompe peu à peu… Gendarmes et pompiers sont arrivés. Elle marche à leur rencontre comme dans un nuage. Pourtant ce n'est pas la première fois qu'elle fait appel à eux. Dans la vie d'une infirmière libérale, les situations dramatiques se produisent régulièrement, que ce soit des petits vieux retrouvés morts dans leur lit, ou des femmes âgées retrouvées par terre après une chute, avec les conséquences les plus diverses, de simples hématomes jusqu'à la mort en passant par toutes les fractures possibles et imaginables. Mais le spectacle qu'elle fait découvrir aux gendarmes constitue une terrible première, dont elle se serait bien passée, et pas seulement parce qu'elle connaît les deux victimes.

Le major Paugam et l'adjudant-chef Marrec entrent les premiers dans la grange. Ils n'ont pas fait trois pas que l'ordre tombe :

— Personne n'entre plus dans le bâtiment ! Vous me sécurisez la zone, tous les autres bâtiments. Entrée de la ferme interdite aux personnes non autorisées. Pour tous les autres, surchaussures et gants obligatoires. On a affaire à un revêtement souple qui a certainement laissé des empreintes, c'est clair. Vous me faites venir tout de suite le légiste, la BR, et vous me rameutez le plus de TIC possible, de Quimper ou d'ailleurs.

Mélanie n'a pas attendu, comme son grade l'y autorise, l'accord du major pour pénétrer dans la place. Elle est accompagnée de Laure, et toutes deux ont vite fait de mettre des gants et de recouvrir leurs souliers de ces protections en plastique bleu qui évitent toute contamination de la scène de ce qui apparaît comme une, ou plutôt deux morts violentes. Sans attendre l'arrivée du légiste, l'envoyée de la SR de Rennes procède aux premières constatations, aidée dans cet exercice par LSD, bien sûr, sous la surveillance du major Paugam, puisqu'elle n'est pas OPJ. Cinq pas en retrait, Julie Lacaze assiste à cette scène sans vraiment la regarder, perdue dans ses pensées. Elle sait que maintenant, elle n'oubliera jamais, à titre personnel, cette dernière heure et ces visages, figés pour l'éternité. Quant aux nouveaux arrivants, il leur est difficile, a priori, d'établir la chronologie du double drame qui vient de se jouer. Contentons-nous donc d'écouter les confessions de Mélanie Quéguiner à son dictaphone pour essayer d'en savoir davantage. Après avoir consulté discrètement le major, et Laure, elle commence son rapport verbal.

— Ferme de Kerbinigou, Telgruc-sur-Mer. Lundi 5 mai, 13 h 10. Premières constatations sur place. Appelés par un témoin, madame Julie Lacaze, infirmière libérale à Crozon, nous nous trouvons dans la grange où sont entreposées les réserves de fourrage de l'exploitation. Sur la première poutre transverse, face à l'entrée, nous découvrons le corps suspendu par le cou d'une première victime, vraisemblablement décédée des suites de cette pendaison. En l'absence d'examens complémentaires, il est impossible de conclure définitivement à un acte volontaire, mais une botte de paille renversée, pratiquement à l'aplomb des pieds de la victime, donne à penser que cette hypothèse est la plus vraisemblable.

Elle s'approche un peu plus de la scène et ajoute :

— Le nœud qui a servi à enserrer le cou est de type nœud coulant ordinaire, et les conditions observées permettent de supposer, en l'attente de l'avis des experts, que la mort n'a pas été instantanée et est due à une strangulation, et non à une dislocation des vertèbres cervicales. – Elle ajoute alors un terme technique, dont je vous passerai l'explication, sauf demande expresse de votre part. Il s'agit à l'évidence d'un “short drop”. La corde fait un double tour autour de la poutre à laquelle elle est attachée avec un nœud d'arrêt de type double clé. Une échelle en appui sur la poutre est située à environ deux mètres du lieu de la pendaison. La victime est une connaissance personnelle du témoin qui nous a alertés. Identité : Yannick Morellec. Un deuxième individu décédé se trouve au sol, allongé sur le dos, à environ 1,5 mètre. Son visage est recouvert de sang à la suite d'une large plaie perforante présente en région sous-maxillaire. Un fusil de chasse, à première vue calibre 12, repose en partie sur son torse côté droit. On remarque également la présence à proximité du corps, sur la droite, à hauteur des hanches, d'une grosse fourchette en bois, type ustensile de cuisine.

Le dictaphone s'arrête, le temps pour Mélanie de mitrailler sous toutes les coutures les deux scènes tragiques avec son téléphone. Elle reprend son dictaphone pour une précision.

— Il est impossible d'identifier la deuxième victime, compte tenu de la quantité de sang constellant son visage, mais le témoin est formel. D'après la corpulence générale, et la tenue, il s'agit ou plutôt il s'agirait du propriétaire de la ferme, dénommé Yvon Letourneur. – Elle épelle le prénom et le nom de la victime supposée, avant d'ajouter – : Fin des premières constatations.

Le temps de rejoindre l'infirmière qui s'est réfugiée contre le mur de la grange et elle lui demande avec le plus de délicatesse possible.

— Madame Lacaze, pouvez-vous nous expliquer en détail, quand vous êtes arrivée, ce qui s'est passé et comment vous avez découvert les victimes ? Et comment vous les connaissez ?

Le récit de l'infirmière, vous le connaissez déjà, je me contenterai donc de vous livrer les réponses de Julie que vous ignorez.

— Je connaissais monsieur Letourneur depuis pratiquement huit ans. Je venais de m'installer à Crozon, et il s'était fait une mauvaise plaie en glissant dans la salle de traite. Il n'avait jamais eu besoin d'infirmière auparavant, et, d'après ce que je sais, il m'a choisie au pif. Comme le contact passait bien entre nous, même s'il me charriait un peu – je débutais –, il a toujours été très correct avec moi, et on rigolait souvent ensemble quand je venais. Depuis deux ans, il était suivi pour des problèmes de phlébite et le médecin l'avait mis sous un médicament qui demandait un contrôle régulier du taux de coagulation, ce qu'on appelle un INR, alors on se voyait pratiquement une fois par mois. Les gens disaient qu'il avait un sale caractère, c'est vrai en apparence, mais au fond, il était plutôt gentil. Quant à la personne pendue, il s'agit de Yannick Morellec, un de mes amis, et le mari de ma meilleure amie, Nicole Morellec. Qui était avec Céline Beauchamp samedi matin au vide-greniers…

La stupéfaction se lit dans les yeux des trois enquêteurs. Mélanie réagit la première :

— Oh ! Je suis vraiment désolée… Toutes mes condoléances.

Le major Paugam et Laure font de même, avant

que Laure ne demande, outrepassant quelque peu son rôle officiel :

— Vous avez une idée de ce que monsieur Morellec pouvait faire ici ?

Le major ne laisse même pas l'infirmière répondre :

— Je crois que je le sais... Si le pendu est bien monsieur Morellec, je ne pense pas qu'il ait eu la même opinion que vous concernant la gentillesse de monsieur Letourneur. Il nous a appelés en fin de matinée hier, et devait passer dans la journée d'aujourd'hui à la brigade déposer une main courante contre lui... Letourneur venait de déverser un godet entier de son tracteur, rempli de fumier, devant la porte de son garage.

— Un chargement de fumier ! Moi, je n'aurais pas apprécié ! lâche Mélanie Quéguiner d'une voix mêlée d'ironie peu charitable. Mais j'habite un appartement dans la banlieue de Rennes, alors ça m'est plus difficile de savoir comment j'aurais réagi...

— J'étais au courant ! ajoute l'infirmière d'une faible voix.

— En tout cas, ajoute Laure, cela me paraît une raison un peu légère pour que ça dégénère en carnage vingt-quatre heures plus tard !

Pendant que LSD ne peut détacher ses yeux de la poutre où est toujours accroché le pauvre Yannick, Mélanie réagit.

— Je suis d'accord avec toi. C'est un motif de dispute, d'accord, mais de là à ce que deux hommes en meurent il y a un sacré pas. On va quand même creuser de ce côté-là. Ta première impression, Jacky ?

— Quand je vois la scène, je m'imagine assez bien le scénario. Morellec vient pour s'expliquer avec celui qui a balancé du fumier devant sa porte ; la conversation dérape, c'est clair, et Letourneur, excédé, décide, sans doute sur un coup de tête et avec certainement déjà une bonne alcoolémie, d'en finir avec son visiteur.

— Attends, Jacky ! Je veux bien accepter que le gars l'a poussé à se suicider, mais pour prendre une décision si drastique et si définitive, il fallait que leur sujet de désaccord soit plus sérieux ! Tu ne tues pas un gars sur une simple pulsion, même si tu as picolé ! Et pourquoi le faire se pendre ? Il n'avait qu'à lui tirer dessus, c'était beaucoup plus simple et plus rapide !

Avec une certaine hésitation, l'adjudant-chef Marrec, adjoint de Jacky Paugam, revenu subrepticement, s'immisce dans la conversation :

— Si je peux me permettre, monsieur Morellec n'était pas inconnu de nos services et avait plusieurs fois été impliqué dans des manifestations dont certaines ont dégénéré. Il était membre de plusieurs associations diverses de défense du patrimoine et de l'environnement ; il militait contre les pesticides mais il était surtout actif dans un collectif anti-algues vertes que je qualifierais d'extrémiste. C'est à ce titre qu'il a plusieurs fois eu maille à partir avec certains agriculteurs qui ne voulaient faire aucun effort pour améliorer leurs pratiques. Et Letourneur faisait partie des irréductibles… Alors il n'est pas impossible que ce soit Morellec qui ait pété les plombs en premier, et dans ce cas, Letourneur n'aurait fait que réagir.

Silence gêné côté major.

— Qu'est-ce qu'il faisait comme métier, Morellec ? demande Mélanie.

— Prof de SVT à Châteaulin.

— Le profil idéal pour militer dans ce genre d'associations : des connaissances scientifiques, le sens de l'organisation, des moyens techniques pour imprimer tracts et autres documents, et en prime, élément essentiel : du temps. Bon, OK, admettons que la tension soit montée jusqu'au point de non-retour ; je n'y crois pas vraiment, mais admettons. Vous avez peut-être raison, Marrec, mais continue, Jacky !

— Ce que dit Laurent ne va effectivement pas tout à fait dans le sens de mon scénario, mais mon hypothèse reste plausible… Dans les deux cas, Letourneur veut se débarrasser de celui qui lui pourrit la vie, mais il n'a pas envie d'être accusé et d'aller en taule. Alors il décide de donner à son meurtre une allure de suicide. Il prend son fusil de chasse qui devait sûrement être à portée de main dans la maison et, sous la menace, il force Morellec à marcher jusqu'à la grange, à prendre l'échelle qui est juste devant nous, à attacher la corde et à faire lui-même le nœud coulant qui va le pendre. Ensuite il l'oblige à mettre en place la botte de paille, à monter dessus, à se passer la corde au cou, et là il donne un grand coup pour que les pieds du prof perdent leur appui…

— Ce qui m'étonne dans ton scénario, l'interrompt Mélanie, c'est que Morellec n'ait pas résisté davantage… Notamment quand l'autre s'est approché, il aurait pu lui donner des coups de pied, où essayer de s'échapper. Rien ne dit que Letourneur lui aurait tiré dessus… Il aurait pu aussi le manquer. J'avoue que j'imagine mal la scène.

— Tu m'as dit de te donner mes premières impressions, je le fais, mais je ne prétends pas que ce soit parole d'évangile… Je continue quand même ?

— Vas-y. Ta présentation des faits pourra nous servir de point de départ pour notre enquête, et nos amis de la Scientifique vont sans doute éclairer notre lanterne sur plusieurs points et étudier aussi l'hypothèse de l'adjudant-chef… J'entends déjà leurs sirènes, ils devraient être sur site très bientôt. Cela te laisse le temps de finir d'exposer ton point de vue.

— Morellec est accroché à sa corde. Je pense qu'il doit tout faire pour essayer de détendre le nœud qui lui enserre le cou. Le temps que ses forces s'épuisent et qu'il finisse par s'étrangler, cela a dû prendre au moins une ou deux minutes. Ce qui laisse largement le temps à Letourneur de réaliser l'horreur de ce qu'il vient de faire. Comme, après réflexion, il se doute qu'on ne croira pas au suicide et qu'il se fera accuser, il n'a plus beaucoup de choix. Il ne se voit pas quitter sa ferme, ses terres, ses bêtes, pour aller en taule. Il n'imagine même pas fuir – pour aller où ? – ; il préfère en finir tout de suite. Mais comme le canon de son fusil est trop long et son bras trop court pour appuyer sur la détente, il va chercher la fourchette en bois dans la cuisine ; il place le fusil sous sa gorge, la fourchette sur la détente. Et pan ! Fin de l'histoire.

— Et début des emmerdes pour nous. Ah ! Voilà les collègues !

*

Une âme en peine erre sur les quais de Camaret. Côté est. Ses pas l'ont conduit au-delà de l'office de tourisme, aux abords du local de la SNSM. Ses pensées l'ont mené bien ailleurs. Il a reçu le coup de fil de Laure comme un uppercut en pleine mâchoire. Une fois encore, elle le lâche en plein milieu d'un moment de bonheur qu'il croyait partagé. Les pires interrogations viennent tourmenter son cœur et son cerveau. Est-il vraiment possible de vivre avec une femme comme elle ? Toujours prête à s'enflammer pour le moindre fait divers qui la touche, peu importe que ce soit de près ou de loin. Toujours prompte à craquer face à un beau mâle bien foutu, qu'il soit professeur de golf ou gendarme… Il se sent comme un punching-ball, juste bon à encaisser les coups sans jamais pouvoir les rendre. *Si tu t'appelles mélancolie,* chantait Joe Dassin… Lui aussi *ferait n'importe quoi pour ne pas être à sa place.* Mais il l'est, et doit faire un choix.

Bien sûr il s'est régalé sur la terrasse, au Quai des saveurs, le restaurant de leur hôtel. La raviole ouverte de homard, accompagnée d'un crémeux de topinambour était un délice, comme ce pavé de lotte à la purée de céleri-rave et ce sorbet citron avec sa mousse au mojito. Le chef, Anthony Mamier, avait œuvré avec bonheur comme d'habitude, mais comment apprécier pleinement ces douceurs quand votre belle a filé à l'anglaise pour une durée indéterminée ? Il marche encore quelques minutes et chaque centimètre parcouru renforce sa décision. Retour express à l'hôtel, le temps d'admirer une dernière fois les deux magnifiques fresques en relief qui ornent les escaliers, et, valise à la main, il prend congé, non sans regret, de Katell Moreau, l'heureuse maîtresse du lieu, propriété de la famille depuis trois générations. Cap non pas sur Sizun, mais sur Trémel, ses plages de sable fin, ses casinos, ses bars à cocktails, et surtout sa pharmacie et sa Pomponnette. Même pas un coup de fil à Laure, juste une enveloppe, laissée au milieu du lit.

*

Julie Lacaze reste prostrée sur le banc de la table de la cuisine. Prise dans une situation psychologique difficile à gérer. Même si sur le plan professionnel, elle sait que ses collègues vont arriver à se débrouiller, elle ne connaît que trop bien les complications pratiques que son absence va leur causer. Mais l'image qui la touche le plus, gravée à jamais dans sa mémoire, c'est celle de ce corps immobile, suspendu par le cou à cette poutre, décomposé à la fois par la terreur qu'il a dû éprouver et les effets de sa strangulation lente.

Face à elle, assise sur l'autre banc, Mélanie Quéguiner, dictaphone en main, et le major Paugam.

Légèrement en retrait, les fesses sur un tabouret découvert par hasard sous un amas de papiers et d'emballages divers, Laure a sorti son petit calepin fétiche et prend des notes.

— Vous êtes sûre que vous êtes en état de répondre à nos questions maintenant ? demande la commandante de la SR de sa voix la plus neutre. Cela peut attendre demain si vous préférez.

Le visage livide, mais n'exprimant pas la

moindre émotion, l'infirmière parle d'une voix ferme. Professionnelle.

— Je me doute que vous avez besoin d'en savoir davantage, et je ne veux surtout pas retarder l'enquête. J'ai perdu une de mes meilleures amies samedi ; aujourd'hui c'est au tour du mari de Nicole, ma deuxième meilleure amie… Je connaissais bien Yannick, on se faisait des bouffes plusieurs fois par an tous les cinq, avec Paul mon compagnon. Il faut découvrir la vérité au plus vite. J'ai besoin de savoir, et je veux pouvoir expliquer de vive voix à Nicole ce qui s'est passé…

— Excusez-moi, madame Lacaze. Je comprends très bien votre douleur, votre émotion, mais annoncer la mort de monsieur Morellec à sa femme est une tâche qui nous incombe. Suivant son état, nous pourrions aussi avoir des questions à lui poser.

La voix de Julie monte d'un ton.

— La procédure… je sais. J'ai déjà malheureusement eu l'occasion dans le passé de faire de macabres découvertes et d'avoir à vous appeler aussitôt. Mais vous vous doutez que j'ai envie d'être auprès de Nicole au plus vite. Elle a besoin de quelqu'un pour la soutenir ; vous imaginez ce qu'elle va se prendre dans la tronche quand vous allez arriver, avec vos gros sabots ? Sa meilleure amie assassinée samedi, son mari pendu ce matin…

Dans d'autres circonstances, Mélanie et Laure

auraient peut-être esquissé un sourire à l'évocation du spectacle d'un tel débarquement en *boutou coat,** mais le cynisme a ses limites.

— Ne vous inquiétez pas, nous ferons tout pour que vous puissiez venir la voir aussi tôt que possible. Mais pour l'instant, nous avons besoin de la contacter et, si possible, de la rencontrer. Nous l'avons vue ce matin à la brigade, et elle nous a précisé qu'elle ne prenait son service qu'en fin d'après-midi. Vous pensez qu'elle est chez elle en ce moment ? Elle n'a pas d'activités particulières le lundi après-midi à votre connaissance ?

— Je sais qu'elle aime bien marcher. Elle se fait souvent un bout de GR. Ce n'est pas ce qui manque dans la presqu'île... Il nous arrive de temps en temps de marcher ensemble, quand ses horaires et les miens le permettent. Par un temps pareil, je pense que c'est ce qu'elle doit faire, sauf si elle est trop crevée, ou s'il fait très chaud. Dans ces cas-là, elle va souvent se bronzer à la plage du Corréjou ou à Veryac'h.

— Merci pour ces renseignements, réagit Mélanie avec sobriété. Nous allons vous poser quelques courtes questions et nous vous laisserons tranquille aussitôt après. Et nous ferons savoir à madame Morellec que vous êtes disponible.

— Allez-y ! Posez-moi vos questions.

* Sabots de bois bretons traditionnels.

— La première est toute simple. À quelle heure exacte êtes-vous arrivée à la ferme ?

— Avec monsieur Letourneur, mes visites sont réglées comme du papier à musique. Comme le matin, il s'occupe de ses bêtes et comme, à cause de son opération, la prise de sang doit impérativement être collectée par le labo avant 15 heures, le seul moment où je peux le trouver à la ferme, c'est entre 12 h 15 et 13 h 15. J'ai coupé mon moteur à 12 h 35, juste après le flash d'info.

— En arrivant, je présume que vous avez frappé à la porte ?

— Elle était grande ouverte, alors j'ai juste un peu tapé sur le carreau, et je suis rentrée. Quand il fait beau, il ne ferme pas la porte.

— Bien ! Et en entrant, vous n'avez rien remarqué de différent de d'habitude, de bizarre ?

L'infirmière ne répond pas de suite, semblant chercher dans ses souvenirs, se repasser les images au ralenti. Et un éclair de réminiscence jaillit.

— La table ! C'est ça qui m'a choquée en entrant. D'habitude, quand je viens, il en débarrasse un bout pour installer son assiette, son pâté, son pain, son vin… il garde toujours un morceau de table propre, pour pouvoir poser son bras pendant que je fais la prise de sang. Et là, il n'avait rien dégagé du tout, vous le voyez vous-mêmes.

— Et pourtant, reprend Mélanie, vous êtes arrivée à l'heure habituelle, vous n'étiez pas en avance ?

— Au contraire, j'avais pris du retard ; c'est aussi pour ça que j'étais un peu inquiète, car il est toujours débordé et j'avais peur, entre guillemets, qu'il s'énerve. Alors quand en plus je ne l'ai pas trouvé…

— Donc vous l'avez cherché partout. Ce n'était pas plus simple de l'appeler sur son portable ?

— Évidemment, avec le recul, je me dis que j'ai été idiote, mais je ne pensais pas que j'aurais à faire tous les bâtiments de la ferme avant de le trouver…

— De toute façon, intervient Laure, cela n'aurait rien changé, puisqu'ils étaient déjà morts.

Une remarque qui lui vaut les foudres oculaires de la commandante, qui signifient clairement : « Tu ne devais pas intervenir, alors tu me laisses faire mon boulot ! » Un orage pupillaire qu'elle encaisse sans broncher, tout en commençant à se poser des questions. A-t-elle vraiment eu raison de se laisser embarquer dans cette enquête, où elle a des informations en direct certes, mais où elle n'a pas sa liberté d'action habituelle ? Ne ferait-elle pas mieux de prendre un peu le large pour chercher de son côté ? D'autant plus qu'elle vient d'avoir une vision étrange, dont elle a l'exclusivité, puisque les deux gendarmes ne peuvent voir le bac de l'évier, et que Julie Lacaze lui tourne le dos. Dans un bol plus ébréché que la voix de Jacques Higelin après quatre heures de concert flottent une vingtaine de radis. Conséquence immédiate, que n'apprécie pas forcément la représentante de la SR ni le major : Laure sourit, sans penser une seule seconde que cette réaction soit perçue comme un défi. Ses yeux croisent ceux de Mélanie. Un affrontement court mais clair. Nous avons affaire à deux fortes personnalités et aucune d'entre elles ne voudra donner de signes de faiblesse la première. La commandante abandonne provisoirement la partie pour revenir à son témoin.

— C'est vrai que vous étiez dans une situation difficile. Je ne sais pas ce que j'aurais fait à votre place. Revenons maintenant à votre arrivée dans la grange. Quelle a été votre première réaction ?

— J'ai d'abord vu cette silhouette suspendue, immobile, le spectacle terrible de ce visage décomposé. Il m'a fallu plusieurs secondes pour réaliser que j'avais devant moi le cadavre de Yannick. Je l'avais vu bien vivant samedi en fin d'après-midi quand je suis passée chez Nicole, et lui qui n'est, pardon, qui n'était pas toujours d'un abord facile se montrait plein de compassion pour sa femme et il m'a aussi donné l'impression d'être franchement très attristé par la mort de Céline. Il avait l'air vraiment ému, mais, à vrai dire, on a surtout parlé de ce salaud de Beauchamp. Son suicide me rend folle, c'est une fin trop douce pour une telle ordure ! reprend une voix marquée par la colère. Un salopard pareil…

— Je suis désolée, madame Lacaze, mais vous comprendrez que je ne peux rien dire sur la mort de monsieur Beauchamp à ce stade de l'enquête. Si vous le permettez, revenons dans la grange ; vous découvrez votre ami… Qu'est-ce que vous faites ensuite ?

— J'ai du mal à prononcer ces mots, dit Julie Lacaze d'une voix qui tremblote… mais ce n'était pas mon premier pendu, et j'ai tout de suite vu qu'il n'y avait plus rien à tenter. Mon premier réflexe a été de vouloir le décrocher, mais c'est là que j'ai aperçu la silhouette allongée sur le sol, et en m'approchant j'ai vu cette tête en bouillie, recouverte de sang. Le visage était méconnaissable mais, comme je vous le disais, avec sa barbe et cette silhouette si particulière, je n'ai pas eu de doute sur son identité. Après, je vous ai appelés, mais je ne pouvais rien faire d'autre que de penser à Yannick et à Nicole.

— Merci, madame Lacaze, votre aide a été précieuse. Vous pouvez y aller maintenant, je vous demanderai seulement de passer à la brigade en fin d'après-midi ou demain matin pour signer votre déposition, ce ne sera pas long. Et pour votre amie, juste le temps d'un court entretien avec notre légiste et nos experts, et nous partons à son domicile. En espérant la trouver… sinon nous n'aurons d'autre choix que de lui annoncer par téléphone. Ce que nous voudrions éviter.

*

Une stagiaire, une simple stagiaire… Voilà ce que Laure a l'impression d'être en sortant de la cuisine sur les talons du major et de Mélanie. Un rôle subalterne que son tempérament dominant ne peut accepter, vous vous en doutez. Devant elle, les deux gendarmes discutent entre eux, semblant l'ignorer, ce qui ajoute à son sentiment d'inutilité, mais aussi et surtout augmente sa frustration et son malaise. Elle a délaissé Hugues, en plein milieu d'un de ces week-ends amoureux impromptus dont elle raffole, pour mener une enquête qui se promettait d'être passionnante. Quelques heures plus tard, la voilà reléguée au rang de sous-fifre, incapable de mener ses recherches comme elle l'a toujours fait, en mélangeant intuition, psychologie et sens de la déduction. La trentaine de pas qui la séparent de la grange lui suffisent pour prendre sa décision. Elle va faire semblant de rester aux côtés de Mélanie et de Paugam, juste pour en tirer le maximum d'informations possible. Mais à la première occasion, elle reprendra sa liberté, le bien qu'elle chérit plus que tout. Si seulement Hugues pouvait accepter de rester pour sauver ce qui peut encore l'être de ces trois jours si chaotiques… En plus il pourrait lui apporter une aide précieuse, si pour les besoins de ses réflexions, il lui fallait explorer les méandres d'un ou de plusieurs cerveaux de l'ancien sexe fort. Pas une seconde elle n'imagine qu'à l'heure présente, il a déjà quitté l'hôtel de France…

C'est au moment de soulever la rubalise qui délimite l'entrée de la grange, scène du double drame, qu'elle repense à la botte de radis entraperçue dans l'évier.

Simple coïncidence ou point déterminant ? Elle ne le sait pas encore mais, pour les raisons que vous connaissez, la deuxième hypothèse a sa nette préférence, même si son court séjour au Bilitis, le club libertin de Plounérin, lui rappelle plutôt de bons souvenirs*…

*

Devant l'étable désertée par les vaches parties au pâturage se tient une réunion impromptue. Seul ordre du jour, une première analyse des éléments trouvés par les divers experts en investigation. Pendant que leurs collègues continuent leur travail de fourmi, les membres de la BR et les TIC livrent leurs conclusions initiales. Le légiste est là aussi et c'est lui qui commence.

— Vous connaissez l'identité des deux victimes, je n'y reviendrai donc pas, commence le

* Voir *L'ange maudit de Saint-Michel-en-Grève*, même collection.

médecin. Maintenant je dois vous avouer que cette affaire est loin d'être évidente. Au vu de mes premières constatations, compte tenu de la chaleur, je situerais les morts à peu près au même moment, avec une fourchette qui irait de 12 heures à 12 h 30. Après, cela se complique : nous nous heurtons à deux scénarios diamétralement opposés. Avant de vous les exposer, laissez-moi revenir sur l'examen des deux victimes. Yannick Morellec d'abord. Je vous passe les détails mais il est effectivement mort par strangulation, et il s'est fortement débattu avant que l'asphyxie ne le tue. On observe des traces de dermabrasions, d'excoriations cutanées, pratiquement à tous les endroits où la corde était en contact avec sa peau, et certaines sont vraiment profondes. On retrouve bien évidemment des débris d'épiderme et de derme sous ses ongles. Nul doute que les analyses confirmeront qu'ils lui appartiennent. Première conclusion que j'en tire : il n'avait aucune envie de mourir de cette façon-là. Ce qui ouvre la voie à deux possibilités : soit il a voulu se suicider et il pensait que la mort serait instantanée, mais cela ne se produit qu'en cas de chute d'une plus grande hauteur, ce que dans notre jargon, on appelle un "long drop" et avec un nœud spécial. Il a donc été paniqué quand en fait il s'est rendu compte qu'il s'étranglait, si j'ose utiliser l'expression, à petit feu, avec une dyspnée, pardon, une souffrance respiratoire qu'il n'attendait pas. Deuxième hypothèse, qui me paraît la plus crédible, mais seulement à première vue, on l'a forcé à se pendre, en souhaitant, plus ou moins volontairement, que ce soit de la manière la plus lente et la plus douloureuse possible.

— Pourquoi dites-vous « à première vue » ? Quelque chose vous fait penser que les choses se sont passées autrement ?

— Je préfère vous parler de l'autre victime avant de répondre à cette question. Yvon Letourneur. La mort par arme à feu ne fait absolument aucun doute, et c'est bien le fusil retrouvé près du corps qui a servi, même si je laisse à la BR et à la balistique le soin de le confirmer. Il s'agit d'un calibre 12 avec des cartouches de chevrotine Remington 12/76 magnum, l'équipement idéal pour le gros gibier. En appliquant le fusil juste en arrière du menton, à bout touchant, la mort a été instantanée. Je ne sais pas ce que révélera l'autopsie mais, à mon avis, son cerveau doit être réduit en bouillie.

— Et la fourchette en bois ?

— J'ai pris différentes mesures : compte tenu de la longueur du canon, de la position du trou de pénétration dans l'auge – l'espace sous-maxillaire – ainsi que de la longueur du bras d'Yvon Letourneur et de sa main, il lui était rigoureusement impossible d'appuyer lui-même sur la détente en tenant le fusil en position verticale. Donc, là encore, deux hypothèses. La première, il s'est suicidé, forcément en position debout, et certainement en utilisant la fourchette en bois, pour pouvoir atteindre la détente.

— J'avais la même idée ! jubile le major Paugam.

— Exact ! Mais dans cette hypothèse, si on imagine que Letourneur a forcé Morellec à se pendre avant de décider de se suicider, il serait donc parti rechercher la fourchette dans la cuisine ?

— Je ne pense pas que son intention première était d'en finir avec la vie après le pseudo-suicide de Morellec. J'ai du mal à l'imaginer guider votre prof en trimballant son couvert à salade dans la poche. Pour moi, il n'avait pas encore pris de décision quand il a pris son fusil. Et j'en arrive à la deuxième hypothèse. Je ne connaissais pas l'individu mais, vu sa stature imposante et le peu que je sais de lui, je le vois mal se suicider dans ces conditions. Pour moi, c'est plutôt le genre de type à se barricader chez lui et à essayer de tenir un siège face au GIGN. Se zigouiller de cette façon-là, cela aurait été reconnaître qu'il avait eu tort, et je n'ai pas l'impression que ce soit le genre de bonhomme à faire ça. J'en viens donc à mon deuxième scénario : si Letourneur avait été assassiné ?

— Assassiné ! s'esclaffe Mélanie. Comme voulez-vous qu'un colosse comme ça accepte qu'on lui place un fusil de chasse sous le menton sans réagir ? Il aurait fallu qu'il soit drogué, mais dans ce cas il aurait été traîné, et on aurait vu les traces dans la cour et sur la terre battue de la grange. Vous n'avez rien remarqué ?

La question s'adresse aux experts qui ont décortiqué la scène du drame et leur réponse vient, presque en chœur :

— Non ! Notre premier examen ne laisse aucun doute. Le corps n'a pas pu être traîné dans la grange. Les traces au sol auraient été nettes. Mais nous n'avons pas encore fini nos recherches, ni à l'intérieur de la grange ni à l'extérieur : d'autres hypothèses sont donc possibles.

Cette réponse ne décontenance pas le médecin, qui revient à la charge.

— Et s'il y avait eu deux personnes ?

— Écoute, Clément ! Arrête tes délires, c'est clair ! On vient de boucler une affaire et on en a une autre qui nous tombe sur le dos avec deux autres morts, tu ne vas pas nous rajouter deux assassins en prime ! Alors fais ton travail et laisse-nous faire le nôtre.

Pas vraiment content d'avoir été mouché de la sorte, le toubib ! Et devant plusieurs témoins, qui plus est.

— Très bien, Jacky ! dit une voix où l'ironie frise le sarcasme. Je disais tout ça pour t'aider, parce que j'ai, moi aussi, une certaine expérience des scènes de crime, mais si tu ne veux pas de mon avis je le range dans ma trousse et je ferme ma gueule.

— Le prends pas mal ! Mais là vraiment on est sur les nerfs…

C'est le moment que choisit Laure pour placer une pique dont elle a le secret.

— Et il y a de quoi… Personnellement, contrairement à ce que vous venez de dire, je ne suis pas si sûre que la première affaire soit bouclée…

— Pourquoi tu dis ça ? s'étonne Mélanie. À la brigade, tu étais bien d'accord avec nous ? Ce double "suicide" même s'il reste à éclaircir quelques points, n'a rien à voir avec la mort des Beauchamp, et tu le sais très bien. Ce n'est pas parce qu'une des victimes se trouve être le mari d'une des témoins du meurtre du vide-greniers que nos conclusions doivent être remises en cause. Nous avons suffisamment d'éléments probants.

— Si tu le dis… répond une Laure au ton à la fois désabusé et un brin provocateur.

— Bon, assez perdu de temps, on a du boulot et on doit passer chez madame Morellec, alors finissons-en ici avec les premières constatations. Ah ! Non ! D'abord revenons quand même sur vous, Docteur. Pourquoi avez-vous dit tout à l'heure « à première vue » en parlant du "suicide forcé" de Yannick Morellec ? reprend Mélanie.

— C'est gentil de vous intéresser à mon opinion, après ce que je viens d'entendre… Je disais cela pour une raison très simple. Il paraît évident que pour se passer la corde au cou, Morellec a dû monter sur la botte de paille, qui est renversée presque sous ses pieds. Et il n'a pu y monter que si cette botte était verticale, parce qu'en position horizontale la hauteur de chute n'aurait pas été suffisante. Avez-vous déjà essayé de monter sur une botte de paille verticale ? Moi, j'ai essayé quand j'étais ado, à la ferme de mes grands-parents. Je peux vous dire que c'est quasiment impossible de tenir en équilibre, sans la renverser et se casser la gueule. Alors imaginer qu'il ait pu monter dessus, et se passer seul la corde autour du cou, tout ça sans tomber prématurément, ça me laisse extrêmement songeur…

— Et vous en concluez ?

— Que ce n'est pas sur ce support-là qu'il est monté avant de se pendre, volontairement ou involontairement.

Stupeur chez Mélanie et le major Paugam.

— Mais alors…

— Alors ? Je n'ai aucune explication. Mais je pense que nos amis experts sont plus qualifiés que moi pour vous aider à y voir clair.

C'est l'adjudant-chef Lautrou, de la BR de Châteaulin qui parle en premier.

— Avant de vous exposer nos premières constatations concernant la scène de crime, il y a un élément curieux que je voudrais évoquer. Comme ce n'est pas notre équipe qui est intervenue sur les deux événements du week-end, je ne sais pas si cela a de l'importance. Nous avons trouvé quelque chose de bizarre, en tout cas d'inattendu, dans la poche droite du jean de Letourneur.

— Bizarre ? Quel genre ? demande Mélanie, intriguée.

— Il y avait un radis coupé en deux. Un radis tout frais, avec ses fanes. Mis en place, *ante* ou *post mortem*, je ne peux pas répondre.

— Un radis ! s'exclame Mélanie.

— Ce n'est pas possible, encore cette histoire de radis ! C'est clair, je ne comprends plus rien !

Légèrement en arrière-plan, Laure jubile intérieurement, tout en se gardant bien de regarder Mélanie. C'est donc elle qui vient à sa hauteur, le teint devenu blême, et qui lui sourit. Un sourire forcé, celui de "quelqu'une" qui sait qu'elle a perdu et veut donner l'impression que cela ne revêt aucune importance.

— Tu dois être contente, les radis sont de retour.

Laure préfère savourer son plaisir discrètement et évite d'afficher un air provocateur, ou un ton railleur.

D'une voix aussi sobre que possible, elle lâche simplement :

— On va bientôt pouvoir faire de la soupe avec tous ces radis, non ? En plus j'en ai vu aussi dans l'évier de la cuisine. Personnellement je les préfère à la croque au sel : je les coupe en deux, je les saupoudre de quelques grains de sel de Guérande, et je les mange avec un petit peu de beurre salé sur un bout de pain.

Mélanie Quéguiner, manifestement, en matière de soupe, préfère celle à la grimace à celle aux radis.

VIII

Hugues a déjà retrouvé Trémel et sa Pomponnette, confiée aux bons soins de sa voisine. Pendant tout le trajet, il n'a cessé de penser à ces trois derniers jours aux allures de fiasco. Sa déception est à la hauteur des espoirs qu'il y avait placés. Sans le laisser paraître, vendredi, il redoutait la visite de contrôle chez le professeur Léveillé. Le voir réconforté dans la bonne prise de la greffe les avait plongés, Laure et lui, dans une euphorie qui les avait surpris tous les deux. C'est en sortant de la Cavale Blanche qu'il avait révélé à Laure ce petit détour par Camaret. Pourquoi avait-il fallu que leur promenade matinale, le lendemain, croise la route de l'adjudant Paugam ? Laure avait démarré au quart de tour, emportée par les frissons d'une possible enquête. Dire qu'elle était prête à lui promettre que ce serait sa dernière affaire pour avoir son aval ! Hugues ne l'a pas crue une seconde, mais maintenant, avec le recul et ce départ en toute discrétion, une idée folle lui traverse la tête. Et si c'était vrai ?

Affalé sur son canapé, sa chatte ronronnant à ses côtés, il se prend à rêver à cette nouvelle Laure. Même s'il n'est que 17 h 30, il s'octroie un petit plaisir, à la fois pour se détendre, se remettre les idées en place et aussi savourer cet excellent whisky breton pur malt, cet Armorik double maturation qu'il a découvert récemment, et qui vient directement de la distillerie Warenghem à Lannion. Une question tourne dans sa tête : Laure Saint-Donge serait-elle la même si LSD n'existait pas ? Docteur Jekyll aurait-il une vie sans Mister Hyde ? Il en doute fort, et comme il l'a fait pour son écart avec JP, il opte pour la solution la plus élégante : ne pas l'empêcher de vivre comme elle l'entend, laisser ses pulsions la dévorer, bref l'accepter telle qu'elle est, imprévisible, superbe, vive, intelligente, courageuse, insupportable, câline, sensuelle, voire très coquine. Pour ne pas dire un peu "salope" sur les bords. En un mot comme en cent, il l'aime. Mais elle, l'aimera-t-il encore après ce qu'il lui a fait cet après-midi ? Elle l'a appelé vers 14 h 30, et est tombée sur sa messagerie. Elle a recommencé plusieurs fois, il n'a jamais répondu. Elle a envoyé plusieurs textos qu'il a effacés sans les lire. Où est-elle maintenant ? Dans quelle humeur, dans quel pétrin ? Comment va-t-elle réagir en trouvant l'enveloppe ?

Le recul et le whisky aidant, son téléphone le démange. Toutes ces réflexions des dernières minutes ne rendent-elles pas cette lettre laissée à Camaret trop dure ? Si elle l'a déjà ouverte, il ferait sans doute mieux de l'appeler, d'essayer d'apaiser l'incendie qui doit couver dans sa tête déjà soumise aux tourments d'une enquête qui paraît bien compliquée. Il ferait mieux, mais il ne le fera pas. Il a écrit cette lettre dans un but bien précis, et lui téléphoner maintenant serait anéantir sa tentative d'y voir plus clair.

Stratégie risquée, mais assumée, contre vents et marées, en bon breton qu'il est. Il saisit quand même son téléphone, hésite, manque de composer le numéro de sa chérie, et renonce. Puis il le place en mode silencieux, et le dissimule sous un des coussins du canapé.

La bouteille d'Armorik lui tend les bras, et lui, il tend son verre.

*

Le temps de prendre connaissance des premières conclusions des TIC et de la BR, il est presque 15 heures quand le Captur du major Paugam s'arrête rue de Verdun, devant le mur encore maculé de traces de fumier de la maison de feu Yannick Morellec.

— On n'a pas besoin d'être trois pour lui annoncer la nouvelle, je vais y aller toute seule, propose Mélanie. Même si je n'aime pas ça. C'est vraiment une des pires tâches qu'on a à accomplir dans notre boulot.

— C'est toi qui décides, mais tu ne la connais pas, et je pense que le choc sera encore plus rude si l'annonce vient de quelqu'un qu'elle n'a jamais vu. Moi, j'ai discuté avec elle pendant plus d'une demi-heure samedi matin. On ne peut évidemment pas dire qu'on a sympathisé, mais elle a été très courageuse et très coopérative, malgré sa tristesse. Ce serait peut-être plus facile pour moi, même si je suis comme toi, je pense que c'est une de nos pires missions… Et ce serait, sûrement, moins pénible pour elle. Qu'en penses-tu ?

La commandante de la SR n'hésite pas longtemps.

— Après tout, tu as sans doute raison. Revoir une tête connue peut rendre l'annonce moins difficile à encaisser.

— OK ! J'y vais ! Le tout, c'est qu'elle soit là… Si besoin, bien sûr, je t'appelle.

Sur la banquette arrière, Laure, stagiaire invisible, ronge son frein. Et, comme un pied de nez à sa copine assise sur le siège avant, elle appelle son chéri. Histoire de lui dire qu'elle quitte Camaret ce soir.

Mais Hugues ne répondra pas, vous le savez déjà…

*

Après une nouvelle séance de remue-méninges à la gendarmerie à la suite des événements du début d'après-midi, Laure a obtenu sa permission de sortie. Quatre heures approchent à grands pas, et c'est avec empressement qu'elle revient à l'hôtel retrouver son Hugounet qu'elle a tant délaissé ces dernières heures. Retour dans la chambre. Vide. Une enveloppe sur le lit. Elle n'aime pas. Depuis son aventure à Plouescat, elle n'aime plus les enveloppes abandonnées, porteuses de surprises très diverses. Un rapide coup d'œil à la chapelle sans clocher de Notre-Dame-de-Rocamadour, et elle s'assied sur le canapé, avec cette lettre qui ne lui dit rien de bon entre les mains. « *Mon Amour, je savais que ce week-end ne serait pas comme les autres. Je l'espérais exceptionnel, au sens positif du terme. J'avais oublié cette fibre policière qui vibre en toi depuis la nuit des temps. Amour vs enquête, je n'avais, et je n'ai aucune chance. Samedi, tu m'avais laissé entendre que ce pourrait être ta dernière enquête… Je sais que tu disais cela pour me calmer, pour "m'apprivoiser". Je sais comme toi que tu mentais, et j'en ai tiré les conclusions en recevant ton coup de fil ce midi. Je sais que tu comprends mon départ. Je suis triste que tu aies fait ce choix mais je le respecte et le respecterai toujours. En espérant qu'un jour nous pourrons profiter de notre amour sans qu'il soit "pimenté" d'hémoglobine… Je t'aime. Hugues* » LSD ne pleure pas, elle a vécu trop d'événements majeurs dans sa vie pour se laisser aller jusqu'aux sanglots. Elle n'est pas triste, non, juste en colère. Quand elle voit qu'elle a laissé échapper ce moment d'exception avec son pharmacien pour se retrouver en troisième rideau dans une enquête pourtant pleine de promesses… A-t-elle fait le bon choix ? Le genre de question qu'une Laure Saint-Donge ne se pose pas. Elle a bien reçu le message, mais puisque Hugues est au répondeur présent (avant, on était aux abonnés absents…), il ne lui reste qu'une manière de limiter les dégâts : résoudre l'énigme en cours le plus vite possible, et en le faisant à sa façon, pas à celle imposée par Mélanie et Paugam. Autant dire qu'il lui faut résoudre la quadrature du cercle. Petite digression à l'intention des élèves de terminale qui ont regardé la signification du mot quadrature sur leur smartphone : il s'agit d'une expression imagée, un cercle n'est pas carré, et inversement. Fin de digression. Et pour ça, il lui faut d'abord réfléchir sereinement, son prochain rendez-vous à la gendarmerie n'étant prévu qu'en début de soirée, « quand Hugues t'aura abandonnée » a précisé perfidement la sulfureuse Mélanie.

Elle pourrait le faire, comme à son habitude, avachie sur le canapé de la chambre, mais une autre idée lui vient, chargée de symboles et d'histoire locale. Elle prend son calepin, son crayon et son dictaphone, direction la route de la pointe de Pen-Hir. Grâce à sa nouvelle voiture, une Mégane, louée au U express, le Super U local, tout près de l'hôtel.

*

Laure n'a jeté qu'un bref regard aux soixante-cinq menhirs alignés de Lagatjar, pourtant un des sites les plus réputés de Camaret. N'y cherchez pas l'ombre d'Obélix, les roches dressées sur le site lui arriveraient à peine à mi-cuisse. Juste en face, à quelques dizaines de mètres, se dressent les ruines fantomatiques de la demeure d'un écrivain hors du commun, qui est à Camaret ce que Marcel Proust est à Cabourg ou Maurice Leblanc à Étretat. Indissociable. Paul Roux, dit Saint-Pol-Roux, a résidé dans cet étrange manoir pendant plusieurs dizaines d'années, avant de mourir à la suite d'événements tragiques, en 1940. Cette curieuse bâtisse à huit tourelles, construite à l'image d'un poète-écrivain-dramaturge qui fut un des précurseurs du surréalisme selon André Breton lui-même, n'est plus qu'une silhouette de pierre, conséquence d'un bombardement allié en 1944. Mais ce n'est pas le squelette du bâtiment qui intéresse Laure. Dépassez-le, marchez vers la falaise, et vous trouverez un énorme banc de pierre en forme de menhir aplati qui, selon la légende, constituait la source d'inspiration du poète. Face à cet horizon si évocateur de l'infini, la mer lui offrait un flot permanent de nouvelles couleurs, de nouvelles lumières, de nouvelles ombres, de nouveaux éclairs, de nouvelles colères, de nouvelles idées.

Un regard différent, c'est ce que Laure est venue chercher ici, lasse de se sentir empêtrée dans cette routine de pensée policière ou plutôt "gendarmesque" qui lui donne l'impression d'oublier de regarder l'essentiel : ce qui se cache au-delà des apparences.

Il faut plusieurs minutes pour que LSD s'approprie, provisoirement, ce banc aux pouvoirs prétendus exceptionnels. Ses yeux regardent la houle, pendant que ses neurones se concentrent sur les dernières informations transmises par les différents experts. Des résultats multiples, et partiels, que doivent compléter d'autres analyses ADN, digitales, microscopiques et bien sûr nécropsiques. Mais elle a déjà assez pour nourrir en abondance ses cellules Breizh affamées…

Premier élément d'importance : chez Letourneur, tout l'espace qui va de l'entrée de la grange jusqu'au-delà de la botte de paille du pendu a été grossièrement mais soigneusement ratissé, non par les enquêteurs, mais par un mystérieux jardinier. Et aucun râteau n'a été retrouvé auprès des victimes. Nulles traces de pas, à part celles de Julie Lacaze et des premiers arrivés sur les lieux, le major Paugam, l'adjudant-chef Marrec, la commandante de la SR et LSD, tous porteurs de surchaussures, n'ayant laissé que des empreintes minimales et reconnaissables. Un tel ratissage constitue une découverte de taille, puisque si la scène de ce double drame a été nettoyée post mortem, il est difficile de croire que ce soit l'un des deux morts qui ait fait le ménage, à moins de supposer qu'il se soit réincarné en fée du logis ou en Monsieur Propre.

Conclusion évidente, il ne peut pas s'agir de suicide, ni au pluriel ni même au singulier, puisque dans ce dernier cas, le "metteur en scène" du premier meurtre, appelons un chat un chat, n'aurait matériellement pas pu se débarrasser du râteau après usage.

Deuxième trouvaille qui vient conforter cette hypothèse : la botte de paille est effectivement trop instable, et insuffisamment liée pour avoir été utilisée par le pendu. Si un autre objet plus haut a été employé pour l'aider à faire le grand saut, la corde autour du cou, où pourrait-il bien se trouver ? Ce ne peut être l'échelle retrouvée contre la poutre car elle était trop loin de la corde, et aucun escabeau ne traîne dans le secteur…

Et si Letourneur, ou quelqu'un d'autre, a utilisé un autre échafaud improvisé avant de mettre la botte de paille en place, comment a-t-il pu ratisser le sol en terre battue autour de lui après le coup de fusil ? Comment et aussi pourquoi ? Non ! Le double meurtre, maquillé en double suicide ne fait aucun doute. “À moins que…” Une idée saugrenue vient de surgir dans son raisonnement. Mais il lui est impossible de la développer. La connexion entre le banc de pierre et ses cellules Breizh a été interrompue sans raison apparente.

De toute façon, pour en savoir plus et avoir des preuves formelles, elle devra attendre. Les experts scientifiques sont en train de passer au peigne fin la cour et les autres bâtiments de la ferme, plus spécifiquement la cuisine et la maison de Letourneur. Ils mènent aussi leurs recherches dans un lieu sans doute empli de mystères : le bureau de Yannick Morellec. Entre ses différents ordinateurs et les multiples clés USB trouvées dans ses tiroirs, il faudra certainement plusieurs jours à la cyber-unité de Châteaulin pour y voir plus clair.

Les premières vérifications d’empreintes digitales n’ont pas été vraiment concluantes : on a bien retrouvé celles de Letourneur sur la fourchette en bois et sur la crosse et le canon du fusil, mais on en a relevé aussi d’autres, inconnues. Appartiennent-elles à des amis, à des connaissances, au meurtrier éventuel, impossible de le savoir à ce stade.

Reste ce petit trouble-fête, ce *Raphanus sativus,* ce radis retrouvé dans la poche de Letourneur. Pourquoi ? Pourquoi un autre radis dans la poche de Céline Beauchamp et un tout près du lieu de la chute de son ex-mari ? Pourquoi aucun dans la poche de Yannick Morellec ? Quel rôle ces petits légumes rose et blanc peuvent-ils bien jouer dans cette histoire : symbole, insigne d'appartenance à un groupe, signe de ralliement, marqueur d'infamie comme le fer rouge dans l'ancien temps, ou simple piège à cons comme le suggérait le major Paugam ? Les paris sont ouverts, mais curieusement ce n'est pas du tout le point sur lequel se focalise Laure. On aurait pourtant pu le croire à cause de l'audacieux pari engagé avec l'entreprenante Mélanie… Mauvaise pioche. Toutes ses pensées se concentrent sur deux points. Le premier, essentiel : est-ce qu'il existe un rapport entre la mort du couple Beauchamp et le drame découvert chez Letourneur ? Le second, tout aussi important : que s'est-il passé à la ferme ? Il n'a pas pu y avoir un assassinat, ou un suicide forcé – ce qui revient au même –, suivi d'un "vrai" suicide. Mais contrairement à ce qu'elle pensait auparavant, rien ne permet d'affirmer avec certitude qu'il y ait eu double meurtre. « À moins que », disaient ses cellules Breizh avant d'être interrompues. Elles se remettent soudain à danser et à faire valser les hypothèses. D'où ce nouveau raisonnement de la part de LSD. Elle délaisse provisoirement ce qui pourrait relier les événements du samedi et du lundi, pour se concentrer sur le mystère de la grange. Elle a déjà exclu la possibilité d'un suicide provoqué suivi d'un vrai suicide. Reste sa deuxième idée : celle d'un double meurtre. Qu'implique cette idée ? Réponse : l'existence d'au moins une troisième personne, présente sur les lieux avant ou après la mort des deux hommes ? Elle n'aurait peut-être pas empêché le drame de se produire, mais elle aurait pu faire en sorte de compliquer la tâche des enquêteurs. En même temps, pourquoi aurait-elle fait ça ?

Des motivations multiples se présentent dans l'esprit de Laure, plus ou moins vraisemblables : elle connaissait bien l'une des deux victimes, et ne voulait pas qu'on puisse entacher sa mémoire en le traitant de meurtrier ; elle peut aussi avoir voulu cacher quelque chose de compromettant pour l'un des deux hommes ; elle pourrait être la complice d'un des deux morts et avoir dissimulé ses propres traces pour ne pas être inquiétée.

Dans ce cas-là, un autre meurtre, ou suicide, est-il à redouter ? Reste la pire des hypothèses, mais pas la plus improbable, cette troisième personne aurait elle-même tué un, voire les deux hommes ? Dans cette dernière éventualité, attention danger, il y aurait à Camaret, un meurtrier dans la nature…

Au loin passe une goélette, majestueuse, toutes voiles dehors, remontant au près. Elle s'apprête à virer de bord et à s'engager dans la somptueuse rade de Brest. Avec ses quarante mètres de longueur au bas mot, elle offre un spectacle qui distrait Laure de ses pensées une poignée de minutes. Dès que la petite merveille a disparu de son champ visuel, ses cellules Breizh signent la fin de la récré et se remettent au boulot. Insensiblement, elle en vient à repenser à la première affaire, celle de cette pauvre femme assassinée samedi matin et à cette célébration de victoire interrompue ce midi à la brigade de Crozon.

Si Mélanie et Jacky Paugam n'affichaient aucun état d'âme et célébraient la résolution de l'enquête sans la moindre arrière-pensée, elle ne sait que trop bien qu'elle ne partageait pas leur joie. Trop simple, trop facile, trop attendu. Elle a une pensée pour Tanguy ; un léger sourire éclaire son visage rien qu'à son évocation. Combien de fois lui a-t-il dit :

— Mais pourquoi tu vas chercher midi à 14 heures ? L'affaire est résolue. Ré-so-lue ! Point barre !

Et là, elle faisait la moue, ce qui à l'époque de sa cicatrice, signifiait une vilaine grimace. Et lui répondait systématiquement :

— Je suis d'accord avec toi, mais il y a un je-ne-sais-quoi qui ne colle pas. Je pense qu'on fait fausse route.

Même si dans sa "carrière policière bretonne" elle n'a jamais connu l'échec, elle sait que tout peut arriver.

Ce qui ne l'empêche pas d'afficher la même confiance en elle que d'ordinaire : elle est sûre de résoudre cette affaire, bien plus complexe qu'elle n'en a l'air. N'en déplaise à Tanguy ! Encore faut-il voir la vérité au cœur de tous ces faux-semblants. Où ses "amis" gendarmes auraient-ils pu se tromper ? Dans un vide-greniers, et elle le sait pour en avoir fait quelques-uns avec Isa, l'ambiance est très particulière, surtout au moment du déballage, tôt le matin. On ne connaît pas encore ses voisins, sauf si on y va en famille, on a les yeux et les mains dans les cartons, scrutant la météo, regardant d'un œil inquiet, ou railleur, les objets mis en place dans les stands d'à côté. On échange quelques mots avec les autres, on guette les chineurs du petit matin, ceux avec qui on fait souvent les meilleures affaires…

Bref on voit beaucoup de choses, beaucoup de monde, mais on ne fait attention à rien, surtout pas à ce que le coffre de voiture des voisins peut recéler de trésors ou de rossignols. On attend qu'ils soient exposés. Dans un tel contexte et dans la pénombre de l'aube, rien d'étonnant à ce que Nicole Morellec n'ait rien vu.

La plongée mortelle de monsieur Beauchamp le samedi soir revêt bien plus de mystères. Premier point d'importance, rien ne permet de confirmer qu'il a tué son ex-femme. Bien sûr, il était gaucher, ce qui colle avec l'analyse des légistes et la déclaration de madame Morellec. Mais personne ne l'a vu, alors que c'est le genre de personnage qui ne passe pas inaperçu, même dans une semi-obscurité. Reprenons les faits. Un esprit si fruste aurait-il eu la possibilité de se glisser subrepticement jusqu'au bout de la digue sans se faire voir ? Peut-être, car c'est un bon marin, Camarétois, qui connaît le port comme le fond de sa poche, et qui savait par où passer pour ne pas se faire remarquer, y compris par la mer. Il suffisait d'emprunter un canot. Aurait-il pu s'échapper, quitter les lieux sans éveiller l'attention ? Absolument ! Tout le monde était trop occupé pour faire attention au bonhomme. Viennent à présent les questions plus embarrassantes : comment un homme connu dans tout Camaret, “interdit de séjour” qui plus est, pouvait-il savoir où se situait l'emplacement, tiré au sort, du stand de son ex-femme sans le demander à qui que ce soit ? La moitié des exposants l'avaient déjà rencontré et l'auraient identifié, même dans la lumière naissante, s'il leur avait adressé la parole. Les gendarmes en auraient forcément été informés, puisque tous les déballants ont été interrogés. Donc, sa mission était impossible.

Même s'il avait trouvé le stand par hasard, un pareil homme aurait-il pu rester assez calme pour s'approcher de sa femme, qu'il n'a pas vue depuis plus de deux ans, et le faire suffisamment discrètement pour l'assommer et l'étrangler sans que personne le remarque ? Comment aurait-il pu deviner que Nicole ne viendrait pas chercher quelque chose dans le coffre au moment même où il trucidait la mère de ses enfants ? Il ne pouvait pas ignorer sa présence, puisque les deux jeunes femmes faisaient ce vide-greniers tous les ans presque depuis sa création, parfois même avec Julie, si elle était libre. Il prenait donc un gros risque d'être surpris au moment fatidique… Une nouvelle évidence que sa présence sur les lieux du crime a du plomb dans l'aile. Et cela se complique encore si on cherche à savoir ce qu'il aurait pu faire le reste de la journée. Le crime de la tour Vauban s'est déroulé vers six heures et demie du matin. Que s'est-il passé après ? Si Bertrand Beauchamp est coupable et que son objectif suivant est d'en finir avec la vie aux Tas de Pois, il n'aurait pas été assez idiot pour rester sur place ni même pour traîner dans Camaret jusqu'au soir.

Il devait se douter que la gendarmerie le rechercherait sans relâche. Pourquoi alors jouer à cache-cache s'il voulait se jeter dans le vide ? Il connaissait suffisamment la presqu'île de Crozon pour savoir que certaines falaises, aussi belles soient-elles, sont de parfaites plates-formes d'envol pour un voyage sans retour… Mais admettons, et continuons dans l'improbable : il se retrouve à Pen-Hir, peut-être parce que cela représente un lieu symbolique pour lui, ou pour leur “couple”. Il lui est facile de passer inaperçu sur le plateau rocheux qui surplombe la mer. Après 10 heures, les visiteurs viennent en nombre, et n'ont qu'une idée en tête : admirer le paysage somptueux, surtout si la vue est dégagée comme elle l'était samedi. Il n'y avait aucune chance qu'ils s'attardent même une seconde sur le spectacle immonde d'un simili clodo en train de s'enfiler un kil de rouge ! Et si ce n'était pas du rouge, c'était forcément une bouteille d'alcool. Dans tous les cas de figure, comment se peut-il qu'aucun membre de la gendarmerie n'ait pu mettre la main sur une bouteille d'alcool portant ses empreintes, que ce soit dans les, rares, poubelles ou sur le sol ?

Autre point troublant : en admettant le suicide, cela signifierait que le poivrot aurait chuté à “L'ENDROIT EXACT” où ses chances de mort quasi immédiate s'avéraient les plus élevées. Quelle chance dans son malheur ! Il aurait réussi à rejoindre son point de chute de nuit, alors que même de jour, il faut bien regarder où l'on pose les pieds, tant le sol est inégal ? Cette hypothèse ne tient pas plus debout que la victime. Reste à comprendre comment son cerveau embrouillé par les vapeurs internes d'alcool aurait eu suffisamment de neurones fonctionnels pour passer à l'acte ! Laure finit sa longue réflexion par une conclusion qu'elle émet à voix haute, sans égard pour ses voisins :

— Pour se suicider juste au bon endroit, et de nuit, il fallait qu'il soit extrêmement lucide ! Je ne peux pas admettre une monumentale coïncidence qui l'ait fait avancer dans la nuit et son brouillard cérébral jusqu'au point où il s'est jeté. Je n'y crois pas une seconde !

Et ses cellules Breizh reprennent du service, sur le thème : si ce n'est pas un suicide, cela signifie premièrement que les conclusions de la gendarmerie sont fausses, et deuxièmement que ce ne peut être qu'un accident ou un meurtre. Un petit neurone plus espiègle que ses congénères lui susurre : et si les radis avaient de l'importance dans cette histoire ? Une évocation qui a pour effet surprenant de provoquer chez Laure une vision surréaliste. Elle imagine la commandante de la SR impeccablement maquillée, débordante de charme avec ses yeux à la couleur bleu lagon, incomparables, superbement mis en valeur, et son sourire ravageur. Seul hic à cette image digne d'un défilé de mode, elle porte une robe fourreau rose et blanc, en forme de radis fuselé avec de grands plumets verts qui se dressent sur sa tête en guise de fanes.

Un simple coup d'œil à sa montre la fait vite atterrir. Elle pense à Hugues. Il a sans doute retrouvé sa Pomponnette, sa fidèle chatte, celle qui ne l'a jamais abandonné, même quand sa première femme, la mère de ses enfants, est partie avec le véto du coin. Qui était son meilleur copain, comme de bien entendu.

Ce soir, il va sans doute manger chez Isabelle, sa

plus vieille amie, sa confidente de toujours. Laure pourrait bien entendre ses oreilles siffler, mais elle est persuadée que ces acouphènes émotionnels ne viendront pas de son Hugounet.

Elle redresse la tête, regarde la mer quelques secondes et replonge dans le destin de Bertrand Beauchamp, un homme exécrable s'il en est, d'après son dossier. Cela en fait-il un coupable passible de la peine de mort pour autant ? Elle ne le prétendra jamais, par principe. Pourtant, si elle suit son analyse, il n'y a pas trente-six solutions, seulement deux, puisque l'hypothèse d'un suicide lié au remords d'avoir tué sa femme ne résiste pas à l'analyse. Soit il est tombé accidentellement, soit il a été poussé volontairement, par quelqu'un dont il avait sans doute tué une parente, une amie, une proche. Des deux possibilités, laquelle tient mieux la route : entrons dans la tête de Laure et découvrons ses pensées…

— L'accident ? Possibilité intéressante, mais facile à éliminer. Même s'il avait tué Céline, ce qui n'est pas vraisemblable, pourquoi serait-il allé se promener à des kilomètres de chez lui, dans une zone qui lui était interdite par la loi, en bordure de falaise et en pleine nuit pour corser le tout ? Réponse : par le plus grand des hasards, là où le guidaient ses pas titubants… Cela n'a aucun sens. En tout état de cause, il n'avait aucune raison de se trouver là, en ce lieu précis, à cette heure-là. Pourtant il y était quand même, son cadavre à demi immergé sur le rocher de la Salle verte en témoigne. Pourquoi une telle succession d'invraisemblances ? Voilà une bonne question ! Et je dirais même qui est doublement bonne. Parce que dans le cas d'un meurtre il fallait aussi qu'il soit à la même place. Là où il a fait le grand saut. Pourquoi donc était-il à la mauvaise heure au mauvais endroit ? Voici la question clé, celle qui ouvrira les portes de la vérité. Quand j'aurai la réponse, j'aurai découvert le meurtrier de Bertrand Beauchamp. Et sans doute celui de Céline…

Laure se surprend à caresser le banc de Saint-Pol-Roux, comme si elle flattait l'encolure d'un cheval. Elle ne pense plus à rien qu'à cet écrivain dont elle a lu rapidement la biographie, à son destin hors normes et à son influence sur ses compagnons d'écriture. Trente secondes de repos pour ses cellules grises sous le regard noir d'une succession de visiteurs manifestement pressés qu'elle libère le siège. Ils devront patienter : LSD, d'un coup, lève un poing vengeur vers le ciel, geste assorti d'un « Yeeesss ! » retentissant, si fort qu'il fait pleurer un goéland qui passait au-dessus de sa tête. Et elle replonge dans sa réflexion intérieure :

— Bien sûr, ça expliquerait presque tout ! mais dépitée elle ajoute : Sauf les radis…

*

— Il fallait que je te voie. Cette journée… dit Julie en pleurnichant.

Le visage en face d'elle est vide de toute expression, comme celui d'un rescapé d'un terrible séisme retrouvé après plusieurs jours de recherche.

Tellement fatigué qu'il semble inconscient de ce qui lui arrive, et trop épuisé pour réagir.

— J'ai du mal à encaisser, tu sais. Je suis… je suis complètement à plat. Une vraie crêpe. Céline samedi, Yannick aujourd'hui, je n'arrive pas à réaliser. C'est si brutal, si violent…

— Tu oublies quand même Bertrand et Letourneur ?

— Ces deux ordures ! Compte pas sur moi pour les pleurer ! proteste Nicole Morellec.

— Ils sont morts eux aussi, tu ne peux tout de même pas les effacer de ta mémoire comme ça… souligne Julie Lacaze, surprise de la réaction de son amie.

— Personne ne les pleurera ! Céline et Yannick, tu m'excuses, c'est autre chose !

Son regard reste fixe, immobile. Pas de larmes, juste une grande fatigue.

— En fait, tu sais, j'ai l'impression d'un tremblement de terre… non, plutôt d'un accident de voiture : nous étions quatre à bord, Yannick conduisait, j'étais à la place du mort, toi et Céline vous étiez à l'arrière. La voiture des deux autres a grillé un stop et nous a heurtés en plein sur le côté. Bilan : quatre morts et deux survivantes, saines et sauves, toi et moi.

— Et tu ressens tout ça comme ça ?

Un étrange rictus, presque un sourire, éclaire le fin visage aux cheveux bruns et longs.

— Qu'est-ce qui te fait rire ? demande Julie.

— Je repense à un souvenir de boulot, à l'EHPAD. Cela m'avait sidérée. Une brave mamie qui allait sur ses 89 ans… elle s'éteignait doucement, mais elle ne voulait pas aller à l'hôpital. Alors on la laissait partir comme elle l'avait souhaité, en veillant à ce qu'elle ne souffre pas. Elle avait un fils unique qui venait la voir de temps en temps en fin d'après-midi. Le jour où l'on a senti que c'était la fin, on lui a dit de venir, en urgence, pour les derniers moments de sa mère. Il est arrivé, tranquille, après son travail – il était policier municipal – et s'est planté face à sa mère, l'air indifférent. Elle avait du mal à respirer, elle a commencé à râler et, vingt minutes plus tard, elle est partie… Le gars n'a pas bougé, toujours impassible et il n'a pas voulu lui fermer les yeux. Quand on lui a présenté nos condoléances, il nous a regardées, et sur un ton presque méprisant nous a balancé :

— Vous savez, dans mon boulot, des cadavres, j'en vois tous les jours. Alors un de plus ou de moins…

— Tu déconnes ? Il n'a pas dit ça ?

— Je t'assure, et c'est comme ça que j'ai appris que les policiers municipaux pouvaient plomber les cercueils lors de la mise en bière.

— Et pourquoi tu repenses à ce mec, ce salaud ?

— Pourquoi ? Parce que je ne ressens rien, rien du tout. J'ai l'impression que tout ce qui s'est passé depuis samedi matin n'a rien à voir avec moi. Comment te dire ? Je me sens étrangère à tout ça…

La face un peu rondouillarde de Julie, avec ses pommettes bien rebondies et ses yeux caramel n'affiche pas le même détachement. Les larmes ne sont pas loin et la tête se baisse.

— Je ne sais pas comment tu peux réagir comme ça ! Moi, je me sens différente, j'ai l'impression que je ne pourrai jamais plus redevenir comme avant…

— Tu as tes patients, ta fille, ton chéri, crois-moi, tu oublieras vite. La vie quotidienne va reprendre le dessus, et tu auras toujours Léa et Paul à tes côtés… Je ne m'inquiète pas pour toi.

— En tout cas, pour l'instant, c'est dur, répond la voix chevrotante de Julie tandis que ses index essuient maladroitement le dessous de ses yeux, heureusement à peine maquillés. Je vais me faire un café, tu en veux un ?

— Je veux bien un cappuccino, je te laisse faire, tu connais ma machine ?

Cinq minutes plus tard, le contraste s'est accentué entre les deux jeunes infirmières. Autant Julie reste maussade, avec un teint cadavérique, autant Nicole a gardé son impassibilité, s'attirant le regard sombre de son amie.

— Tu sais très bien qu'avec Yannick, on avait passé un cap, ce n'était plus comme avant. Alors évidemment que je pense à lui. Mais nous ne partagions plus grand-chose. Le grand amour avait fondu comme une glace à l'italienne qu'on ne mange pas assez vite. De notre passion ne restait qu'un cône en gaufrette, avec un tout petit peu de crème glacée collée dans le fond. Je suis plus triste pour Céline, elle a toujours été une amie, une vraie amie. Avant…

— Avant quoi ?

— Avant quoi ? Avant samedi matin. Écoute ! – Nicole marque un silence – Je suis un peu embêtée de te demander ça, mais j'aurais aimé être seule un moment. Le père de Yannick ne devrait pas tarder, et l'avion de mes parents se pose à Guipavas à 23 h 20. Après, cela va être la maison des pleurs, et je t'avoue que cela me fait un peu peur.

— Tu ne veux pas que je reste ?

— Va retrouver les bras de ton chéri et faire un gros câlin à Léa. Toi aussi tu as eu une dure journée. Essaie de rayer cette grange de ta mémoire et de ne garder que les souvenirs heureux.

— Si tu crois que cela va être facile…

— Je sais que tu y arriveras !

Un embryon de sourire. Julie a déjà ouvert la porte, quand Nicole lui lance :

— N'oublie pas ce qu'on s'était dit : dans la joie ou la souffrance, dans le meilleur et dans le pire, toujours à trois, toujours ensemble. Ni toi ni moi, on n'a le droit d'oublier Céline.

IX

Laure a délaissé sa source d'inspiration, pour la plus grande joie des promeneurs encore nombreux. À l'autre bout des ondes, il y a Hugues, enfin ! Elle le connaît suffisamment pour distinguer ces confusions de syllabes, ces articulations hasardeuses qui laissent entendre qu'il a dû faire honneur à sa bouteille d'Armorik. C'est d'une voix légèrement pâteuse et anormalement enjouée qu'il lui répond. Elle qui avait peur de sa réaction s'en trouve toute ragaillardie. Comme elle n'est pas du genre à s'excuser, elle a fait sienne cette devise chère à beaucoup d'hommes politiques très haut placés, et à de nombreux membres de la famille royale, particulièrement ceux de "Brexitie". « *Never complain, never explain* », autrement dit : « Ne jamais se plaindre, ne jamais expliquer. » Ce qui en français plus populaire se traduirait par : « Tu peux penser ce que tu veux de moi, je n'en ai rien à fiche ! » Et quand je dis "fiche" c'est de l'autocensure, parce que je ne peux pas dire « foutre ! » Quoi qu'il en soit, les mots qui traversent son oreille droite ne peuvent que la surprendre, et surtout la réconforter.

— Alors ton enquête, ça avance ?

— Et toi ? Ce week-end avorté à cause de moi, comment tu le digères ?

— Tu as vu ma lettre ? Je ne t'ai pas épousée, mais je connaissais quand même les conditions pour vivre avec toi : accepter le meilleur comme le pire. Alors disons qu'aujourd'hui, ce n'est pas le meilleur… Mais on est loin du pire. Je suis déçu, évidemment, mais heureux puisque je te sais heureuse. Et cette enquête finira bien un jour.

Une voix dans le fond se fait entendre, rieuse, et un tantinet “chambreuse”. Tanguy, bien sûr.

— Alors, ma Laurette, qu'est-ce que tu manges ce soir, du gigot ou de l'épaule d'agneau ? Le tout, c'est de ne pas oublier l'ail. Très important, je t'assure !

— C'est pas vrai ? Tanguy est chez toi ?

— Tu ne crois pas que j'allais me laisser abattre ! J'avais un peu trop abusé du délicieux whisky que tu m'avais offert pour mon anniv', alors j'ai préféré inviter Isa et Tanguy à venir manger une pizza à la maison. Donc ne t'inquiète pas pour mon moral. Et toi ?

— Ici, c'est la merde. Tanguy et Isabelle sont sur haut-parleur ?

Une seconde de silence radio, et Hugues peut répondre.

— Maintenant, ils le sont !

— Tu leur as raconté le début de l'histoire ?

— *Of course !*

— Eh bien ! Justement, cela s'est sérieusement corsé depuis. Deux nouveaux morts en fin de matinée à Telgruc-sur-Mer, tout près de Camaret. Deux suicides qui ressemblent à tout sauf à des suicides, mais officiellement on ne peut rien dire de plus pour l'instant. La seule certitude qu'on a, c'est qu'une des deux victimes est, écoute bien, le mari de la meilleure amie de la jeune femme assassinée samedi matin. Quant à l'autre mort, c'était son meilleur ennemi : un agriculteur-éleveur, grand utilisateur de nitrates, alors que lui militait dans une association qui luttait ardemment contre les algues vertes. Pour l'instant, on n'en sait pas beaucoup plus, si ce n'est qu'on a déniché un radis, fendu en deux, dans la poche du pantalon du paysan chez qui on a retrouvé les cadavres. Les analyses n'ont rien donné jusqu'à présent, et je t'appelais juste pour avoir de tes nouvelles avant de retourner à la brigade de Crozon.

— Retrouver "C'est clair" et surtout la belle Mélanie…

— Arrête tes conneries, je n'ai pas vraiment envie de rigoler. L'enquête se complique, alors que moi je comptais rentrer le plus vite possible, d'autant plus que jeudi est férié. On aurait pu aller à l'Île Grande ou ailleurs, histoire de nous rattraper un peu…

— Allez ! File reprendre ton enquête. Et tu reviendras… quand tu reviendras.

« *Des mots tendres enrobés de douceur se posent sur leurs bouches* », et aussi sur leurs cœurs, avant que Laure ne redescende sur terre, tel un hélicoptère en panne de rotor.

— Tu pourrais me passer Tanguy, s'il te plaît ?

*

Ambiance morose dans le bureau de Mélanie Quéguiner. Seule, les traits fatigués, elle lit et relit les divers rapports reçus dans l'après-midi. Sans enthousiasme à l'évidence. Nullement surprenant donc qu'elle accueille Laure avec un sourire.

— Alors tu as passé un bon après-midi avec ton pharmacien ?

— Si cela ne te dérange pas, j'aimerais qu'on parle d'autre chose.

— Ah, ah ! rétorque l'officier de la SR, requinquée d'un coup. De l'eau dans le gaz ?

— Même pas ! Désolée de te décevoir. Tout va très bien au contraire. Je voudrais simplement que cette enquête soit bouclée, j'ai hâte de le retrouver.

— Cela ne nous empêche en rien de passer du bon temps ensemble d'ici là, surtout, au vu des derniers comptes rendus d'expertise. On est bien parties pour patauger. Et ce n'est pas l'autopsie qui nous apprendra grand-chose. Il y a eu une explosion dans un immeuble de la banlieue de Brest, donc Lesage n'a pas prévu de se pencher sur nos “suicidés” avant mercredi après-midi. Deux jours, sauf miracle, à avancer dans le noir… Tu vois, pas de quoi se réjouir.

— Et Paugam, il t’a abandonnée ?

— Non, il est aussi emmerdé que moi, mais il a déjà eu son week-end de sabré, alors je lui ai donné jusqu’à demain matin, le temps qu’il revoie un peu toute sa famille.

Intérieurement, Laure pousse un profond soupir de soulagement ; l’idée de continuer à jouer la potiche derrière leur numéro de duettistes ne lui donnait vraiment pas envie de revenir. Par contre, ce petit jeu de séduction avec Mélanie, genre « Je te veux, moi non plus », commence à l’amuser. Et comme je suis très intime avec LSD, elle m’a fait des confidences que je ne vous rapporterai pas. Je n’ajouterai donc pas que jouer au chat et à la souris avec cette superbe créature ne lui déplaît en rien, sachant très bien qu’en matière de séduction et de jeux amoureux, elle connaît ses limites. Sa soirée au Bilitis avec Hugues n’est pas si loin…

— Et alors, les dernières expertises ?

— Pour les téléphones portables, ils sont à la BR. Quant à la grange, on a quelques infos intéressantes : on a retrouvé un vieux fût à huile, qui était au milieu d’un tas de ferrailles diverses, sur le côté du bâtiment. On a identifié dessus des traces de terre battue, comme s’il avait été roulé par terre. En plus, tout l’espace qui va de l’endroit où on l’a récupéré jusqu'à l'entrée de la grange a été balayé, avec un balai de cantonnier. Quelques empreintes sur le bidon, mais difficiles à identifier pour le moment. Il était complètement rouillé, et toutes les traces se chevauchaient. Par contre, l'analyse microscopique confirme bien que la composition de la terre présente sur le métal est identique à celle de la cour, et on a récupéré des morceaux de rouille dans la zone où Morellec a été retrouvé pendu. Comme ce genre de tonneau en position verticale doit faire 1,20 mètre de hauteur et est suffisamment stable pour que la future victime puisse s'y tenir en attendant que quelqu'un le fasse basculer, je crois que ce devait être “l'échafaud” idéal. Plus haut qu'une botte de paille avec une hauteur de chute qui permettait une pendaison sans aucune chance pour le malheureux. Et les experts nous ont confirmé que le nœud coulant utilisé ne pouvait pas provoquer de rupture des vertèbres cervicales, seulement un étranglement lent.

— Tu en conclus que l'on a volontairement cherché à ralentir sa mort, pour le faire souffrir le plus longtemps possible ? demande Laure.

— Plus que probable !

— Mais qui pouvait le détester, ou plutôt le haïr à ce point ? Et pourquoi avoir tué Letourneur en même temps ? Ils ne pouvaient pas se sentir ! Cela voudrait dire que l'assassin les haïssait tous les deux… C'est invraisemblable ! Ou alors pour des raisons très personnelles, peut-être liées au passé ?

— Ils avaient vingt ans d'écart, donc une vieille rancœur paraît peu probable. Par contre, ils ont peut-être fait cause commune dans une affaire quelconque et quelqu'un peut leur en avoir voulu pour ça, suggère Mélanie.

— Tu dis ça d'un ton aussi convaincu que moi… Ils n'étaient pas du même bord, tu le sais très bien. Un agriculteur qui se fout des plans d'épandage, de la réduction de l'utilisation des nitrates, je ne vois pas comment il pourrait s'intéresser aux autres causes défendues par Morellec dont tu m'as parlé. Pour moi, dès qu'on aura trouvé une raison valable qui expliquerait qu'une personne pouvait les haïr tous les deux, on aura la solution.

— Je suis d'accord avec toi, mais il y a quand même un point que tu oublies. Un point qui doit te faire bien plaisir… – Une tirade qui rime avec un battement de paupières très aguicheur. – Ce radis dans la poche de Letourneur ! Qu'est-ce qu'il vient y faire ? Et pourquoi n'en a-t-on pas retrouvé un chez Morellec ?

Jouant avec les nerfs de son interlocutrice, Laure ne montre aucun signe de satisfaction, encore moins de victoire, à l'évocation du légume.

— Ah oui ! C'est vrai ! Il y a cette histoire de radis ! Peut-être que les deux ont été assassinés par la même personne, mais pas pour les mêmes motifs ? Le radis correspondrait à un point commun entre Letourneur et les Beauchamp, et Morellec aurait été tué pour une autre raison…

— Pooouuuh ! soupire Mélanie, je ne comprends plus rien.

— Et comme tu le sais, quand on ne comprend plus rien, il faut reprendre les fondamentaux. On met tout sur la table, et on recommence…

*

En parlant de table, dîner de travail pour la gendarme et son auxiliaire de luxe au Styvel, l'hôtel où réside Mélanie. Les deux femmes n'ont malheureusement que peu de temps pour profiter du superbe décor classique mais chaleureux de la salle à manger entièrement déclinée, comme la façade, en deux couleurs principales : jaune de Damas et rouge groseille. Tables en bois, nappes en tissu, chaises confortables, et, à travers les grandes baies vitrées, une perspective sans la moindre entrave visuelle sur le port, avec bien sûr la tour Vauban et Notre-Dame-de-Rocamadour en arrière-plan. Le nez dans son assiette de fruits de mer, Laure attaque la première :

— Avant de tout remettre à plat, il y a une chose qui me semble indispensable : qu'on se mette sur la même longueur d'onde.

— C'est-à-dire ?

— Sauf erreur de ma part, Paugam et toi, vous n'avez pas changé votre version pour la mort de Céline et Bertrand Beauchamp ? Pour le procureur comme pour le juge, vous avez conclu à un meurtre suivi quelques heures plus tard d'un suicide ?

— Absolument ! Mais comme c'est le même juge qui est chargé du dossier Morellec-Letourneur, et évidemment le même procureur, nous leur avons demandé quarante-huit heures, donc jusqu'à demain soir, pour clore définitivement le dossier.

— Pourquoi ? Vous avez des doutes maintenant ?

— Laure, sois gentille, ne te sous-estime pas, et ne nous prends pas pour des poires ! Tu sais très bien qui nous les a instillés, ces doutes.

— Tant mieux, comme ça, cela ira plus vite…

— Pardon ?

— Je peux te demander ce que tu as fait cet après-midi ?

— Je me suis surtout efforcée de collecter toutes les données, enquêtes de voisinage, enquêtes sur la personnalité des victimes et de leurs proches, sur leurs passés, analyses des données d'experts. Et en prime, comme je viens de te le dire, j'ai subi les affres du procureur et du juge d'instruction… Donc, en pratique, je n'ai pas eu le temps de souffler.

— Moi, je n'ai pas bougé. Je suis resté sur un banc, à chercher l'inspiration.

— Le banc de Saint-Pol-Roux ?

— Exact ! Je vois que tu connais… Et j'en ai tiré trois conclusions, absolument incontournables : primo, Bertrand Beauchamp n'a pas pu tuer son ex-femme, c'était beaucoup trop risqué et il en était parfaitement incapable ! Deuzio, son suicide à Pen-Hir n'est pas crédible : à 99,99 % il s'agit d'un meurtre. Tertio, personne ne s'est suicidé à la ferme. Il s'agit de deux homicides volontaires, et j'ajouterais, prémédités !

— Je suis d'accord avec toi pour le double suicide qui n'en est pas un. Avec le ratissage dans la grange et le balayage à l'extérieur, il n'y a aucun doute… Au fait, je crois que j'ai oublié de te dire : on a retrouvé le râteau et le balai dans un appentis à côté de la grange, avec d'autres outils. L'analyse confirme ce qu'on pensait, c'est bien la même terre. Évidemment aucune empreinte sur les manches, sauf celles de Letourneur.

— Pas très étonnant… On peut revenir sur les morts de samedi ?

— Vas-y.

— Votre version ne tient pas la route ; je vais t'expliquer pourquoi.

Ce que Laure fait, tout en avalant ses bigorneaux, ses crevettes et ses huîtres. Mélanie se contente de hocher la tête, et d'accepter, belle joueuse, la démonstration de Laure.

— Tu sais que tu aurais fait un bon flic ? Comment veux-tu que je ne sois pas d'accord avec ton raisonnement ? Jacky sera forcé de l'admettre aussi. On repart donc de zéro, avec quatre morts au lieu de deux… Et avec une autre différence : à un moment, on avait un meurtre et trois suicides potentiels, et maintenant on a quatre meurtres. Même si nous n'avons pas gagné au change, au moins, on revient sur la même longueur d'onde, comme tu le disais.

— Sauf à propos des radis…

— Exact, mais on pourrait les mettre de côté pour le moment ?

— Si tu veux, mais excuse l'expression, on va se les reprendre en pleine gueule à un moment ou à un autre. Maintenant qu'on repart sur la même base, je voudrais te parler de la méthodologie : tu as l'habitude de travailler en collaboration avec des gendarmes ou des flics, je le comprends très bien. Moi, je suis une solitaire, qui marche à l'instinct, au feeling, et, désolée si tu n'apprécies pas : tout ce temps où j'ai été tenue à l'écart de tes discussions avec Paugam, où j'ai dû fermer ma gueule, il m'est resté en travers de la gorge. Grave.

Stupeur. Étonnement. Surprise.

Peu importe le mot, si ce n'est qu'il reflète la métamorphose affichée sur le visage de Mélanie.

— Les vieux réflexes, que veux-tu ! En présence de tous les collègues, je ne pouvais pas faire autrement. Mais je ne pensais vraiment pas que tu le prendrais comme ça. Dimanche, à la brigade, ça s'était bien passé pourtant avec Paugam ?

— Peu importe. En tout cas, aujourd'hui m'a suffi pour me convaincre que pour continuer à travailler ensemble sur cette enquête, je posais une condition *sine qua non*. Tu travailles à ta façon, moi à la mienne…

Même si la déception se lit sur les traits de l'officier de la SR, elle finit par lâcher :

— Je présume que je n'ai pas le choix ?

L'absence de réponse en est une. Laure se contente de remplir leurs verres de muscadet sur lie.

Mélanie hésite et finit par sourire, avant qu'elles ne trinquent à leur réussite.

— Après tout, cela nous rappellera l'affaire de Lannion…

— Justement, j'y pensais. J'aimerais qu'on fasse pareil, qu'on se répartisse l'affaire en deux parties. Comme tu le sais, je suis persuadée qu'il me sera plus facile, n'étant pas de "la grande maison" d'avoir des contacts plus… personnels avec les victimes et leurs proches, avec les voisins du vide-greniers, avec d'éventuels copains de Letourneur… Et vous vous occuperiez plus du côté officiel, les collègues de Morellec, les coopératives agricoles, les associations, l'EHPAD qui employait Céline, l'employeur de Beauchamp, son dossier psychologique… Tu vois ! Ce genre de choses !

— Je vois ! Tu as sans doute raison, même si j'aurais préféré (NDLA : je sais, « les si n'aiment pas les -rais », mais de temps en temps, il y a des exceptions ; il y en a même déjà eu une dans ce livre qui est passée inaperçue…) travailler la main dans la main avec toi.

Visiblement, elle entend cette expression au propre et au figuré. Une nouvelle fois, elle emprisonne avec une extrême douceur la mimine gauche – celle qui ne tient pas le verre – de Laure tout en capturant ses iris vert d'eau dans ses yeux aux couleurs d'atoll polynésien. Une tendre étreinte, que LSD s'empresse de desserrer, en murmurant ces mots étranges.

— Il ne faut pas manger le radis avant d'avoir mis le sel sur la table…

À regret, la main de Mélanie effectue un repli stratégique ; elle boit une gorgée de son vin blanc, et murmure, un évident regret dans la voix :

— J'ai encore un certain nombre d'infos à te donner, qu'est-ce que tu veux savoir ?

Laure est gourmande et emmagasine avec gloutonnerie tous les éléments complémentaires collectés par la gendarmerie depuis le début d'après-midi, avant de demander, déontologie oblige :

— As-tu prévu d'interroger les parents de Céline ? Ou ses collègues de travail ?

— Pas pour l'instant ; pareil pour Nicole Morellec. Je n'en vois pas l'intérêt. Quand Jacky est allé lui annoncer la nouvelle, elle a bien évidemment eu du mal à encaisser le choc, mais au bout de quelques minutes, alors qu'il lui demandait seulement de passer à la brigade quand elle s'en sentirait la force, elle a accepté de répondre immédiatement à toutes ses questions. Idem pour Julie Lacaze. Comme elle avait été obligée de prendre le reste de sa journée, elle a préféré passer à la brigade faire sa déposition en fin d'après-midi, juste avant que tu n'arrives. Ça lui évite de chambouler son programme de demain et celui de ses collègues. Par contre, si tu passes voir Nicole Morellec, elle m'a avertie que le père de son mari et ses parents arrivaient ce soir. Alors si tu t'y rends demain, vas-y sur des œufs…

— Tu connais ma proverbiale délicatesse… De toute façon, je passerai te rendre compte de mes éventuelles trouvailles en fin de matinée. Comme ça, tu me montreras les tiennes. Et si on arrêtait de parler boulot pour se consacrer à cet excellent repas ?

— Cela me va très bien ! Après, on va se boire un pot dans un endroit sympa ?

— Je te dirai ça après ma brochette de coquilles Saint-Jacques, et mon dessert maison. J'ajouterai qu'un petit lambig serait le bienvenu.

*

— Alors, mon Tanguy, bien rentré ?

— Tu parles ! Trémel-Louannec, ça fait quand même une tirée. Mais vu l'état dans lequel était Hugues, on a préféré le laisser cuver seul. Je ne sais pas ce que vous avez fait de vos corps durant ce week-end, mais il était plus à plat qu'une sole meunière passée sous un rouleau compresseur. Il était tellement crevé que c'est Isabelle qui a emmené Bruxelles faire sa pissette. Une petite : elle est juste allée jusqu'à l'église et retour. Après elle a filé à Lanvellec, en faisant gaffe aux sangliers, et moi j'ai rejoint mes pénates.

— C'est vrai que le lundi c'est votre jour "sans"… Chacun dans votre maison.

— Pas toujours, mais tu connais Isa ; quand elle m'a sur le dos tout un week-end, je suis prié de dégager la place le dimanche soir. Ou parfois le lundi matin, suivant la qualité de l'air dont je dispose si j'ai à souffler dans le biniou… En tout cas, ton chéri cuve tranquillement. Et pour être un peu plus sérieux une minute, il nous a gentiment fait comprendre qu'il en avait marre de te voir gâcher certains bons moments de votre vie pour le plaisir de te lancer dans des enquêtes. Qu'est-ce qu'il nous a sorti ? – Une courte hésitation et il ajoute – Ah oui ! : « Si elle sortait de la douche et qu'elle me voyait allongé sur notre lit, bandant comme un pendu, il suffirait qu'on l'appelle pour lui dire qu'il y a une mort suspecte quelque part dans le secteur, et elle me laisserait en plan aussi sec. Comme disait Coluche, je n'aurais plus qu'à me la mettre derrière l'oreille pour la fumer plus tard… »

Une remarque qui ne fait même pas sourire Laure. Les mots qu'elle a prononcés le samedi matin quand elle a voulu aller sur la digue interdite d'accès lui reviennent une nouvelle fois en mémoire : « Ce pourrait être même ma toute dernière enquête. » Pensait-elle vraiment ce qu'elle disait ? Hugues, lui, aimerait le penser. Choix cornélien s'il en est. Dois-je sacrifier mon bonheur pour le tien, et inversement. Posez vos livres, ouvrez votre cahier de rédaction, vous avez trois heures. Mais en attendant de s'attaquer à ce problème majeur pour l'avenir de sa vie personnelle, il lui faut d'abord résoudre cette enquête devenue si complexe.

— Tu as eu le temps de te pencher sur mes questions ?

— Tu perds pas le nord, toi ! Il est minuit et demi, je n'ai commencé à bosser qu'il y a une heure, et j'en ai au moins jusqu'à 3 heures et des poussières, rien que pour répondre à tes premières demandes. J'ai des cours à assurer dans un IUT, je te rappelle… Le premier est à 8 h 30, ce qui ne me laisse pas beaucoup de temps de sommeil…

— Au lieu de perdre du temps à t'expliquer, tu ferais mieux de me donner tes résultats.

— Oui, mon capitaine ! À vos ordres, mon capitaine ! Mais fais attention ! Rappelle-toi *Les Révoltés du Bounty*. Ne tire pas trop sur la corde, ou plutôt sur le cordage.

— Tanguyyy… dit une voix qui le connaît bien. Je t'écoute !

— Sans cœur ! OK ! J'ai compris. Bilan des premières recherches… Tu m'as demandé s'il y avait une symbolique du radis. Il en ressort que le radis pouvait servir d'offrande au dieu Apollon ; on pouvait même lui offrir des radis en or. D'où sans doute l'expression ne pas avoir un radis. Digression personnelle…

— Que je te demanderai d'éviter…

— On offrait donc des radis à Apollon, qui était le dieu grec de la beauté masculine, de la lumière, des arts, du chant, de la musique, de la poésie et de la lumière. Il était aussi le “chef d'orchestre” des neuf muses. Ce qui à mon avis ne t'intéresse pas. Par contre, j'ai découvert que dans l'Antiquité grecque on pensait que le radis était capable d'arrêter les hémorragies et de calmer la toux. Comme dans tes morts, ceux qui ont eu droit à un radis sont les trois qui ont fait des hémorragies…

— Tu parles ! Une chute de près de soixante mètres dans les rochers, un coup de fusil tiré à bout touchant, et un coup de chandelier sur la calebasse… Tu crois vraiment qu'un radis suffirait comme antihémorragique ?

— Ton ou tes tueurs aiment peut-être l'humour noir ? Ou alors, il faut prendre le radis dans son sens populaire. Radis égale argent, et les trois qui ont été retrouvés avec un radis dans la poche avaient un problème d'argent avec lui. Le tueur s'est vengé.

— Franchement, les Beauchamp, chacun de leur côté, ne vivaient pas dans l'opulence, alors se venger d'eux pour une histoire de fric, je n'y crois pas une seconde…

— Ils lui devaient peut-être de l'argent ? Ou c'est une vieille querelle qui est ressortie pour je ne sais quelle raison. Il faudrait voir dans les histoires de famille. La vengeance, surtout en matière d'oseille, est un plat qui se déguste souvent froid. Mais ne compte pas sur moi pour des recherches généalogiques, je n'en ai pas le temps.

— Laisse tomber ! Par contre, des histoires de fric, pour Letourneur, ça pourrait coller. Il ne dépensait rien ou presque, il ne mangeait que de la soupe ou des plats tout simples, et il cherchait à agrandir son exploitation. Il regorgeait forcément de fric, ou il avait peut-être des terres qui intéressaient les autres ? Quelqu'un pouvait lui en vouloir pour son argent, ou des terrains, ce n'est pas complètement idiot.

— Merci ! Et si je peux me permettre, celui qui aurait pu lui en vouloir, ce pourrait bien être notre prof. C'était un de ses ennemis jurés. Imaginons :

il va le voir pour je ne sais quelle raison ; dans la grange, ils parlent pognon, le ton monte, ils se battent, le prof voit le fusil et tue l'autre à bout portant, sans vraiment l'avoir voulu. Après, il réalise ce qu'il a fait et va chercher un vieux fût d'huile qui passait par là pour se pendre.

— Et il en profite pour téléphoner à un copain pour lui dire qu'il va avoir besoin de lui à Telgruc pour nettoyer les lieux après son suicide ? Tu délires, mon pauvre Tanguy. Il y avait de la beuh, de l'herbe dans ta pizza ?

— Je délire sauf si c'est sa femme qui est venue. Elle n'avait peut-être pas le choix.

— On aurait retrouvé trace de son coup de fil, et il n'y avait aucun appel sur le téléphone de Yannick Morellec, ni entrant ni sortant entre 12 et 13 heures. En plus, elle a un alibi à l'heure des crimes, vérifié par l'adjudant Paugam.

— Elle a pu effacer les appels. Ou les passer via WhatsApp ? Ou Skype. Et une fois effacés du téléphone, bonjour pour les retracer… Que disent les relevés des opérateurs ?

— C'est en cours. Ton hypothèse est absurde mais admettons quand même que quelqu'un d'autre soit intervenu pour le nettoyage de la scène de crime. Dans ce cas, qui a tué les Beauchamp le samedi ? La personne venue le lundi dans la grange n'avait, autant qu'on le sache, aucune raison de les supprimer. Quel serait le rapport ?

— Pas faux ! Je ne vois pas ! Tu as raison… Tu as raison, sauf si on imagine que c'est Yannick Morellec qui a tué Céline et Beauchamp. Il n'a aucun alibi.

— Le samedi matin, il n'a effectivement aucun alibi à l'heure du crime ! Mais pourquoi aurait-il fait ça ? Et comment aurait-il su où se situait le stand des deux femmes sans se faire remarquer ? S'il avait demandé à quelqu'un, les gendarmes l'auraient appris !

— Le téléphone de Céline a disparu… C'est peut-être elle qui lui a expliqué.

— Je vois… Coucou, Yannick ! On est au stand n° 13, tu peux venir m'étrangler quand tu veux ! C'est du délire absolu ! Tu veux que je te dise ? Je pense qu'on s'égare. On va chercher trop loin. La vérité doit être beaucoup plus simple. Tu as pu vérifier l'alibi de Julie Lacaze ? Et l'emploi du temps de Beauchamp, de Yannick et de Nicole Morellec ?

— Eh, oh ! Du calme, je veux bien te faire quelques tripatouillages informatiques, mais si tu ne veux pas te faire repérer, il y a des précautions à prendre. Ça ne se fait pas en deux coûts de cueilleurs d'impôts !

— Tu dis ?

— Que cela ne se faisait pas en deux coups de cuillères à pot. Écoute un peu ce qu'on te dit ! J'ai donc vérifié sur le site de prise de rendez-vous du cabinet infirmier de Julie Lacaze. Elle avait un programme très chargé ce lundi matin. Avec un rendez-vous à Roscanvel à 11 h 50 et un autre à Telgruc à 12 h 10. Mais pourquoi tu me demandes ça ? Tu ne vas pas la soupçonner quand même ? D'après ce que tu m'as raconté, je la vois mal forcer deux adultes costauds à se suicider à la force de ses petits biceps !

— T'es toujours aussi con, mais je t'adore toujours. Vérifications de routine, rien de plus. Oh ! J'aurais besoin d'un autre renseignement… Si tu pouvais me le donner avant demain matin, tu serais un ange. Tu m'appelles ou tu m'envoies le tout sur mon ordi ?

— Je suis peut-être un ange, mais les anges dorment aussi. Alors, je ne te promets rien.

Et Laure se retrouve seule dans sa grande chambre. Crevée, mais incapable de fermer l'œil. Elle pense à Hugues, et aussi à Mélanie, qu'elle a réussi à larguer sous un prétexte très astucieux, pour éviter d'aller boire un verre avec elle. Elle pense surtout à ces quatre meurtres si différents, si rapprochés dans le temps et si difficiles à comprendre. Elle a ouvert la fenêtre, laissant venir à elle le doux bruit du clapotement des flots, les senteurs d'iode et les cris de quelques goélands noctambules. Elle n'essaie même pas de s'allonger sur le lit, et rejoint le canapé. La tête sur un des accoudoirs, bien calée dans les coussins, elle pose son portable et la bouteille de lambig sur la petite table adjacente. Dans ses mains, un calepin destiné à recueillir ses pensées diverses et, posé sur sa poitrine, son dictaphone, prêt à fonctionner.

La valse de ses neurones commence. Doucement. Avant de s'accélérer comme dans une chanson de Jacques Brel. Chose curieuse, la musique sur laquelle ils dansent n'a rien d'harmonieux et ferait dresser les cheveux sur la tête de toute la famille Strauss. Tout cela pour une raison très simple : elle les laisse évoluer à leur guise, ne sachant par quel bout prendre cette affaire. Une fois n'est pas coutume, le hasard leur sert de chef d'orchestre. Pourtant, inconsciemment, elle n'espère qu'une chose, que ce soit son intuition qui prenne le dessus. Elle avale, avec sa modération habituelle, une gorgée de lambig et, malgré l'ombre du professeur Léveillé qui la sermonne intérieurement, Laure se met à ressentir une sensation curieuse, mais bien agréable. Lentement, ses indisciplinées cellules Breizh se calment, se mettent en ordre de travail, et lui envoient enfin des messages cohérents. Son crayon commence à courir sur les feuilles de son carnet. Écoutons-la écrire, comme dirait Ponson du Terrail.

— Depuis le début, tu raisonnes en partant du premier meurtre pour aller jusqu'au dernier. Tu suis l'ordre chronologique, mais est-ce aussi évident ? Qui te dit que l'ordonnancement des meurtres n'est pas dû à une autre logique ?

Sa main s'arrête, elle lit et relit les quelques mots qu'elle vient de griffonner. Un étrange frisson la parcourt de la tête aux pieds. Une sensation aussi inhabituelle qu'inattendue. Seule explication possible : son cerveau doit humer une odeur particulièrement grisante, celle de la vérité ou, au moins, celle de la bonne direction. D'autres réflexions surgissent.

— Mis à part le premier meurtre, classique entre guillemets, les trois autres assassinats, sans le moindre doute, ont été mis en scène. Volontairement, on a voulu nous faire croire à des évidences qui n'en étaient pas. Et on l'a fait en parfaite connaissance de cause, sachant très bien que les expertises les mettraient en pièces. Donc quelqu'un s'amuse avec nous et veut jouer au plus fin. Dans quel but ? Cette ou ces personnes ne peuvent espérer que nous allons laisser tomber une affaire où quatre êtres vivants ont été exécutés ! Ou alors elle a un ego aussi surdimensionné que son imbécillité…

Une courte pause, LSD suçote le bout de son crayon, et déclenche son dictaphone :

— Ou, hypothèse que nous avons écartée d'office après les meurtres de lundi et… à cause des radis, les événements de samedi seraient indépendants de ceux d'aujourd'hui, malgré ce foutu radis dans la poche de Letourneur. Si on enlève cet élément perturbateur, nous considérons qu'ils sont liés simplement parce que le professeur retrouvé pendu à la ferme était le mari d'un témoin, très indirect, de l'étranglement du vide-greniers de samedi. Peut-on vraiment parler de lien entre les deux affaires ? Pas si évident.

Elle repose son calepin, empoigne la bouteille de lambig et la repose, à regret. Elle va à la fenêtre, fait le plein de senteurs marines et se rassied. Dépitée. Elle espérait faire un pas décisif vers la ou les solutions, et elle se retrouve avec d'autres questions pour lesquelles elle n'a même pas un soupçon de réponse. La nuit lui en apportera-t-elle ? Pas si sûr, car Tanguy peut appeler à tout moment et si le proverbe dit que la nuit porte conseil, cela ne reste qu'un proverbe. Dans la réalité, combien de personnes ont fait des mauvais choix dès leur réveil ?

*

Mardi matin. Mélanie est sur le pont, ou plus exactement à la brigade, dès 8 heures, d'humeur ronchonne.

Sa soirée en solitaire lui laisse un goût amer, et son sommeil a été agité. Des images diverses se sont succédé, mêlant comptes rendus d'expertise, visions de cadavres, Tas de Pois et de paperasses, visages de Laure et du major… Une nuit à oublier.

Le chef de brigade, lui, serait plutôt d'excellente humeur : d'abord parce qu'il a passé, enfin, un moment avec sa famille et celle de son fils, ensuite, parce que, quels que soient sa conscience professionnelle et son désir de trouver la clé de l'énigme, ce n'est pas lui qui porte la responsabilité de l'enquête sur ses épaules… Et quand il voit la mine déconfite de la commandante de la Section de recherches, des pensées peu charitables lui traversent le cerveau… Il a bien sûr droit comme Laure aux dernières nouvelles, avec un bonus en prime.

— Hier, je n'avais pas eu le temps de lire tous les rapports concernant la personnalité de Yannick Morellec, mais je comprends pourquoi les gens l'appréciaient peu. J'ai des témoignages de collègues et de sa hiérarchie qui le décrivent comme un opposant permanent, un homme toujours prompt à chercher la petite bête ou plus exactement la moindre imprécision ou inexactitude dans chaque dossier… Et pour compléter son profil, c'est un syndicaliste militant, non dénué d'ambitions politiques locales…

— Je confirme. Aux dernières élections municipales, il a cherché à monter une liste d'opposition, mais pour avoir participé à une de ses réunions, je peux te dire que cela ne risquait pas de marcher. Il était opposé à tellement de choses qu'on cherchait désespérément à quoi il était favorable… Son projet a donc capoté.

— Pas vraiment étonnant. J'ai reçu un rapport des RG, enfin de la DCRI. C'était un homme investi dans pratiquement toutes les organisations locales ou régionales liées à l'environnement au sens large. Il avait créé sa propre organisation opposée aux algues vertes évidemment, en faveur du développement durable, de la préservation des espaces naturels, de la lutte contre les pesticides, contre le réchauffement climatique, la pollution de l'eau, etc. Il militait aussi pour le bien-être animal, la préservation des espaces boisés, des marais…

— Il passait vraiment son temps dans toutes ces associations, il était en lutte permanente. Comme tu le sais, c'était un client régulier de la maison. On ne le gardait jamais longtemps, parce qu'il évitait toujours la violence, mais il était toujours "limite"…

— Avec un tel palmarès, ajoute-t-elle, en levant l'épais dossier de Morellec, il devait avoir un paquet d'ennemis ?

— Beaucoup de gens ne l'aimaient pas, ne le supportaient pas, mais c'étaient des adversaires, pas des ennemis. Aucun d'eux n'aurait eu de raisons suffisantes pour le tuer, surtout dans ces conditions abracadabrantes.

— Tu connais mieux le bonhomme que moi. Cela dit, ne tournons pas autour du pot. Si cet homme avait des objectifs louables, en fait, c'était un véritable emmerdeur, non ?

— Selon notre point de vue, oui. Mais on peut aussi dire que c'était un militant acharné, avec beaucoup de soutiens, et j'étais moi-même d'accord avec lui sur de nombreux points. C'est juste la manière de défendre ses causes qui était *borderline*. Dans une réunion publique, il était capable d'aller très loin en paroles, mais il préférait largement utiliser les pétitions, la voix administrative ou judiciaire pour mener ses combats. Et là, il a souvent eu gain de cause. Faut dire qu'il avait un avocat de renom qui le suivait dans beaucoup de ses actions en justice, un ancien copain d'école, Xavier Le Bolloc'h, du barreau de Brest.

— Intéressant ! Je pourrais le rencontrer, ce “baveux”. Tu pourrais me le convoquer ?

— Je pense que j'aurai du mal à le faire venir ici rapidement. Il plaide en ce moment dans un procès d'assises à Quimper ; je peux t'arranger un rendez-vous avec lui là-bas. Mais ce ne serait que quelques minutes.

— OK ! S'il te plaît, tu essaies de me goupiller ça dès que possible. Son heure sera la mienne. Ah ! Autre chose : toujours aucune chance de voir l'autopsie avancée ?

— Même pas en rêve.

X

Mardi matin. Atmosphère lourde et petit-déjeuner en silence chez madame veuve Morellec, née Guéguen. Que ce soit Christophe, son beau-père, ou ses parents, les paroles sont rares. Rien d'étonnant quand on sait que les rapports entre les deux familles n'ont jamais été très chaleureux. À leur décharge, ils ne se sont pas vus depuis plusieurs années ; en fait, depuis le mariage de Nicole et Yannick. Et comme monsieur Morellec vit maintenant à Vannes et les parents de Nicole à côté de Marseille, cela ne facilite pas les repas de famille. Surtout quand il n'y a aucune naissance à célébrer, et qu'en tant qu'infirmière sans enfant, Nicole a rarement droit à un repas de Noël à la maison. Les quatre personnes attablées n'échangent que des banalités autour du pain, du sucre et du beurre, jusqu'au moment où le père de la victime se décide à aborder le sujet principal :

— Et tu es sûre que je ne peux pas voir son corps avant ?

— Je suis allée l'identifier à l'IML hier, tout de suite après le départ des gendarmes, ils m'ont bien confirmé que toute autre visite était impossible avant la fin de l'autopsie et la "remise du corps" c'est le terme qu'ils emploient…

— Mais toi, en tant qu'infirmière, tu ne connais personne à l'IML, quelqu'un qui pourrait me laisser au moins l'approcher ?

— Vous savez, pour les gens de l'IML, une infirmière d'EHPAD, ce n'est pas grand-chose. Alors je serais vous, je me contenterais d'attendre.

— Je ne peux pas rester indéfiniment, j'ai une entreprise à faire tourner ! J'ai décalé des rendez-vous mais j'ai besoin de connaître la date de l'enterrement pour m'organiser…

— Il voulait être incinéré…

— Incinéré ? Pour quelqu'un qui voulait diminuer son empreinte carbone, c'est étonnant !

Nicole Morellec, même si elle a le visage effondré, ne peut éviter de laisser apparaître un léger sourire.

— C'est tout Yannick… Celui que l'on voyait, et celui qu'il était vraiment.

— Tu l'as dit ! Mais moi, dans ces conditions, je crois que je vais repartir ce matin, et je reviendrai dès que tu auras du nouveau. De toute façon, je ne peux rien faire de plus ici.

— Et moi, j'ai juste pris ma journée d'aujourd'hui. Je préfère prendre mes congés après l'autopsie, pour pouvoir tout régler. Elle devrait avoir lieu mercredi après-midi. Normalement.

Les beaux-parents, de l'autre côté de la table, expriment la même opinion.

— Si tu veux qu'on reste là pour t'aider, ou te soutenir, tu nous dis. Sinon, on est comme Christophe, rester ici pour être dans tes pattes et ne rien pouvoir faire, ça va t'enquiquiner et nous, ça nous oblige à laisser le magasin fermé. On remontera dès que tu connaîtras la date des obsèques.

— Je vous remercie tous les trois d'être venus, mais j'ai mes copines pour me soutenir, et le fait que vous restiez ici ne changerait rien. Je vais me débrouiller. Christophe, vous avez votre voiture, vous partez quand vous voulez. Papa et Maman, vous n'avez plus d'avion ce matin, mais je crois qu'il y a un TGV pour Marseille qui part de Brest en fin de matinée. Ça vous ferait arriver en début de soirée. Je peux vous appeler un taxi ?

C'est ainsi que, sur le coup de 10 h 30, Nicole se retrouve seule. Avec nulle autre perspective que de voir Julie, en coup de vent, entre deux visites. Bien sûr, elle a d'autres amies, mais elle n'a pas partagé les mêmes choses avec elles, ce sont plus des copines, et elle n'a pas envie d'aller leur pourrir la vie avec sa tristesse. Sa double tristesse.

*

Breakfast en solitaire sur la terrasse de l'hôtel de France pour Laure. Une brume de chaleur enrobe tous les bateaux au mouillage, ballottés par le léger clapot. Tour et chapelle ont disparu, avalées dans ce nuage annonciateur de beau temps. Laure arbore une mine un peu éteinte, que peine à cacher son léger bronzage – cicatrice oblige – et son fond de teint.

Elle affiche un bel appétit, non pas seulement pour le délicieux petit-déjeuner qu'elle déguste, mais aussi parce qu'elle pense à la journée qui s'annonce. Son instinct lui murmure qu'elle pourrait bien attraper de belles proies, au fil de son programme chargé. Comme, en prime, son Hugounet avait une bonne voix au téléphone et semblait avoir récupéré ses neurones et son humeur joviale avant d'aller à son officine, son moral avoisine les sommets. Dans sa tête, les objectifs du jour défilent. D'abord, visite rapide à la brigade de Crozon, pour entretenir les espoirs de Mélanie, et au passage recueillir les dernières informations collectées par la gendarmerie. Puis visite aux parents de Céline à Morgat, avant d'essayer de rencontrer Nicole à son domicile. Et pour finir, une surprise, qu'elle s'en va préparer, sitôt sa dernière tasse de café engloutie, à la réception de l'hôtel. Katell Moreau l'accueille avec un grand sourire, d'autant plus qu'une certaine relation de complicité s'est établie entre les deux jeunes femmes depuis que la propriétaire de l'établissement a appris, un peu par hasard, les talents d'enquêtrice et de romancière de Laure. Ce que LSD mijote, vous le saurez bientôt.

*

Une simple poignée de main en guise de salut. Comment Mélanie pourrait-elle saluer Laure autrement en présence du major ? Heureusement, il disparaît vite, pour aller fouetter d'autres chats, laissant l'officier de la SR et notre héroïne retrouver des relations plus conformes à leur vie privée.

— Pourquoi tu m'as lâchée comme ça hier soir ?

— Tu le sais bien. Je voulais tout faire pour recoller les pots cassés avec Hugues. Tu aurais préféré que je te fasse la gueule tout le reste de la soirée ?

— Il nous restait la nuit…

— Tant qu'on n'a pas résolu le mystère des radis…

— Salope jusqu'au bout ! lance gentiment Mélanie, les yeux rieurs, et la main toujours à tendance baladeuse.

Une offensive vite repoussée, avant que Laure n'attaque le vif du sujet.

— Tu sais ce dont on a discuté au dîner. J'ai donc un programme de visites chargées, mais avant je voulais savoir s'il y avait du neuf chez vous.

— On peut dire que tu ne lâches pas ton os, toi !

— Un accord est un accord.

— OK !

Et elle lui rapporte toutes ses trouvailles concernant les activités militantes du professeur de Châteaulin.

— Je vais même te dire ce que je fais ce matin. J'ai rendez-vous avec quelqu'un qui le connaissait très bien, l'avocat qui le défendait dans toutes les affaires de droit, qui est aussi un de ses copains d'enfance. J'ai rendez-vous avec lui pour déjeuner, il plaide au palais de justice de Quimper aujourd'hui.

— Génial ! Tu as des chances de découvrir des pistes intéressantes ! Moi, mon programme est moins réjouissant, et je n'en attends pas grand-chose.

Elle oublie juste de signaler qu'elle aussi a un rendez-vous très important à l'heure du repas.

— Tu as eu les fadettes ?

— Je les ai reçues ça fait vingt minutes à peine. Pour Morellec, on n'a pas encore fini d'identifier tous les appelés et les appelants, mais il semble que ce soit toujours des coups de fil avec d'autres directeurs d'association ou des administrations. On a aussi quelques appels avec son avocat et le reste ce ne sont que des échanges entre sa femme et lui. Le dernier a été passé par Nicole Morellec à 11 h 04. Cela faisait quatre minutes qu'il avait fini son cours. L'appel a duré un peu plus de cinq minutes.

— Donc rien d'extraordinaire. Et côté Letourneur ?

— Ce n'était pas un bavard. Quelques coups de fil au cabinet de Julie Lacaze, et trois ou quatre à un dénommé Christian Prat, passés généralement à l'heure du déjeuner. Celui-ci savait déjà évidemment pour Letourneur puisque c'est lui qui s'occupe de ses bêtes depuis sa mort. Il nous a appris qu'il était prévu qu'il s'en occupe pendant quelques jours à la fin de la semaine, puisque Letourneur devait être opéré d'une hernie inguinale.

— Ah oui, c'est vrai, Julie Lacaze nous en a parlé, c'est pour ça qu'elle devait lui faire des prises de sang. Donc, pas grand-chose à espérer du côté des téléphones. Ah, j'oubliais, et les appels de Céline ?

— C'est simple ! Trois numéros très réguliers : Nicole, Julie et son EHPAD. Rien le samedi matin.

— Donc, on n'est pas plus avancés. Bon ! Je vais y aller… Voir les parents de Céline, ça ne va pas être évident. Mais merci pour l'adresse.

*

Quelques minutes plus tard, Laure arrive à Morgat, un des autres joyaux de la presqu'île du bout du monde. Rue de Tréflez. Elle se gare devant une maison toute simple, à l'architecture très classique. Pas de sonnette à hauteur du portail. Elle pousse doucement la porte en PVC, souhaitant de toutes ses forces qu'un berger allemand ou un autre molosse ne surgisse d'un buisson et ne la prenne pour une entrecôte. Heureusement pour elle et pour vous, elle arrive intacte à la porte. Un coup de sonnette, quelques secondes d'attente et un homme encore jeune, disons début de soixantaine, accusant un léger excédent de poids, lui ouvre, l'air un peu méfiant. Élégamment vêtu d'un pantalon sport bleu marine et d'un polo à manches courtes assorti, il demande aussitôt :

— Vous désirez ?

Et Laure s'empresse de déballer une de ses histoires dont elle a le secret. Elle a rencontré Céline il y a deux ans dans un groupe de parole où se retrouvaient des femmes battues par leur conjoint. En principe, l'anonymat était de rigueur, mais elles avaient sympathisé et s'étaient échangé les adresses de leurs parents au cas où elles auraient envie de se revoir. Plus tard. Et c'est ce qui arrivait aujourd'hui. Elle était encore en foyer mais son mari était en prison, et elle se sentait mieux, d'autant plus qu'elle allait bénéficier d'un bracelet antirapprochement dès qu'il serait libéré. Ce qui n'interviendrait que dans plusieurs mois. La maman de Céline, une fringante quinquagénaire, en tenue de jardinage, ne tarde pas à accourir, appelée par son mari.

Dix minutes après, tout ce beau monde prend le café dans la véranda baignée de soleil, située à l'arrière de la maison. Jusqu'à présent, Laure n'a pas entendu une seule fois le prénom de la jeune femme assassinée, comme si les deux parents voulaient protéger Laure du choc qu'ils s'apprêtent à lui asséner. Monsieur finit pourtant par lui apprendre la nouvelle. LSD fait semblant d'encaisser le coup avec un tel accent de vérité que monsieur Legrand, le nom de jeune fille de Céline, file aussitôt lui chercher un linge frais pour appliquer sur son front et lui redonner des couleurs. Laure aurait nettement préféré un coup de lambig…

LSD a beau poser les questions les plus diverses, elle n'obtient aucun renseignement intéressant. Seul petit élément qui ne fait que confirmer ce qu'elle sait déjà : avec Nicole Morellec et Julie Lacaze, elle formait un trio d'amies inséparables, à la vie, à la mort. Mais le trio s'était un peu perdu de vue du temps de ce “salopard” de Beauchamp. Suit alors une litanie d'insultes plus grossières et violentes les unes que les autres à l'encontre du plongeur de haut vol qui a raté son entrée dans l'eau, c'est le moins qu'on puisse dire. Et vient la seule note positive de cet entretien impromptu :

— La seule chose de bien que cet enfoiré ait réussi dans sa vie, c'est de nous faire deux beaux petits-enfants. Ils sont tellement adorables ! avoue le grand-père.

— Pour l'instant, on ne leur a rien dit, ajoute madame Legrand. On n'a pas décidé encore. Quand l'IML nous rendra notre fille, il faudra bien qu'on leur explique… On essaiera au moment des funérailles. Mais ils sont si mignons, on veut les protéger de l'horreur le plus longtemps possible.

— En tout cas, ce salaud a eu raison de se foutre en l'air ; si je l'avais trouvé avant les flics, je l'aurais étripé.

Je vous passe le reste des sévices que monsieur Legrand aurait pu réserver à son ancien gendre, qui reste pour lui, à ce stade, ne l'oublions pas, le suspect principal du meurtre de sa fille. Une chose est néanmoins certaine. Ce n'est pas le père de Céline qui a tué Beauchamp, ou alors c'est un comédien hors pair. Laure préfère battre en retraite et prend congé en douceur. Cap sur son prochain objectif. Camaret. Rue de Verdun.

*

Même si la voiture est dans l'allée qui mène au garage, rien ne dit que Nicole Morellec est chez elle. Elle a pu aller faire des courses, ou se promener… En tout cas, elle n'est pas à la gendarmerie. Où peut-elle bien être ? se demande Laure en sonnant à la porte du perron pour la sixième fois. Elle abandonne, et fait demi-tour. Elle attaque juste la deuxième marche de l'escalier en béton, quand elle entend derrière elle la porte qui s'ouvre. Une voix pâteuse, assortie à un visage encore endormi, lui demande dans un bâillement :

— Qu'est-ce que vous voulez ? Je n'ai besoin de rien ! Et en plus vous m'avez réveillée…

Le temps de se retourner, de remonter sur le palier et d'afficher son plus beau sourire new-look et Laure présente ses plus plates excuses à la jeune veuve.

— Madame Morellec, je suis vraiment désolée de vous importuner dans un moment pareil. Je sais que j'aurais dû vous téléphoner avant mais j'ai tenté ma chance, comme je venais voir une "patiente" rue de Liège…

— Une patiente ? Vous êtes médecin ? Alors vous vous êtes trompée d'adresse. Je ne suis pas malade.

— Je sais, et excusez mon abus de langage. Entre nous, nous parlons de patients ou de patientes mais je ne suis pas médecin au sens propre. Je m'appelle Alexia Lecornec, et je suis psychologue envoyée par le rectorat de Rennes dans le cadre d'une mission pilote, appelée SAVIDI. Une mission de Support d'aide aux victimes directes ou indirectes, destinée à apporter un soutien aux personnels de l'enseignement et à leurs conjoints, en cas d'accident de la vie de toute nature, que ce soit une agression, une maladie ou un décès bien évidemment. Nous avons été informés du drame qui vous touche, et je suis venue voir si je peux vous apporter mon aide d'une façon quelconque.

La voix qui lui répond a des accents loin d'être encourageants. Une triste ironie les habille, mettant Laure dans l'embarras.

— Vous êtes gentille, mais je n'ai qu'une envie, rester seule, faire le vide dans ma tête, et ce soir, j'ai une amie infirmière qui va rester avec moi quelques jours, comme elle est en congé. Donc je n'ai besoin de rien.

— C'est parfait ! Oh, excusez-moi pour cette expression mal appropriée. Je vais vous laisser en paix. Est-ce que je peux juste vous demander une petite chose ? Vous n'ignorez pas comment est l'administration, je sais que vous êtes infirmière, mais le rectorat a besoin de statistiques, et sans abuser de votre temps, est-ce que je peux juste vous demander de me signer une attestation qui confirme que vous ne souhaitez pas recevoir de soutien de notre organisme ? Vous n'êtes pas obligée mais, dans ce cas, ils considèrent que je ne suis pas passée vous voir, et je ne suis pas payée…

Ah ! Quand LSD joue les faux culs, elle pourrait avoir un Molière… Nicole Morellec pousse un soupir, et ne donne pas sa réponse tout de suite, hésitant entre chasser cette emmerdeuse et lui remplir sa paperasse pour s'en débarrasser plus vite.

Prenant un air contrit très inhabituel chez elle, Laure patiente, yeux baissés, comme un collégien qui attend de savoir combien il va se prendre d'heures de colle pour avoir bloqué la serrure de la vieille Twingo de son prof de français avec de la Super-Glue.

— Bon, allez ! Entrez une seconde et donnez-moi votre papelard.

Laure se dirige à petits pas, d'une démarche un peu timide, vers la table de la salle à manger et y pose ce qui ressemble plus à un cartable qu'à un attaché-case. Un accessoire qui lui a gentiment été prêté par la patronne de son hôtel. La lenteur, mêlée à une ingénieuse fausse maladresse, a manifestement le don d'énerver la maîtresse des lieux, qui récupère à vue d'œil de son demi-sommeil. Laure farfouine dans sa simili mallette, prenant tout son temps. Et ça marche ! L'effet attendu se produit.

— Bon, pendant que vous essayez de trouver votre papier, je vais me prendre un petit verre. Vous voulez quelque chose ?

De sa petite voix timide, “Alexia” murmure :

— Oh ! Ça ne serait pas raisonnable. Ou alors juste un verre d'eau. Du robinet.

— Comme vous voulez. Moi, je me prends un martini gin, onze heures et quart, c'est une heure correcte.

— Un martini gin, hum, j'adore ! Mais je conduis, ce ne serait pas prudent.

— Vous ne serez pas poum-paf, comme on dit à Bruxelles, avec un seul verre…

— Alors… Je vais me laisser tenter.

— Bon, allez, asseyez-vous, autant que vous me déballiez votre baratin en buvant votre verre. Après tout, maintenant que vous m'avez réveillée…

— Vous êtes sûre ? Ce ne sera pas long, vous savez, mais tout dépend de vous. Vous n'êtes pas obligée. En tout cas, ne vous inquiétez pas si certaines des questions vous paraissent bizarres : nous utilisons une méthode qui vient d'Angleterre, où ils sont très en avance sur nous en matière de soulagement de la souffrance morale et de la prise en charge du deuil, en particulier.

— Allez-y ! dit Nicole tout en servant les verres. Je vous écoute. Mais d'abord, j'ai besoin de votre avis. J'ai plusieurs sortes de gin, vous avez une préférence ?

— J'ai découvert un gin pendant des vacances dans les Cornouailles anglaises, mais cela m'étonnerait que vous en ayez.

— Il y a du très bon gin en Bretagne, vous savez, mais j'ai rapporté de mon dernier voyage en Cornouailles du Tarquin. Un gin artisanal très réputé qui, je vous préviens, secoue les papilles… Il est fort ! Du “Sea Dog” 57° quand même…

— Tarquin ! Super ! C'est mon préféré, mais j'en prendrai juste une goutte. Vous allez souvent en Angleterre ?

— Deux ou trois fois par an, j'ai longtemps hésité entre devenir prof d'anglais ou infirmière, j'aime beaucoup les Cornouailles et comme je parle bien anglais…

— Moi aussi ! Je peux vous demander une première chose ? Encore une fois, ne cherchez pas le sens de mes questions, c'est ce qui fait la force de cette méthode. Cela vous pose un problème si j'enregistre notre conversation ? Cela m'évite de prendre des notes.

— Faites ce que vous voulez, je m'en fous.

— Merci. – Et "Alexia" branche son dictaphone – Quand vous êtes de repos, quelles sont vos activités favorites ?

— À la vôtre ! – Elles trinquent toutes les deux, avant que Nicole ne réponde : – Heureusement que vous m'aviez prévenue. Quelle question bizarre… En temps normal, je marche beaucoup, je vais souvent sur les sentiers de randonnée soit seule, soit avec mes…

Les mots se bloquent dans sa gorge, il faut une bonne déglutition et un long soupir avant qu'elle ne puisse continuer :

— Je marchais souvent avec Céline, ma meilleure amie. Malheureusement, depuis quelques mois, nos emplois du temps ne s'accordaient plus vraiment, mais je continuais mes randonnées avec Julie, Julie Lacaze, l'infirmière qui a découvert le corps de mon mari.

— Vous vous rappelez la dernière fois que vous avez marché avec Céline ?

— Je crois que c'était en février. Elle s'était fait une entorse. On a dû demander au mari de Julie de venir nous chercher.

— Et avec les beaux jours, vous allez bien retrouver du temps pour marcher ensemble ?

Les yeux de Nicole passent en mode tempête :

— Je ne sais pas qui vous a confié ce dossier, mais il devrait se tenir au courant de l'actualité. Céline a été assassinée samedi matin au vide-greniers de Camaret, pendant que j'installais le stand avec elle. Et son assassin, son mari, s'est suicidé le soir même.

“Laure-Alexia” se pince les lèvres pour simuler une gaffe, se cache le bas du visage avec la main avant de reprendre, apparemment avec peine :

— Je ne savais pas du tout, excusez-moi ; effectivement, personne ne m'a informée, et comme j'habite Pleyben, j'avoue que je n'ai rien vu dans le journal. Vous me permettez de continuer quand même ?

— Vous ne pouviez pas deviner…

— Merci de votre compréhension. Je vais changer de sujet mais, en même temps, la perte de votre meilleure amie à deux jours de celle de votre mari va m'obliger à vous poser quelques questions supplémentaires.

Une voix désabusée lui répond :

— Si ça ne dure pas deux heures…

— Pas de soucis. Vous êtes déjà bien bronzée, vous allez sur la plage ?

— Je vais à la plage du Corréjou ou de Veryac'h et, si j'ai envie de bronzer tranquille, je reste ici dans le jardin, on a un espace où personne ne peut nous voir.

— Je comprends. Moi aussi j'aime bien bronzer du visage, mais comme j'ai été opérée, je dois éviter pendant au moins un an… Et avec Julie, et… Céline, il vous arrivait d'aller à la plage ?

— Pas très souvent, le compagnon de Julie est plutôt voileux alors, le bronzing sur le sable, ce n'est pas son truc, et en saison, il tient une galerie près du quai Gustave-Toudouze, alors il n'a pas le temps, et Julie l'aide quand elle peut. Avec Céline, on y allait de temps en temps. Comme ça, on pouvait se relayer pour surveiller les enfants et jouer avec eux.

— Votre amie Julie n'a pas d'enfant ?

— Elle a eu des problèmes, mais ils ont fini par avoir une petite Léa, qui a trois ans.

— Vous ne me répondez que si vous le voulez. Et vous, d'après mon dossier, vous n'avez pas d'enfant. C'est volontaire ? Votre mari ne voulait pas d'enfant ? Ou vous ? – La réponse vient difficilement. Vous êtes libres de ne pas répondre…

Silence. Une gorgée de martini. Des yeux troublés.

— J'ai avorté quand j'étais encore à l'école d'infirmières. Après je n'avais vraiment plus envie de tomber enceinte. Puis j'ai rencontré Yannick. Je suis tombée amoureuse tout de suite et on a vécu notre jeunesse en pleine insouciance. Les enfants, on n'y pensait pas vraiment. Petit à petit, il a commencé à s'intéresser à plusieurs causes concernant le développement durable, la protection de l'environnement, les algues vertes, les pesticides, le nucléaire… et j'en passe. À l'écouter, c'était "Apocalypse demain". On s'entendait toujours très bien, on s'aimait comme au premier jour, mais faire naître un enfant dans un monde qu'il me peignait chaque jour plus noir, je n'arrivais pas à l'imaginer. Et lui non plus. Donc, on a fini par décider de vivre seuls. Et je ne le regrette pas.

— Vous avez les enfants de Céline que vous pouvez gâter.

— Exactement ! Ce sont des petits anges, Florian et Théa…

— J'aimerais revenir sur ce vide-greniers ; vous y alliez souvent ?

— Oh là là ! Il existe depuis dix ans, et cela doit faire huit ans qu'on le faisait ensemble avec Céline, depuis qu'on est revenues au pays, comme on dit.

— Céline et Julie vivent ou vivaient en couple. Vous vous rencontriez souvent avec vos maris respectifs ?

— Céline était une femme battue. Julie et moi, aidées par les associations locales, on a réussi à la décider à larguer son salaud de mari. Elle avait retrouvé le sourire depuis qu'il avait été condamné et qu'il avait interdiction de l'approcher. Mais par moments, quand j'étais avec elle, j'avais l'impression qu'elle avait encore peur. En pratique, rien ne l'empêchait de venir la voir, il n'en avait pas le droit, mais il… il était capable de tout, la preuve, et comme il buvait, il était imprévisible. Céline vivait avec une bombe à retardement à côté d'elle…

— J'ai régulièrement des affaires similaires à traiter, et ce n'est jamais facile. Cela sera sans doute plus simple à vivre pour les femmes battues quand les bracelets antirapprochement seront systématiques. Permettez-moi de revenir à ma question initiale. Vous faisiez des repas avec vos maris respectifs ?

— Avec Céline, non. C'est elle-même qui n'y tenait pas. Au début, on n'a pas compris, et quand on a réalisé la situation avec son mec, il était hors de question de le faire venir, on n'a plus cherché qu'à la libérer de cette salope de Bertrand. Par contre, avec Julie et Paul, son compagnon, on passait souvent les fêtes ou les anniversaires ensemble, on se faisait des barbecues, quand on n'était pas en saison, et que la galerie était fermée. Mais je dois dire qu'on faisait de moins en moins de repas, parce qu'on ne pouvait rien dire, même en rigolant, sans que Yannick nous soûle avec ses grandes phrases.

— Je comprends. Je reviens sur samedi. Vous êtes sûre que c'est le mari de… de votre amie Céline qui l'a tuée. Vous l'avez vu ?

— Non, je n'ai rien vu ! Mais qui d'autre pouvait vouloir la tuer ? Elle était adorable, et n'aurait pas fait de mal à une mouche. Ce ne peut être que lui, et je ne comprends pas qu'il ait pu échapper aux flics entre le port et les Tas de Pois. Sa mort a été trop douce !

— Dans la vie courante, ou dans votre vie professionnelle – vous êtes infirmière en EHPAD, c'est ça ?

Un hochement de tête lui répond.

— Sur ce point-là au moins mon dossier était exact… Donc dans la vie en général, vous êtes du genre à courber le dos, à rester bien droite face à l'adversité ou à essayer de vous venger, entre guillemets.

— Quelle question tordue ! Je ne peux pas répondre. Cela dépend des circonstances.

— Vous pouvez me donner quelques détails ? Par exemple, à la mort de Céline, vous avez réagi comment ? Et à celle de votre mari ?

— C'est pour ça que je vous dis qu'elle est tordue votre question ! Quand j'ai découvert Céline morte, j'étais effondrée ; après, j'ai essayé d'encaisser la nouvelle, notamment avec les gendarmes, et puis quand j'ai commencé à ranger le stand, je n'avais plus qu'une envie : qu'on retrouve ce salopard et qu'on le foute en taule jusqu'à la fin de ses jours. Pour Yannick, c'était pareil, mais je n'étais pas sur place. Donc la nouvelle a été terrible mais un peu moins difficile à encaisser ; le major me l'a annoncée le plus en douceur possible. J'ai tenu le choc sur le coup, et j'ai même accepté de répondre à ses questions. Mais après son départ, je me suis complètement écroulée. Quant à me venger pour Yannick, je ne peux pas répondre puisque je ne sais que ce que Julie et les gendarmes m'ont raconté, mais je n'ai rien vu de mes yeux, contrairement à ce qui s'est passé pour Céline. Donc, je ne sais même pas à qui en vouloir ! On m'a dit que ce n'était sûrement pas un suicide, mais je n'en sais pas beaucoup plus. J'ai l'impression que les flics pataugent.

— Je peux maintenant vous demander quelque chose d'un peu spécial ? Je vais vous proposer une liste de mots, et vous me répondez instantanément à quoi ils vous font penser, surtout sans réfléchir. Après je vous laisse. Enfin… le temps de finir mon martini.

— Je vous préviens, je hais ce genre de tests à la con, mais si ce sont les dernières questions. Plus vite ce sera fait…

— OK, merci ! Je commence : soleil ?

— Bronzage.

— Ami ?

— Julie.

— Enfant ?

— Emmerde.

— Droitier ?

— Gaucher.

— Amour ?

— Toujours.

— Céline ?

Une très légère hésitation.

— Assassinée.

— Attention, sans réfléchir, cela doit venir instantanément. Guadeloupe ?

— Vacances.

— Corde ?

— Pendu.

— Yannick ?

— Problèmes.

— Excusez-moi, mais “problème” au singulier ou au pluriel ?

— Au pluriel, mais je ne sais pas pourquoi j’ai dit ça.

— Rassurez-vous, ça n’a aucune importance. Allez, le dernier : Céline ? – Un blanc – Sans réfléchir, Céline ?

— Céline ? Amie.

— Voilà, c’est fini pour moi. Je vais juste vous demander de signer ce papier, qui atteste de ma visite (une copie à l’en-tête du rectorat préparée par Tanguy sur laquelle il a ajouté un texte bateau, et qui a été imprimée à l’hôtel de France). Je ne peux malheureusement pas vous laisser ma carte de visite, car comme nous commençons juste, nous ne les avons pas encore reçues. Je vous laisse quand même mon 06, au cas où vous voudriez aborder un sujet quelconque. Quant à moi, je vous retéléphonerai dans deux jours pour prendre de vos nouvelles. Ah, mince, c'est un jour férié… Je vous rappellerai donc vendredi matin.

— Excusez-moi mais, avant de partir, vous pourriez m'expliquer comment vos questions étranges pourraient m'aider ?

— À ce stade, je ne peux rien vous dire. Ce n'est pas moi qui ai conçu le programme, et encore moins les questions. Toutes vos réponses vont être discutées par nos spécialistes et, suivant leur analyse, il peut vous être, ou non, proposé une thérapie adaptée à votre cas.

Le temps de finir son martini et quelques minutes plus tard, Laure se retrouve dans sa chambre d'hôtel. Pas mécontente d'elle-même.

XI

Un regard à sa montre. Un peu plus de midi. Pourvu que Tanguy n'appelle pas trop tard car l'heure de son rendez-vous approche. Presque 12 h 10 quand le prof d'informatique de l'IUT de Lannion téléphone.

— Ah, mon Tanguy ! Mon sauveur !

— Tu ne crois pas si bien dire, parce que j'arrive avec Isabelle. On est sur la route, on vient juste de prendre la N12 et on devrait être à Camaret pour 14 heures.

— Qui conduit ?

— C'est Isa, donc je peux te parler tranquillement.

— J'ai un rendez-vous important dans vingt minutes alors je t'écoute et, s'il te plaît, va à l'essentiel.

— Tu me connais ! On vient t'aider. Parce qu'une enquête sans nous…

— Vous êtes des amours !

— Bon ! Je commence par les emplois du temps : Céline Beauchamp avait pris son samedi mais commençait dimanche à 8 heures. Nicole Morellec avait son week-end et ne recommençait, normalement, qu'en fin d'après-midi lundi, et elle est de nuit toute la semaine. Enfin, elle était puisque je pense qu'elle est en congé pour plusieurs jours, avec la mort de son mari. Pour Bertrand Beauchamp, c'est le trou noir : il n'avait apparemment pas d'employeur fixe. Je n'ai retrouvé aucun signe de lui ni vendredi ni samedi. Et sur son compte en banque, il n'y a que des dépôts en liquide, juste assez pour payer les prélèvements automatiques et le loyer. À mon humble avis, il travaillait au black. Je n'ai rien sur l'emploi du temps du mari de Julie Lacaze, mais j'ai quelque chose d'intéressant sur son emploi du temps à elle. Elle avait deux rendez-vous, à Roscanvel à 11 h 50 et à 12 h 10 à Telgruc. J'ai téléphoné aux deux patients concernés…

— Comment tu as fait ?

— Élémentaire, mon cher Watson. À partir du moment où j'ai "craqué" l'accès au logiciel de prise de rendez-vous du cabinet, divers détails apparaissent : nom et prénom du patient, adresse et numéro de téléphone, nature des soins, comme prise de sang, injection, bandage, etc. J'ai donc téléphoné, et c'est ainsi que j'ai appris qu'elle était à 11 h 30 à Roscanvel, au lieu de 11 h 50 et 11 h 50 à Telgruc au lieu de 12 h 10. Si on compte dix minutes de soins pour la deuxième visite, c'était juste une injection d'antibiotiques, plus le trajet, ça veut dire qu'elle a dû se pointer à la ferme vers

12 h 05, alors qu'elle vous a dit n'être arrivée qu'à 12 h 35. Curieux mensonge, non ?

— Super boulot, Tanguy ! Tu es vraiment un chef. Cela dit…

— Attends que je finisse. Pour le samedi matin, elle travaillait toute la journée, et elle a fait sa première visite à six heures et quart, j'ai vérifié. Donc elle ne pouvait pas être au vide-greniers à l'heure du meurtre. Autre cas intéressant, celui de Yannick Morellec. Le lundi, il finit ses cours à 11 heures, et ne les reprend qu'à 14 heures, venant de Châteaulin, vingt-cinq minutes de voiture, il pouvait sans problème être à ta ferme pour attendre Letourneur.

— Mais pourquoi il aurait fait ça, *that is the question…*

— Je ne te le fais pas dire. Dernier point que tu m'avais demandé : les comptes bancaires. Ça va aller vite. Mis à part Beauchamp, et encore, tout le monde était dans le vert, et aucun n'a passé ou reçu de virement anormal dans les deux derniers mois. Maintenant ne me demande pas si j'ai bien dormi, je suis crevé et je compte profiter du trajet pour me reposer un peu. On se retrouve où ? Je connais Camaret, alors c'est où tu veux.

— OK ! Là, j'attends quelqu'un. Après, je mange au restaurant de l'hôtel et j'ai un autre rendez-vous à 14 h 30.

— Donc, si j'ai bien compris, on ne pourra pas te voir avant 15 heures et des poussières ?

— C'est vraisemblable !

— Du coup, on s'arrête à Morlaix manger un morceau, et on te sonne quand on passe Crozon.

— Ça roule !

*

12 h 30. La brume qui recouvre le port esquisse un lever de rideau. De la fenêtre de sa chambre, Laure, le visage bien enduit de crème solaire écran total, regarde les passants grouiller sur le quai. Les touristes profitent de ce mois de mai à viaducs pour découvrir ou simplement apprécier la Bretagne et ce port du bout du monde en particulier. Enfin, la sonnerie du téléphone tant attendue résonne. Katell lui annonce l'arrivée à la réception de cette visiteuse qui peut lui apprendre tant de choses. Même pas deux minutes plus tard, dans sa chambre, c'est une infirmière plus qu'étonnée qui se tient devant elle.

— Vous ! Qu'est-ce que vous fichez là ? On m'a dit qu'une madame Saintonge m'attendait pour une piqûre. Et je tombe sur vous ! Si vous aviez des précisions à me demander, j'aurais pu passer à la brigade, elle n'est pas loin du cabinet, et j'aurais perdu moins de temps ! Pourquoi inventer cette piqûre !

— Du calme, madame Lacaze. Du calme. Premièrement j'accompagnais les gendarmes, mais je ne suis pas du tout militaire, et deuxièmement – elle se retourne pour prendre une boîte de médicament sur le lit –, j'ai réellement besoin de vos services pour une injection.

Laure montre du doigt sa joue malmenée, et explique à sa jeune visiteuse :

— Vous voyez, j'ai subi une greffe partielle du visage, et dans le cadre de mon traitement antirejet, j'ai besoin en plus de mon traitement habituel d'une piqûre d'un immunosuppresseur une fois par mois. J'aurais dû la faire chez moi à Locquirec, mais je n'avais pas exclu de prolonger mon week-end ici, donc j'avais pris le produit dans ma valise. Au cas où… Et comme je ne connaissais pas d'infirmière ici, j'ai immédiatement pensé à vous.

Des propos qui calment visiblement la reine de la seringue. Ses traits se détendent un peu, et c'est d'un ton plus amical qu'elle reprend :

— Je préfère ! J'avais l'impression que vous m'aviez tendu un piège et je ne comprenais vraiment pas pourquoi. Vous avez l'ordonnance ?

Laure présente le document, et pendant que Julie prépare l'injection, elle en profite pour lui parler de la manière la plus anodine possible.

— En fait je suis journaliste free-lance et je prépare un documentaire pour M6 sur les gendarmes du littoral breton. Là, j'étais en repérage, et les gens de la brigade m'ont amenée quand vous les avez appelés. Ce n'est pas trop dur pour vous, ce genre d'expérience ? Vous connaissiez bien les victimes…

— L'un était un patient, l'autre un ami… Et mourir de cette façon-là, aussi atroce… c'est terrible. Malheureusement, ou heureusement, j'ai été confrontée à des drames très souvent en arrivant chez des patients, alors on se "blinde" un peu. Vous allez vous allonger sur le lit, ce sera plus facile. Vous avez une préférence, fesse droite ou gauche ?

— Je vous dirais bien que mon compagnon préfère la gauche… mais vous n'avez pas de temps à perdre, alors je vous offre la première qui se présente, donc la droite. Tiens ! Vous êtes gauchère !

— Gauchère avec les mains, mais droitière avec les pieds, ça a toujours fait rigoler mon compagnon. Voilà ! C'est fait. Restez immobile quelques instants, le produit peut chauffer un peu.

— C'est vrai. Je n'ai rien senti quand vous m'avez piquée, mais maintenant ça chatouille bien. D'habitude, je n'ai pas mal, mais là, le chirurgien m'avait prévenue. Est-ce que je peux vous poser une question en attendant que la douleur s'estompe ?

— Une question rapide, parce que j'ai encore un patient à voir avant de me faire une mini-pause déjeuner.

— C'est tout simple, j'ai beaucoup apprécié votre calme hier et je me demande si je ne vais pas proposer un autre reportage, ce coup-ci à Arte ou à

Envoyé spécial. « Infirmière libérale à la campagne : rêve ou enfer ? » Vous accepteriez que je vous suive pendant deux ou trois jours ? Après on s'arrange au montage pour enchaîner les moments les plus "chocs" les plus intimes ou les plus tendres…

— Pourquoi pas ? Je vais vous laisser ma carte.

— En plus, ça serait drôle, parce que j'ai une amie, pas loin d'ici, à Telgruc, qui vous connaît. Je suis passée lui faire un petit coucou en fin d'après-midi hier, et elle vous adore. Elle m'a dit : « Julie ! Elle est gentille comme tout, elle est venue plus tôt que prévu ce matin, juste avant midi et comme ça, j'ai pu voir *Tout le monde veut prendre sa place*, le jeu, en entier, et elle sait que j'aime bien le regarder. » Mais je ne vous retiens pas plus longtemps, je vous recontacte d'ici quelques semaines pour le reportage.

Passage de carte Vitale, échange de numéros de téléphone, et Julie Lacaze a levé le camp. Le petit sourire et l'air affable qu'elle arborait ont déserté son visage. La fatigue sans doute…

*

Après s'être une nouvelle fois régalée au Quai des saveurs, sur la terrasse de l'hôtel, Laure a juste eu le temps de parler un peu avec Hugues. Sa voix est restée enjouée, et il est ravi d'apprendre qu'Isa et Tanguy la rejoignent. Seul bémol, si l'enquête se prolonge, il est de garde et ne pourra la rejoindre pour passer le 8 mai avec elle.

— Avec ta grande copine et “C’est clair” vous avez une piste au moins ?

— On patauge, mon pauvre. Sérieusement. J’ai eu Mélanie en fin de matinée : aucun progrès, aucune nouvelle analyse intéressante. Tant qu’on n’aura pas les rapports d’autopsie, c’est-à-dire demain soir, je crois qu’on va rester coincés. Et ça gueule en haut lieu, je peux te dire. Même le préfet s’en est mêlé. Moi, ça va, j’ai un peu pris mes distances, et depuis ce matin j’essaie de suivre une idée, une intuition qui m’est venue sur le banc de Saint-Pol-Roux. Mais pour l’instant je n’ai vraiment rien qui puisse me permettre de dire que j’avance. Enfin, j’exagère, il y a peut-être un soupçon de semblant de flammèche d’espoir à l’horizon. Et là, je vais devoir te laisser parce que je vais voir le président de l’association qui organisait le vide-greniers. Il habite rue de Kerhos, ce n’est pas très loin. Je te laisse, mon ange.

Et je ne vous dirai pas où elle l’embrasse. Gwendal Marzin l’accueille avec un sourire d’autant plus charmeur qu’avec son physique de professeur d’EPS il est plutôt pas mal foutu et s’intéresse aussi bien aux jolies femmes qu’elles à lui. Une particularité que son épouse n’a pas appréciée longtemps, et, redevenu célibataire, le jeune quadragénaire savoure allègrement sa liberté. Si l’on peut encore parler de liberté à une époque où porter les yeux sur une silhouette féminine que l'on trouve séduisante peut directement vous conduire à la case prison pour harcèlement sexuel. Et j'exagère à peine. Cinq minutes plus tard, ils profitent du soleil, tous deux assis dans le jardin, avec un petit digestif pour occuper leurs papilles. Non, Laure n'a pas eu droit à du lambig, mais à du rhum Charrette aromatisé à la vanille. Sucré mais tout à fait au goût de LSD. Il ne se passe pas dix minutes avant que Laure ne sache tout sur Camarasso, le collectif "d'assoces" camarétoises que préside son hôte, en tant que président de l'ABC, l'association des badistes de Camaret. Pour les étrangers au langage sportif, je précise qu'un badiste est un joueur de badminton. Une conversation très amicale où le président, artiste-peintre de profession, lui explique avec un enthousiasme contagieux l'engagement de la plupart des structures associatives locales dans ce vide-greniers annuel qui leur permet de récolter des fonds non négligeables, qu'ils se répartissent entre eux à parts égales. La discussion dévie rapidement sur la triste édition de samedi dernier, et Gwendal Marzin ne peut qu'exprimer son double regret. Céline était une bonne copine et une joueuse occasionnelle, et, sur un plan plus terre à terre, l'annulation forcée de l'événement de cette année va peser sévèrement sur les prochains budgets. Après ce long préambule, Laure peut enfin en venir au but primaire de sa visite, obtenir les coordonnées des exposants proches du stand n° 13, celui du drame.

— Moi, je veux bien vous donner leurs coordonnées mais, vous savez, ils ont été interrogés en long, en large et en travers par les gendarmes, alors cela m'étonnerait qu'ils vous apprennent grand-chose. Surtout si vous êtes journaliste.

— J'aimerais quand même tenter ma chance. Céline était l'amie d'une amie, et j'ai promis de tout faire pour comprendre ce qui a pu se passer d'une part, et pour savoir si son mari, l'homme qu'on a retrouvé dimanche matin à la Salle verte, a un rapport avec le meurtre, d'autre part.

Et voici comment, dix minutes plus tard, notre héroïne se retrouve avec une liste de six noms et six numéros de téléphone. Devant elle, une longue tâche : prendre rendez-vous avec tous ces gens, les rencontrer, et essayer d'en tirer le maximum de renseignements. Pour se donner le moral, elle essaie, à grand-peine, de se convaincre qu'il est des souvenirs qui ne vous reviennent que plusieurs jours après. Le temps de rejoindre sa chambre et, dix minutes plus tard, elle peut pousser un soupir de soulagement. Elle a réussi à contacter toutes ses “cibles” et à arranger des rendez-vous avec elles entre 17 et 20 heures. De l'autre côté du port, Notre-Dame-de-Rocamadour et la tour Vauban semblent lui lancer des clins d'œil, et elle s'attarde une nouvelle fois à admirer ce paysage si particulier où l'art religieux vient flirter avec l'art guerrier. Si on peut associer les mots "art" et "guerre"... C'est le moment choisi par Tanguy et Isa pour annoncer leur arrivée. Rendez-vous est vite pris dans un bar du front de mer pour les retrouvailles.

*

Un coin discret sur la terrasse les accueille, à l'abri des oreilles qui, à défaut d'être indiscrètes, pourraient bien se montrer étonnées par la teneur de leurs propos. Une pinte de bière bien fraîche devant leurs lèvres assoiffées, les trois complices reprennent vite leurs réflexes. Ils ont mené tant d'enquêtes en commun !

— Si vous saviez comme ça fait du bien de vous revoir, et de pouvoir remuer mes méninges avec vous. Avec Mélanie, ce n'est pas pareil.

— Oui, mais elle a d'autres atouts ! ironise Tanguy.

— Ne commence pas sur ce terrain-là, je t'en prie. Je vous propose de vous refaire un petit topo des événements dans l'ordre chronologique et de faire le point sur les indices dont on dispose.

Un quart d'heure plus tard, la conclusion de Tanguy tombe, implacable :

— En résumé, vous avez quatre meurtres en deux jours et vous n'êtes déjà pas sûrs qu'ils soient reliés. Premier point. Le seul élément, ou plutôt les seuls éléments qui peuvent les raccorder sont, à mon avis, au nombre de trois : une des victimes des deux meurtres à la ferme était mariée à une des meilleures copines de la première victime. Deuxièmement, la personne qui a découvert les deux derniers meurtres était aussi une amie personnelle de la morte du vide-greniers. Troisième élément curieux : on a retrouvé un radis coupé en deux dans une poche de la première victime, à l'endroit du suicide de la deuxième, ainsi que dans une poche de l'éleveur tué d'un coup de fusil. Pourquoi un radis, et pourquoi coupé en deux ?

— On a déjà fait des recherches sur la symbolique du radis, et cela ne débouche sur rien.

— Bon, intervient Isabelle. Reprenons tous les meurtres. Moi, il y a quand même quelque chose qui m'étonne, c'est que trois d'entre eux aient été maquillés en suicides. Personnellement, je trouve que c'est troublant. Pourquoi quelqu'un se serait-il donné autant de mal pour "suicider" trois personnes, alors que votre enquête a d'emblée éliminé cette hypothèse. L'assassin serait donc complètement idiot ?

Petit rire de Laure.

— Ce n'est pas tout à fait vrai, Isa, pour les morts de samedi. Hier midi, la gendarmerie a conclu à l'assassinat de Céline Beauchamp par son mari, suivi dans la soirée du suicide de celui-ci. Ce n'est que parce que les événements de la ferme se sont produits “au moment” où elle allait prévenir le juge d’instruction que Mélanie est revenue sur ses conclusions. Mais ce que tu dis m’interpelle : pour monter un plan idiot, il faut soit être idiot soi-même, soit au contraire avoir une intelligence supérieure… pour arriver à raisonner comme un idiot.

— Je te suis. Même si je connais des gens très intelligents capables de monter des plans débiles. N’est-ce pas, Tanguy ?

— T’exagères ! C’est juste parce que tu ne comprends pas forcément mon sens de l’humour. En tout cas, moi, je suis de l’avis de Laurinette. Et justement, puisque la gendarmerie a changé d’avis, question suspects, vous en êtes où ?

— Aux dernières nouvelles de la gendarmerie : nulle part. Ils attendent les deux autopsies des “suicidés” de la ferme, mais ce ne sera pas avant demain soir. Et rien ne dit qu’elles nous apporteront des résultats concluants. Personnellement, et ce que tu viens de dire, Tanguy, à propos de la personne qui a trouvé les cadavres lundi matin me conforte dans cette opinion, je crois que le ou les meurtriers sont forcément plus ou moins proches des victimes. Il n’y a pas eu de vol, pas de dégradations sur les voitures ou les maisons, donc il ne resterait que l’hypothèse d’un crime, ou plutôt d’une série de crimes gratuits. Avec des mises en scène aussi tarabiscotées, cela ne tient pas la route. Il faut en revenir au bon vieil adage « à qui profite le crime… » On peut éliminer Céline et son mari, évidemment ; on peut éliminer aussi Julie Lacaze, qui n'est pas concernée a priori. Reste Nicole Morellec : mais pourquoi se débarrasser de son mari, de Céline, de Beauchamp et de Letourneur ? Elle n'a rien à y gagner, et surtout comment assassiner son amie au milieu de la foule et pourquoi ? En plus, c'est matériellement impossible, elle est droitière. J'ai passé une demi-heure avec elle ce matin et j'en suis sûre à 100 %. Or les deux légistes sont formels, l'assassin est gaucher.

— Elle a pu se faire aider ? suggère Isabelle.

— La seule qui soit gauchère, c'est Julie Lacaze, et elle a un alibi indestructible pour l'assassinat de Céline, elle était chez un patient. Pour lundi, même si son emploi du temps est curieux, elle ne peut avoir maîtrisé deux hommes à elle seule, et Nicole a un alibi, vérifié. Donc le "couple" Julie-Nicole est forcément hors de cause.

— Et du côté de Letourneur, il n'y a rien ? demande Tanguy.

— Il vivait seul depuis des années, et n'avait que des copains agriculteurs ou éleveurs. Le seul avec qui il semble avoir eu des rapports amicaux s'appelle Christian Prat. C'est lui qui s'occupe de ses bêtes depuis qu'il est mort, et c'est lui qui devait s'en occuper en fin de semaine, puisqu'il allait subir une opération. C'est pour cela que Julie Lacaze était chez lui, elle lui faisait des prises de sang tous les jours, pour surveiller son taux de coagulation.

— Et vous avez creusé du côté de ce Prat ?

— Moi, non ! Je crois que Mélanie devait aller l'interroger en fin de matinée, mais je n'en sais pas plus…

— Ce pourrait être une piste intéressante. Il s'arrange pour faire venir Morellec, il les tue tous les deux, efface les traces de son passage, et ni vu ni connu. Qui dit que ce n'est pas lui qui "hériterait" des terres après ?

— Prat ne doit pas être négligé, Isa, je suis d'accord, mais les transferts de terre, c'est très complexe, et rien ne dit qu'il aurait pu les récupérer. En plus, quel serait son intérêt de tuer Céline Beauchamp et son mari ?

— Plusieurs réponses possibles : il les a tués pour "noyer" le poisson, ou alors l'un des deux avait un rapport avec lui. Fils caché, ou fille cachée ? Autre hypothèse, il a tué Letourneur, mais le prof, lui, ne serait qu'une victime collatérale. Et dans ce cas le meurtre des Beauchamp aurait été perpétré par quelqu'un d'autre ?

— Trop tordu ! Prat aurait pu tuer Letourneur d'un coup de fusil pour une raison quelconque, mais échafauder des plans pareils, je n'y crois pas une seconde…

— Et l'avocat de Morellec, ce Le Bolloc'h ? Ce pourrait être une piste ?

— Il a été interrogé par Mélanie, je n'en sais pas plus ; mais cela me surprendrait.

— Eh bien ! On n'avance pas beaucoup… soupire Tanguy.

— Il me reste un infime espoir avec mes rendez-vous de ce soir…

— Tu crois vraiment que tu obtiendras plus d'informations que les flics ? Si les témoins n'ont rien vu samedi, pourquoi veux-tu qu'ils se souviennent de plus de détails trois jours après ?

— Tu as peut-être raison, mon Isa, mais moi j'ai une vision différente. Je pense qu'avec le temps, on a les images principales qui restent, mais on a aussi des détails a priori secondaires qui peuvent revenir. De toute façon, je n'ai rien à perdre.

— Il faudra que tu m'expliques pourquoi tu t'acharnes. Tu n'as rien à espérer du vide-greniers, c'est le lien entre les quatre morts qu'il faut trouver. Et sur ce point-là…

— Je suis au point mort. Mais si tu as une autre idée, mon cher Tanguy, elle est la bienvenue !

— Avez-vous cherché, toi ou Mélanie, le point commun entre ces quatre personnes ?

— Évidemment ! Céline connaissait Nicole Morellec et son mari, plus bien sûr Beauchamp, mais elle ne connaissait pas Letourneur. Beauchamp connaissait Céline, Nicole et Yannick Morellec, mais pas Monsieur Letourneur. Et de toute façon, il ne peut pas l'avoir tué puisqu'il avait joué les plongeurs d'Acapulco avant. Letourneur connaissait Yannick Morellec, et c'étaient des opposants pour ne pas dire des ennemis notoires. Mais il ne connaissait pas les Beauchamp.

— Tu m'as bien dit que Beauchamp habitait Telgruc, et qu'il ne vivait que de petits boulots…

— Et alors ?

— Admettons qu'il ait travaillé pour Letourneur à un moment quelconque et qu'ils se soient séparés en mauvais termes. Tous les deux s'engueulent et finalement l'éleveur décide de supprimer son ancien employé. Rien de plus facile, c'était un colosse, d'après ce que tu m'as dit. Il zigouille Beauchamp et va le balancer à la pointe de Pen-Hir.

— Et il aurait supprimé Yannick après, en l'attirant chez lui, avant de se suicider. Quant à Céline, il l'aurait tué juste pour s'échauffer ? Tu nages en plein délire !

— Revenons alors à Julie Lacaze. On sait qu'elle a menti pour son heure d'arrivée à la ferme.

— Et on sait aussi qu'elle est gauchère, et que l'assassin de Céline aussi, mais elle a un alibi inattaquable, elle n'était pas au vide-greniers. Nicole Morellec, elle est droitière, et il y a au moins dix témoins qui l'ont vu installer le stand. Donc…

— Tu as raison, Laurette, on tourne en rond. Sauf si… sauf si on a deux assassins.

— Qui se seraient échangé leurs crimes ? On a déjà donné ! – Le visage de Laure s'assombrit un instant, ses yeux se froncent, et elle regarde Tanguy comme si elle venait de découvrir E.T. dans un placard. Tu sais que tu as oublié d'être con ? Deux assassins. Cela ouvrirait beaucoup de perspectives : alibis inattaquables, motifs différents, possibilité d'opérer à deux… Mais cela ne change rien au premier meurtre. Mes cellules Breizh n'en peuvent plus, j'arrête de réfléchir un peu. Je vais aller voir si Mélanie a eu du nouveau. Qu'est-ce que vous faites ce soir ? Vous couchez ici ?

— À condition de trouver un hôtel sympa…

— Je m'en suis occupée, t'inquiète.

*

Seule dans son bureau, Mélanie Quéguiner relit pour la énième fois toutes les pièces de ce dossier. Une enquête invraisemblable, aucun début d'hypothèse, et des embryons de pistes qui subissent une IVG immédiate. C'est donc peu dire que l'arrivée impromptue de Laure éclaire son visage comme si elle rencontrait le Père Noël. Une double bise qui frôle bigrement les lèvres de LSD et les deux jeunes femmes échangent leurs trouvailles. Avec modération du côté de Laure. Cette petite idée qui lui trottine dans la tête depuis son début d'illumination sur le banc de Saint-Pol-Roux la titille encore plus depuis que Tanguy a émis la possibilité d'un double meurtrier. Elle se garde bien d'en parler avec

Mélanie. Elle se contente du minimum, à savoir confirmer à l'officier de la SR que Julie a menti sur son emploi du temps, et qu'elle est gauchère. Quant à sa visite au président organisateur du vide-greniers, elle semble très peu intéresser l'officier.

— Je savais déjà que Lacaze était gauchère, je l'avais remarquée hier. Mais cela ne nous avance pas beaucoup puisqu'elle a un alibi pour samedi matin ; quant à son mensonge sur ses horaires, il va falloir qu'elle s'explique. Elle est de repos à partir de ce soir, je vais la convoquer pour demain matin. Pour le meurtre du vide-greniers, comme je n'étais pas là, je ne peux me fier qu'aux rapports de Jacky et de Marrec, son adjoint. Pour moi, aucun témoin n'apporte d'élément intéressant. En fait, personne n'a rien vu…

— Il y a bien des gens qui ont pris des photos ?

— Bien sûr. On a interrogé les vingt exposants les plus proches du stand 13, et on a dû récupérer une quinzaine de photos, mais aucune ne couvre la zone arrière du Kangoo, alors ça n'a pas vraiment d'intérêt pour nous. On voit des gens qui passent, et même si l'assassin est parmi eux, on ne va pas faire un appel à témoins avec dix visages à donner en pâture au public ! On aurait une flopée de signalements à vérifier, sans la moindre certitude ! Seule chose indiscutable : Beauchamp n'est pas dessus.

— Éventuellement, tu ne pourrais pas me faire une copie de ces photos ?

— Si ça t'amuse, je vais demander à Marrec de te les imprimer.

— Tu ne pourrais pas plutôt me les envoyer sur mon portable ?

— Si tu préfères…

— Parfait, merci. Et toi, l'avocat de Morellec, Le Bolloc'h, ça a donné quelque chose ?

— Il m'a simplement confirmé ce qu'on savait déjà : le gars était un pur et dur. Il était obligé de le freiner, sinon il aurait passé son temps à lancer des procédures, au pénal, au civil, au tribunal administratif, au Conseil d'État. Et le reste du temps, c'était pétitions, réunions, manifs, enfin le grand chelem. Par contre, il m'a affirmé qu'il adorait son boulot de prof, même s'il s'était quelques fois fait tancer pour “déraper” un peu dans ses cours, pour les “orienter” dans sa direction, si tu vois ce que je veux dire.

— Mais il devait être invivable, ce mec ! Comment sa femme tenait ?

— D'après l'avocat, il était très sympa d'une manière générale, très amical, très apprécié de ses voisins, et l'enquête de proximité nous l'a confirmé ; avec sa femme, cela se passait très bien. Dimanche après-midi, on les a vus se promener la main dans la main… Le Bolloc'h m'a quand même dit quelque chose d'un peu surprenant. Il lui semblait que Morellec semblait « calmer ses ardeurs » ces derniers mois.

— Il commençait peut-être à comprendre que faire la guerre en permanence contre des moulins à vent n'était pas la seule façon de vivre ? Et l'avocat, rien de suspect ?

— Si ta question est : « A-t-il pu tuer nos quatre victimes ? », je te rirai au nez. Pour le reste, plutôt beau mec. Tout à fait ton genre, dit-elle en souriant. Alors on mange ensemble ce soir ?

— Si tu veux mais je ne suis pas toute seule…

— Hugues est revenu ?

— Non ! Tanguy et Isa sont arrivés en renfort !

— On pourrait manger tous les quatre, ça me fera plaisir de revoir cet escroc de Tanguy*. À huit heures à mon hôtel ?

*

Six visites à de possibles témoins, et six déceptions. Malgré le temps écoulé depuis samedi aux aurores, les déclarations des uns et des autres n'ont pas été modifiées. Laure retrouve donc Isabelle et Tanguy sur le coup de 19 heures, comme prévu, à l'hôtel de France où Katell leur a réservé sa dernière chambre disponible, avec une vue sur le port tout aussi extraordinaire que de la sienne. Réunion de

* Voir *Vent de panique à Lannion*, même collection.

travail dans un environnement des plus confortables, puisqu'ils sont tous les trois assis sur le canapé attenant à la fenêtre.

— Alors, demande le professeur d'IUT, avec un espoir évident, tu as déniché quelque chose ?

— Rien de chez rien ! Absolument aucun élément nouveau ; j'ai peur qu'on n'ait pas d'autre choix, comme les gendarmes, que d'attendre l'autopsie. Il me reste une seule petite chance, une seule minuscule piste à explorer. Lors des auditions de samedi, le major Paugam et son adjoint ont recueilli une quinzaine de photos prises aux alentours de l'heure présumée du crime, et qui montrent des emplacements proches du stand n° 13 où se trouvaient Céline et Nicole. Je vous les transfère sur vos portables et on les regarde ensemble ? Je vous préviens, les gendarmes n'ont rien remarqué d'anormal ou d'intéressant.

Quelques minutes plus tard, trois paires d'yeux fixent leurs smartphones respectifs.

— Je vous propose qu'on regarde tous ensemble la même photo au même moment, histoire de faire une sélection, et de ne garder que celles qui pourraient avoir un intérêt.

Et les photos défilent, lentement. Chacune est examinée pendant au moins trente secondes, afin d'y déceler une silhouette suspecte ou incongrue, ou un élément étrange. Arrive la neuvième photo, qui attire aussitôt l'attention de Laure. Photo a priori à négliger, mais que Laure met aussitôt de côté, en poussant un grand cri :

— Stop ! On garde celle-là pour la regarder plus attentivement !

— Pourquoi, grands dieux ? C'est un selfie mal cadré d'un gars qui fait une grimace derrière son stand.

— La photo est nulle effectivement mais si tu regardes dans le fond, tu vois le stand en face, avec une femme qui dispose les objets sur son étal.

— Et alors ? Elle fait comme les autres… En quoi cela peut-il t'intéresser ?

— Pour moi, et jusqu'à preuve du contraire, tous les personnages qui tournent de près ou de loin autour des quatre victimes méritent qu'on s'y attarde. Et cette jeune femme à l'arrière-plan, c'est Nicole Morellec. La meilleure amie de Céline et la veuve du prof retrouvé pendu dans la grange.

— Mais là, franchement… tu la vois poser un objet sur son étal, cela ne t'apporte rien puisqu'on sait qu'elle n'a pas pu tuer son amie. Et pourquoi elle l'aurait fait, d'ailleurs ? Et comment ? Avec tout ce monde autour…

— Je sais, c'est impossible, pourtant il y a quelque chose dans cette photo qui me dérange. Regardons les autres.

Déception du côté de notre journaliste, aucun autre cliché ne montre l'infirmière. La conclusion de Tanguy tombe comme le couperet de la guillotine le 21 janvier 1793 à 10 h 20, date et heure de l'exécution de Louis croix "V" bâton, comme diraient les Inconnus.

— Donc on n'est pas plus avancés. Les photos ne montrent rien. Rien du tout.

Laure regarde de nouveau ce cliché a priori banal qu'elle a mis de côté.

— Isa, cela te dérangerait de me passer la bouteille de lambig qui est au pied de ma table de chevet ?

Une gorgée de "fine Bretagne" plus tard, Laure semble rentrer en transe. Elle fixe la photo comme madame Irma fixerait sa boule en cristal de pacotille à la fête foraine. Elle n'écoute même pas ce que lui disent ses deux amis, intrigués, voire inquiets de cette attitude très inhabituelle. Une séquence de spiritisme originale qui dure cinq bonnes minutes. Et le retour à la réalité est brutal pour Tanguy et Isabelle.

— Bon sang, mais c'est bien sûr ! Si c'est ça, après, il suffit de… et le tour est joué ! Pour le soir, c'est faisable et pour le lundi, il ne reste qu'un élément à retrouver, mais tout le reste s'enchaîne… Oh ! Que c'était bien joué ! Chapeau bas. Fallait y penser…

Laure continue à soliloquer devant les yeux interloqués de ses deux complices. Elle finit par réaliser qu'ils sont là, et leur lance :

— Excusez-moi ! Je pense que vous n'avez rien compris… Par contre, pour moi, tout est clair dans cette histoire, mis à part le rôle de ces radis. Reste à bien jouer le dénouement, et pour ça j'ai besoin des gendarmes. Je file à la brigade. Je ne peux rien vous dire pour l'instant, sauf une chose. Si vous voulez avoir une chance de voir le final, rejoignez la pointe de Pen-Hir vers 21 h 30 en laissant votre voiture suffisamment loin, et cachez-vous du mieux possible. Tout devrait se terminer là-bas. Vers 22 heures. Près des Tas de Pois.

XII

Adieu veaux, vaches, cochons et gueuleton du soir. Le débarquement de Laure à la brigade de Crozon fait sérieusement penser à un ouragan. Pas celui de 1987, mais presque. Elle a juste le temps d'attraper le major Paugam au passage alors qu'il s'apprêtait à rejoindre sa famille. Comme une furie, elle déboule dans le bureau de Mélanie, qui commençait à se pomponner pour la soirée, oubliant l'enquête en attendant les autopsies du mercredi.

— Qu'est-ce qui t'arrive ? Tu as avalé une caisse de Red Bull cul sec ?

— Déconne pas ! répond une voix tout excitée. Je crois que j'ai tout compris aux quatre crimes ; je sais qui les a commis mais je ne connais pas tous les détails, et il me manque une preuve. J'aurais donc besoin d'une perquise, et j'ai une idée pour connaître toute la vérité. Mais il me faudrait ton feu vert pour organiser les aveux.

— Du calme, Laure ! Du calme ! Tu es une ancienne de la maison, tu sais donc qu'on a des procédures à respecter, et que si on ne les respecte pas il suffira d'un bon avocat pour anéantir tout notre travail et faire libérer le coupable, sans que l'on puisse rien y faire.

— Mélanie a raison, intervient le major. Vous avez été invitée sur cette enquête sans mon accord explicite, et il est hors de question que vous dissimuliez des informations qui nous permettraient d'identifier le coupable, c'est clair.

LSD parle d'une voix plus posée quand elle reprend :

— Vous avez absolument raison, mais si vous me laissez vous expliquer ma théorie, vous comprendrez très vite que vous n'avez aucune chance d'obtenir des aveux, parce que vous n'avez, et n'aurez, aucune preuve sans moi. Mon idée est de faire avouer le cerveau de ce complot machiavélique, mais à ma manière. Tout ce que vous avez à faire c'est de me fournir un peu de logistique, notamment un micro-émetteur, le plus discret possible, de vous planquer à proximité et d'enregistrer tout ce qui se dit. Je sais qu'il est tard, mais j'ai besoin d'une perquise en bonne et due forme, il faut donc demander en urgence une commission rogatoire au juge. Dernier point… et je vous préviens, c'est une requête très spéciale !

— Écoute, Laure, je te connais suffisamment pour savoir que tu ne viendrais pas fiche la panique ici sans bonne raison. Mais ce que tu nous demandes est énorme, et va à l'encontre de tous les règlements. Alors je te donne cinq minutes, pas une de plus, pour m'expliquer ta théorie. Si je suis convaincue, nous en discuterons avec Jacky. Dans le cas contraire, tu n'auras qu'à te débrouiller seule, mais je te préviens, quelles que soient nos relations personnelles, si tu enfreins la loi, tu devras en assumer les conséquences.

— On court contre la montre, mais j'accepte. Voilà les conclusions auxquelles je suis arrivée…

*

Laure a garé sa Mégane sur le parking des Tas de Pois. Pas de signe de Tanguy ou d'Isabelle à l'horizon. Mis à part trois voitures de touristes attardés, ou d'amoureux épris d'un peu de solitude, l'étendue gravillonnée est déserte. Quelques dizaines de mètres à marcher et elle se retrouve tout près de l'endroit où Bertrand Beauchamp a fait son dernier saut de l'ange, ou plutôt du démon. Un regard autour d'elle. Personne. Aucun bruit, sauf le doux et lancinant fracas des vagues venant se briser au pied des falaises. Elle empoigne son portable, et compose un numéro. À la troisième sonnerie on décroche. Une voix mal assurée répond un timide « Allô ! ». Laure prend alors sa voix la plus gutturale possible et articule doucement :

— *I know what you did last Saturday… and last Monday too…**

* « Je sais ce que vous avez fait samedi dernier, et aussi lundi. » Phrase inspirée du film d'horreur *Souviens-toi l'été dernier*, dont le titre original était *I know what you did last summer*.

Silence. Stupeur. Aucun bruit au bout du fil.

Laure continue à parler en anglais, une langue qu'elle maîtrise parfaitement, et avec un très bon accent. Pour des raisons pratiques, je vous transcrirai le texte en français.

— Je sais que vous comprenez parfaitement l'anglais. Alors j'irai droit au but. Je pourrais vous dénoncer, mais je n'aime pas trop la police ni les gendarmes, je préférerais parler… argent.

— Mais qui êtes-vous ? De quoi parlez-vous ?

La réponse vient en français mais Laure continue dans la langue de la blanche Albion.

— Vous le savez très bien. Samedi, notre bateau était amarré à la marina, tout près de votre stand. J'allais en ville chercher des croissants et du pain quand je vous ai vue à l'arrière de la voiture. Vous avez pris un chandelier et vous avez frappé l'autre personne…

— Je vais raccrocher, c'est n'importe quoi !

— Je peux appeler la police, ce serait dommage. Vous finiriez en prison, et moi pauvre. Comment j'aurais pu inventer la petite cordelette verte si je n'avais pas été là ?

— Mais c'est impossible, il faisait trop sombre, vous ne pouviez pas la voir.

Laure se retient de pousser un cri de joie. Après cet aveu inespéré, elle bénit Saint-Lambig d'avoir fait enregistrer la conversation. Elle se garde bien de répondre tout de suite, le temps de reprendre son flegme pseudo-britannique. Du côté de son interlocutrice, il faut quelques secondes avant de réaliser sa bourde ; *in English*, *her big* boulette. Mais comment rectifier le tir ? LSD profite donc de son avantage, après un lourd et long temps mort.

— Je crois que maintenant vous comprenez que vous n'avez plus le choix. J'ai enregistré notre conversation. Il vous sera donc difficile de changer d'avis…

Un autre silence, celui de la louve prise au piège, reprenant des forces avant de livrer ce qui peut être son dernier combat. Le mot tombe comme l'épée de celle qui rend les armes :

— Combien ?

— Trois cent cinquante mille livres sterling. J'arrondis à quatre cent mille euros. Et comme je sais que vous n'avez pas cette somme, je vous demanderai juste, pour ce soir, une reconnaissance de dette.

— Mais vous êtes folle ! Comment voulez-vous que je trouve une somme pareille ?

— Emprunter de l'argent à vos parents est une solution. Peut-être vous faudra-t-il aussi vendre la maison ? Cela peut prendre un peu de temps… Ah, j'oubliais ! Le meurtre du vide-greniers m'a donné envie de lire les journaux pendant notre nouvelle escale à Camaret. Très intéressant, le journal de ce mardi ! Je me suis toujours demandé quel effet cela pouvait faire de voir son mari s'étrangler à petit feu. Il devait vous maudire du regard. Ce doit être très excitant ! Mais j'y pense : votre amie aussi pourrait vous aider à payer. Lundi, elle en a fait des choses pour une infirmière ! Mon silence lui sera aussi très utile. Et son mari est dans la banque, à ce que je sais. Vous n'aurez peut-être pas besoin de taper votre famille après tout…

— Salope ! Et si je me tue ?

— Décidément, vous aimez les suicides… C'est le signe d'un tempérament dépressif, méfiez-vous. Libre à vous de mettre fin à vos jours, j'ai vos aveux sur mon téléphone, alors… comme disait votre ancien président : cela m'en touche une sans faire bouger l'autre.

Et Laure éclate d'un bon rire gras et forcé qui laisse pantoise son interlocutrice.

— Donc vous ne me laissez aucune chance ?

— Je vous laisse en liberté, c'est un cadeau sans prix.

— Et si je vous dénonce ? Vous tomberez avec moi…

Là, LSD rit franchement.

— Parce que vous croyez que votre justice va me condamner alors que je lui livre une quadruple meurtrière et sa complice ? Je ne pouvais pas vous dénoncer plus tôt, car après ce que j'ai vu j'ai préféré retourner au bateau pour réfléchir, et ensuite on a appareillé pour une mini-croisière. On est rentrés hier soir. Donc vous avez raison, vous pouvez me dénoncer. Au pire, je prendrai de la prison avec sursis pour chantage ou pour entrave à l'enquête. Vous, par contre, ce sera condamnation "à perpète" comme on dit chez vous. Je vous laisse dix minutes pour réfléchir. Pas une de plus.

Et elle raccroche, pour rappeler Tanguy, et Mélanie.

*

21 h 30. Plusieurs voitures supplémentaires ont fait leur apparition sur le parking de Pen-Hir. Quelques couples, de tous âges, sans doute épris de couchers de soleil romantiques se répartissent sur l'esplanade rocheuse qui surplombe les falaises et permet de profiter de la lumière dorée et crépusculaire qui enrobe les Tas de Pois. Une nouvelle forme solitaire apparaît. Elle marche d'un pas hésitant dans la large allée balisée d'un petit fil de fer, qui sépare l'espace réservé aux voitures de la pointe de Pen-Hir proprement dite. Une silhouette d'allure plutôt élancée dont les cheveux bruns retombent sur les épaules avec élégance. Elle se dirige tout droit vers Laure, qui curieusement a disposé un chandelier allumé à ses pieds. À sa gauche, bras croisés, Tanguy se tient aussi droit que possible, et le tout en rentrant son ventre pour jouer encore mieux son rôle. Cinquante mètres séparent LSD de la nouvelle arrivante. D'un signe, Laure la fait arrêter, et elle

chuchote quelque chose à l'oreille de Tanguy. D'un pas décidé, il marche vers la forme immobile, habillée conformément aux instructions de Laure. Vêtue d'un tee-shirt moulant à manches longues et d'un legging on ne peut plus collant, les mains vides, la jeune femme le regarde à peine. Lui la regarde attentivement, sous toutes les coutures, et lève son pouce en direction de Laure. Avec une telle tenue, aucune arme ne serait passée inaperçue. LSD lui fait alors signe d'avancer, ce qu'elle fait en regardant bien ses pieds, compte tenu de l'irrégularité des pierres, ce grès armoricain omniprésent. Laure n'est plus qu'à trois mètres quand “la dame au legging” pousse un cri, où la colère se mêle à la haine.

— Alexia ? Alexia ! C'est toi ! Oh, l'enfoirée !

Et elle se jette sur Laure, tous ongles dehors. Heureusement que notre héroïne a de bons réflexes et des réminiscences des clés de jiu-jitsu apprises du temps où elle était flic… Trois secondes plus tard, Nicole Morellec se retrouve au sol, les articulations du coude et de l'épaule gauche bloquées.

— C'est drôle que tu m'attaques de la main gauche et que tu me serves le martini et le gin de la main droite, tu ne trouves pas ?

Maintenue à genoux sur les arêtes des pierres qui lui déchirent les chairs à travers le legging, le bras martyrisé, l'infirmière implore grâce et se met à gémir de douleur.

— Je veux bien te relâcher, si tu me promets de ne plus bouger et de me raconter la suite de tes saloperies. Céline te trompait avec Yannick, c'est ça ? T'as voulu te débarrasser des deux à la fois ?

Un simple hochement de tête.

— T'es gentille, je ne suis pas sourde, alors réponds-moi à haute voix.

— Oui ! Mais tu ne sauras rien de plus.

Sitôt que Laure a relâché sa prise, Nicole Morellec s'est mise à courir, échappant aux bras de Tanguy et de LSD. À peine quelques mètres la séparent de l'endroit précis où Bertrand Beauchamp a fait le grand saut. Arrivée tout au bord de la falaise, elle se tourne, lance un ultime sourire narquois à Laure et se jette dans le vide, sans la moindre hésitation, emportant avec elle le secret des radis de Camaret.

ÉPILOGUE

Le lendemain midi. Quai des saveurs, sur la terrasse de l'hôtel de France

— Mais tu es givrée ! Tu te rends compte du risque que tu as pris ! Si cela n'avait pas marché ?

— Je serais d'accord avec toi si je n'en avais pas parlé avec Mélanie avant. Elle a aussi suggéré que j'étais folle, mais j'ai réussi à la convaincre. Les gens du GRIMP, Ronan Le Louarn et son équipe, je peux te dire que c'est des bons, et j'avais une totale confiance en eux. Et à partir du moment où j'avais fixé le rendez-vous à cet endroit-là, je me doutais que Morellec ferait ça, une fois confrontée à la réalité. Il n'y a pas énormément de spots aux Tas de Pois où tu peux te balancer dans le vide en étant sûre à 100 % de mourir sur le coup. Si c'est cet emplacement qu'elle avait repéré pour faire tomber Beauchamp, j'étais sûre que c'est celui qu'elle choisirait pour se suicider si elle m'échappait. Le GRIMP a pu monter les filets de protection qui l'ont arrêtée, même pas deux mètres plus bas. En guise de grand plongeon, elle aura dû se contenter d'un saut sur un trampoline… un trampoline qui ne rebondissait même pas… Et après, vous avez vu… Les collègues de Mélanie ont pu la cueillir comme une fleur. Elle était tellement vénère de s'être fait avoir si bêtement…

— Laure a raison, continue Mélanie, cette façon d'agir ne fait pas vraiment partie de l'ADN de la gendarmerie. Mais j'ai fini par accepter et je ne le regrette pas. De retour à la brigade, Nicole Morellec nous a tout balancé, pratiquement sans qu'on lui demande rien. Et bien sûr, j'avais fait interpeller Julie Lacaze immédiatement après le coup de fil de Laure, pour être certaine qu'elle ne file pas à l'anglaise. Franchement, elle non plus, on n'a pas eu à la pousser beaucoup pour qu'elle avoue tout. Quand on écoute sa confession, on a vraiment l'impression qu'elle s'est fait embarquer dans cette histoire sordide bien malgré elle.

— Je pense que vous allez nous raconter tout ça en détail ?

— En temps normal, je ne le ferais évidemment pas, mais quand Laure, ou plutôt LSD, se mêle d'une enquête, plus rien n'est vraiment normal. Avant de vous résumer l'affaire, j'aimerais que Laure vous explique juste comment elle a eu ce coup de génie de penser Nicole Morellec coupable, alors que tout l'innocentait. Elle avait été sans arrêt entourée de témoins lors du vide-greniers, elle était droitière avérée et c'est sa meilleure amie qu'on avait tuée sous ses yeux. Les trois autres meurtres sont liés directement au premier, nous le savons maintenant, alors je laisse le soin à votre amie de vous raconter.

Une tirade lancée avec une extrême gentillesse, et assortie d'une œillade sans ambiguïté que même Isabelle et Tanguy ont pu capter. Laure n'a pas réagi, mais a reçu le message cinq sur cinq.

— Mélanie exagère, ce n'est pas un coup de génie, c'est un coup de pot. Le week-end dernier, on était chez Tilly à Locquirec pour boire un pot et Hugues a voulu faire un selfie pour envoyer à ses enfants. On ne voyait que nos têtes, et nos mains qui tenaient nos verres. Je n'avais jamais fait attention, mais en regardant la photo avant de l'envoyer, j'ai remarqué qu'on avait l'impression qu'Hugues et moi, nous tenions nos verres de la main gauche, alors que nous sommes tous les deux droitiers…

Tanguy et Isa s'empressent de faire le même test sur leur smartphone, pour arriver à la même conclusion. Laure reprend donc, sous le regard admiratif de ses amis.

— Hier matin, j'ai rencontré Nicole Morellec, sous un prétexte fallacieux, et tout le temps de notre conversation, elle s'est conduite en droitière. Et sur la seule photo où elle apparaissait au vide-greniers, elle était aussi droitière, ce qui évidemment était logique. Jusqu'à ce que mes cellules grises percutent : elle était droitière sur le cliché, "MAIS C'ÉTAIT UN SELFIE" un cliché qui inverse tout, la droite et la gauche, comme un miroir. Au moment où elle installait le stand, elle se comportait comme une gauchère. En fait, elle est ambidextre et, comme beaucoup d'individus qui bénéficient de ce don de la nature, ce sont souvent des gauchers contrariés. Donc dans la vie normale, elle utilise sa main "officielle" ; mais quand elle se sent détendue et à l'abri des regards, sa nature reprend le dessus et elle se sert de la main gauche. Comme samedi matin…

— Tu ne vas pas me dire qu'elle se sentait détendue alors qu'elle venait de tuer sa meilleure copine ?

— Laure ne vous dira pas cela parce qu'à ce moment, elle n'avait pas l'intention de tuer sa copine. En tout cas, elle l'a affirmé dans ses aveux. Elle se doutait que son mari la trompait depuis plusieurs mois, mais elle ne savait pas avec qui. Le destin a voulu que quelques jours avant le vide-greniers, Yannick, son mari, aille à une réunion le soir, et oublie son portable. Nicole l'a découvert par hasard en cherchant un magazine. Ce n'était pas son téléphone habituel mais un smartphone prépayé, on a vérifié, qu'il utilisait exclusivement pour appeler Céline. Machinalement, elle l'a ouvert, et a découvert une ribambelle de messages sur WhatsApp, non encore effacés, qui ne laissaient aucune place au doute. Le dernier remontait à une demi-heure auparavant et Céline disait : « Les enfants vont se coucher, à neuf heures et demie, ce devrait être bon. Je t'attends… Tu adoreras comment je suis "habillée". Je t'aime. » En guise de réunion, il allait s'envoyer en l'air ! Elle pleurait trop pour lire tous les autres messages, mais l'historique des textes envoyés montrait qu'elle était cocue depuis un sacré bout de temps. Elle a reposé le mobile et a essayé de trouver la meilleure chose à faire. Le plus logique était de demander des explications aux deux amants, mais elle se sentait trop "souillée" pour le faire. Alors, elle a décidé de ne rien décider, de faire comme si de rien n'était, le temps de trouver une vengeance à la hauteur de son humiliation. C'est en allant chercher des objets pour le stand dans le coffre du Kangoo, "APRÈS" le selfie, que son cerveau a basculé. Céline était là, plaisantant, toute guillerette, en train de chercher un objet pour mettre sur un petit tabouret. Elle était presque allongée, les portes de la camionnette les protégeaient toutes deux des regards. Nicole avait déjà le chandelier dans la main gauche quand son amie s'est reculée un peu. Elle a frappé sans hésiter, sans même réfléchir – en tout cas, c'est sa version. Elle a jeté un coup d'œil derrière elle. Personne. Elle a ramassé un bout de cordelette qui avait servi à nouer ensemble de vieux outils, l'a passé autour du cou de Céline, et a serré, serré… jusqu'à en avoir mal aux mains. Après elle a ramassé un cageot de vieilleries et a continué à installer son stand comme si de rien n'était, plaisantant à l'occasion avec ses voisins. La suite, vous la connaissez…

— On connaît la suite pour le samedi matin, mais pour le mari de Céline, comment elle a fait ?

Le temps de s'extasier devant le gigantesque plateau de fruits de mer qui arrive avec deux bouteilles de sancerre en guise de demoiselles d'honneur, et Mélanie reprend.

— Dès que le major Paugam a su qui était la victime, il a cherché à mettre la main sur le principal suspect, Bertrand Beauchamp, son mari ! Il a envoyé une voiture chez lui à Telgruc mais la maison était vide. On l'a laissée sous surveillance et on a continué à rechercher le bonhomme toute la journée. En vain. On présume qu'il aidait des agriculteurs du coin, mais on n'a pas retrouvé sa trace ni son 06. Par contre, Nicole, elle, elle l'a retrouvé. Dans le téléphone de Céline, qu'elle avait embarqué pour qu'on ne puisse pas lire les messages qu'elle échangeait avec son mari. Céline gardait le numéro de Beauchamp au cas où il essaierait de l'appeler. Cela lui a donné une idée ; maintenant que Nicole était débarrassée de sa traîtresse d'amie, pourquoi ne pas utiliser son ex-mari comme bouc émissaire ? Comme ça, elle écartait tout éventuel soupçon sur elle, et elle libérait le monde d'un être malfaisant. Nicole a appelé Beauchamp à l'heure du déjeuner, et lui a monté un énorme piège dans lequel il s'est laissé prendre avec une facilité ahurissante… Elle lui a dit que, malgré tout ce qui s'était passé, son ex-femme aimerait bien le revoir et discuter avec lui, mais qu'elle refusait de le voir seule, en tout cas pour le moment. Il était d'accord, mais travaillait jusqu'à environ 20 h 30, dans une ferme du côté de Châteaulin. Donc Morellec lui a donné rendez-vous dans un bar de Morgat à 21 h 30 en lui demandant bien de ne pas repasser chez lui. Elle savait que les gendarmes surveillaient la maison. Nicole a dit à son mari qu'elle avait envie d'aller au Rocamadour, le ciné de Camaret, pour se changer les idées ; comme son mari détestait le cinéma, et qu'il était sous le coup de la disparition de Céline, elle savait qu'il ne risquait pas de venir. Elle a acheté son billet, en guise d'alibi, et est ensuite partie à Morgat. À son arrivée au bar, comme de bien entendu, Beauchamp a commencé ou plutôt a continué à picoler. Nicole se contentait de Vittel menthe ; Céline, évidemment, n'appelait toujours pas, et il ne risquait pas de savoir pourquoi. Quand il a été suffisamment "imbibé" suivant son expression, elle a attendu qu'il aille aux toilettes et lui a versé plusieurs comprimés réduits en poudre d'un tranquillisant à effet rapide. À son retour, elle lui a fait croire que Céline venait de téléphoner, et qu'elle les attendait. Quand ils sont arrivés aux Tas de Pois, il avait du mal à tenir debout et elle était obligée de le soutenir pour marcher entre le parking et la falaise. La nuit était tombée, et il ne s'étonnait pas vraiment de ne pas voir sa femme. Nicole l'a entraîné tranquillement jusqu'à l'endroit soigneusement repéré, tout au bord de la falaise. Elle lui a dit que sa "femme" était cachée derrière le rocher suivant et comme il était à moitié inconscient, elle n'a eu qu'à le pousser à peine pour qu'il bascule dans le vide. Ni vu ni connu, en une seconde, elle se débarrassait d'un être qu'elle détestait, et en plus elle donnait une piste en or aux enquêteurs. Le mari violent qui se venge de sa femme, la tue, et qui, pris de remords, se suicide. Ça tenait tellement bien la route qu'on a été à deux doigts de se faire avoir. Sans Laure…

Celle-ci a le triomphe modeste, et préfère savourer son huître plutôt que de réagir. Tanguy, lui, s'impatiente, et voudrait connaître la suite. LSD, charitable, intervient à son tour.

— C'est moi qui vais continuer, sinon Mélanie ne va rien manger… On est donc dimanche matin. Nicole, la petite infirmière "innocente" a déjà deux meurtres sur les bras mais, si elle n'avait aucun risque d'être inquiétée puisque les flics tenaient déjà leur coupable idéal et qu'elle avait un alibi, il lui restait le plus difficile. Éliminer son mari sans paraître suspecte. Elle a continué à jouer le rôle de la bonne épouse qui aimait toujours son mari alors qu'elle en était venue à le haïr. Divorce ou séparation n'étaient pas des hypothèses envisageables pour elle, parce qu'elle risquait de perdre cette maison qu'elle aimait. Alors il ne restait plus beaucoup de solutions… Encore fallait-il trouver une idée ingénieuse. Et c'est Letourneur qui la lui a donnée, sans le vouloir. Quand il a déversé son fumier devant leur maison, quand elle a vu son mari aspergé de cette puanteur, elle a repensé aussitôt à tous les incidents qui s'étaient déroulés dans le passé entre son mari et l'éleveur. Alors elle a senti germer dans son cerveau une idée que je qualifierai de diabolique. À part une courte promenade avec son mari, où tout n'était qu'apparence, elle a eu tout l'après-midi pour réfléchir à un plan qui la rendrait absolument insoupçonnable. Mais pour cela, elle avait besoin d'un ou d'une complice. Et elle en avait une toute trouvée : Julie.

— Pourquoi ? demande Isabelle.

— Personne n'aurait pu deviner. Heureusement, Julie nous a raconté l'histoire, en espérant se disculper, ou au moins atténuer sa responsabilité. Cela remonte à une douzaine d'années, à la fin de leurs études. Julie et Nicole, infirmières, et Céline, aide-soignante avaient réussi à décrocher un stage dans la même clinique, un nouvel établissement qui venait d'ouvrir à proximité de Quimper. Un soir elles étaient toutes les trois de garde, et l'infirmière en titre qui les encadrait fêtait son anniversaire. Disons que les choses ont dérapé, et tout ce joli monde a abusé un peu trop des alcools divers qu'elles avaient apportés. L'infirmière était hors de combat, et les trois copines valaient à peine mieux. Alors quand une alarme s'est déclenchée sur le tableau lumineux, au lieu d'intervenir en urgence comme elles auraient dû le faire, au lieu de réveiller l'infirmière, elles ont fait comme si de rien n'était. Ce n'est qu'au petit matin, lors de leur tournée des chambres, alors qu'elles émergeaient à peine des vapeurs alcooliques qu'elles ont réalisé que le patient de la chambre 9, une chambre seule, suivi pour des problèmes respiratoires avait eu une défaillance cardiaque et en était mort. À cause de l'infirmière titulaire bien sûr, mais aussi à cause d'elles. Elles ont décidé donc de faire un pacte entre elles, à la vie, à la mort. Un pacte d'assistance mutuelle : elles soutenaient toutes la même version, à savoir que l'infirmière leur avait dit qu'elle s'occupait de l'urgence, qu'elle appellerait le médecin si nécessaire, et qu'elle les biperait aussi si besoin. Comme le voyant était éteint, elles en avaient conclu que tout était rentré dans l'ordre et avaient continué leurs tâches normales. C'était bien sûr un tissu de mensonges, mais l'infirmière titulaire ne pouvait en rien soutenir le contraire, elle était seule contre trois, et c'est elle qui a trinqué…

— Tu m'excuses, intervient Tanguy, mais quand tu es de garde, tu dois assumer tes responsabilités et tu ne picoles pas… C'était quoi ce pacte à la con ?

— Sur le fond, je suis d'accord avec toi, mais rappelle-toi l'humour carabin et ce qu'on dit, ou plutôt disait, sur l'ambiance des salles de garde, même si les choses ont beaucoup évolué avec le monitoring à distance… Le pacte maintenant. Il est très simple : comme prévu, les trois filles se sont juré de soutenir la même version pour empêcher toute sanction, et du coup se sont promis d'être toujours présentes si l'une d'entre elles avait besoin d'un coup de main. Ce pacte, elles l'ont largement appliqué quand Céline a eu ses problèmes de violences conjugales. Quand dimanche Nicole a demandé de l'aide à Julie, il s'agissait d'un problème très différent : elle lui a expliqué la situation, la tromperie de Yannick, mais s'est bien gardée de lui dire qu'elle avait tué Céline… Elle lui a demandé de l'aider à mettre en scène une dispute violente entre son mari et Yvon Letourneur. L'idée était de faire venir son mari à la ferme, et de faire en sorte que Letourneur dorme à son arrivée. Nicole savait que Julie allait chez l'éleveur tous les jours depuis la veille, à l'heure du déjeuner pour lui faire une prise de sang. Le plan était simple a priori : Nicole s'arrangerait pour faire venir son mari chez Letourneur, en lui expliquant que celui-ci l'avait appelé, et qu'il était prêt à enterrer la hache de guerre, mais il y mettait une condition et il aurait voulu en discuter à l'heure du déjeuner, parce que le soir il avait la traite et les cochons. De son côté, Julie devait se démerder pour arriver en avance, en prévenant Letourneur, et profiter de la prise de sang pour lui injecter un anesthésique d'action courte. Avec les cathéters qu'on utilise aussi bien pour faire un prélèvement ou mettre en place une perfusion, Letourneur n'avait pas le temps de remarquer quoi que ce soit avant de s'endormir. Le lundi arrive, tout se passe comme prévu. Nicole appelle son mari dès la fin de son cours du matin en lui demandant de ne pas arriver à la ferme avant 12 h 20. Julie, elle, est arrivée un quart d'heure plus tôt, et Letourneur dort déjà. Quand Yannick arrive à son tour, il a du mal à comprendre. Il connaît Julie évidemment et ne comprend pas pourquoi Letourneur est avachi sur la table. Nicole Morellec ne lui laisse pas le temps d'essayer d'y voir plus clair. Elle débarque dans la cuisine un pistolet à la main, avec des gants bien sûr et le traite de salaud pour l'avoir trompée…

— Un pistolet ! s'étonne Isabelle. D'où elle sort ça ?

— Un Luger P08 pour être précis, une arme rapportée d'Algérie en douce par son grand-père. Quand elle était ado, il lui avait appris à tirer, et le lui avait donné juste avant de mourir.

— On a retrouvé l'arme lors de la perquisition au domicile des Morellec ; Laure, encore une fois, avait "eu le nez" de nous demander de la faire…

précise Mélanie. Nicole comptait s'en débarrasser le lendemain.

— Donc, elle savait s'en servir ?

— Absolument, elle était même membre d'un club de tir sportif, et son mari, évidemment le savait… continue Laure.

— C'est un "ouestern" ton truc ! Donc elle débarque avec son pistolet…

— Et là, elle ne laisse pas parler son mari, ni Julie, qui est complètement terrorisée de voir son amie dans cet état-là. Elle leur demande, sous la menace, de transporter le corps endormi de Letourneur, à l'endroit où l'on va le retrouver. Au passage, elle récupère dans la cuisine son fusil de chasse et une fourchette en bois, qu'elle découvre dans un tiroir. Elle avait déjà eu le temps de placer le fût d'huile et de disposer la corde, dans la grange. Le reste, vous le devinez facilement. Elle fait monter son mari sur le bidon, et le force à se passer la corde au cou.

— Et il ne bronche pas, n'essaie pas de s'enfuir ?

— Il pète de trouille, mais que veux-tu qu'il fasse ? Il sait qu'elle tire bien, qu'elle est furax d'avoir été trompée et que personne ne pourra identifier le pistolet. Julie, manifestement, ne comprend plus rien… Il lui demande de l'aide, en vain… Elle est tétanisée par la peur. Pétrifiée. Sans la moindre hésitation Nicole Morellec fait basculer le fût et regarde la lente agonie de son mari. Pendant qu'il se démène pour essayer de retarder l'échéance, elle lui balance ses quatre vérités avec une haine invraisemblable, d'après ce que nous a dit Julie. Aussitôt que Yannick est mort, elle place le fusil en position sous le menton de Letourneur et appuie sur la détente avec la cuillère en bois. Et voilà la mise en scène terminée. Elle pourrait laisser tout en place et faire croire à un double suicide, difficile à expliquer, mais elle a l'esprit plus tordu et plus pervers. Alors elle remet le bidon d'huile en place et ratisse et balaie tous les endroits où elle aurait pu laisser des traces, malgré les surchaussures qu'elle avait aux pieds. Elle et Julie arrangent toutes les deux la table de la cuisine pour justifier ce que cette dernière va déclarer aux gendarmes, et celle-ci s'empresse de relaisser ses empreintes de chaussures sur le chemin qui mène de sa voiture à la cuisine, de la cuisine à la grange, et sur tous les trajets qui permettent d'affirmer qu'elle a bien cherché Letourneur partout, ce qui est évidemment faux mais qui aurait pu alerter les experts de la Scientifique. Quand Julie revient, Nicole s'efforce de la calmer, de stopper sa crise d'hystérie, en lui rappelant leur pacte et notamment que le mort de la clinique, elle en est aussi responsable. Bref, Julie finit par retrouver un semblant de comportement normal, et Nicole peut lui expliquer ce qu'elle doit raconter aux gendarmes. Ce qu'elle a fait, avant de mettre les bouts. Et avant que Julie ne vous appelle. Fin de l'histoire.

— Tut', tut' ! Pas d'accord, Laurinette. Tu oublies de nous dire quelque chose. À partir du moment où les deux hommes dans la grange étaient "suicidés" pourquoi allez faire croire qu'ils avaient été assassinés, seule hypothèse possible si tout avait été nettoyé.

— Nicole était une personne très particulière, à l'esprit tortueux. Très tortueux. Déjà, décider de tuer son mari parce qu'il la trompait, ce n'est pas forcément le signe d'un grand équilibre mental. De la bonne engueulade jusqu'au divorce en passant par un "break" ou une séparation de corps, elle avait d'autres choix moins radicaux. Elle a pensé qu'en maquillant ce double suicide en double meurtre, cela compliquerait sérieusement la tâche des enquêteurs.

— Et elle a eu raison de monter un double crime si tordu, soupire Mélanie. Sans l'illumination de Laure, on pataugerait encore. Et les autopsies nous auraient juste montré des traces d'hypnotiques dans le sang de Letourneur, ce qu'on aurait considéré comme une volonté encore plus délibérée de se suicider. Pour Morellec, l'autopsie ne nous aurait rien appris. Pendaison volontaire ou forcée, s'il n'y a pas de gestes défensifs, il n'y a pas de différence. Mais Laure, tu oublies de nous parler de l'importance du rôle de ces radis, ajoute-t-elle avec un petit sourire goguenard, et un regard qui en dit long.

— En fait, au moment où elle a assassiné sa copine au vide-greniers, Nicole Morellec a vu un radis coupé en deux qui traînait sur le sol du coffre. Machinalement, elle l'a mis dans la poche de Céline, sans y attacher la moindre importance. Après, en réfléchissant, elle a pensé qu'en laisser un dans le pantalon de Beauchamp renforcerait l'hypothèse du suicide lié au remords. Ce radis aurait pu représenter quelque chose pour eux, un symbole quelconque… Manque de pot, le mec est tombé trop vite, avant qu'elle ne mette le radis dans sa poche, alors, elle l'a laissé sur le sol pour être sûre qu'on le retrouve. Quand elle a vu les radis dans la cuisine de Letourneur, elle s'est dit que c'était le genre de détail étrange qui occuperait un certain temps les neurones des gendarmes. Et qui en plus ferait un point commun complexe entre trois des quatre meurtres, ce qui rendrait leurs tentatives d'explication encore plus difficiles. C'est pour ça que Letourneur aussi a eu droit à son radis…

— Donc ces radis avaient de l'importance selon toi ? demande, espiègle, Mélanie.

— Une importance essentielle, puisqu'ils devaient nous mener vers de fausses pistes.

— En même temps, elle prenait un gros risque à "rapprocher" les quatre morts : si on prend les quatre victimes et les deux seuls témoins, entre guillemets, à savoir Nicole Morellec d'un côté et Julie Lacaze de l'autre, le seul dénominateur commun, c'était Nicole.

— Désolée, pas d'accord, Mélanie. Pourquoi la soupçonner ? Elle avait un alibi au vide-greniers inattaquable, avec au moins dix témoins ; elle avait chopé le portable de Céline et le deuxième portable de son mari ; en plus, on cherchait une gauchère. Elle s'était aussi préparé un alibi pour le samedi soir avec le ticket de cinéma. Elle en avait également un pour le lundi, au cas où Julie craquerait... Le lundi matin, en fin de matinée, en prétextant un déplacement imprévu, elle a demandé à une de ses voisines d'aller lui faire des courses en lui confiant sa carte du magasin. Elle faisait ça souvent et elle savait que la dame irait vers midi et quart, comme à son habitude. Elle lui a rappelé de bien présenter sa carte U au moment de payer, en espèces bien sûr. Comme ça, son heure de passage à la caisse était enregistrée, elle ne risquait plus rien. Et voilà le travail !

— Cette fois-ci, je crois que tout est clair, on peut faire un sort à ces fruits de mer !

— Laure, juste une question : tu repars à Trémel quand ?

— On va se faire une dernière promenade sur le port après le repas et on se rentre. Hugues m'a dit qu'il avait trouvé une recette de soupe aux radis extraordinaire. Il faudra que tu viennes la goûter un soir ? Tu pourrais même rester coucher si tu veux…

Et les deux jeunes femmes éclatent de rire, laissant Isabelle et Tanguy songeurs sur leur état mental.

FIN

Locquirec, 24 mars 2021

125, Vieille Route de Rosporden - 29000 Quimper
E-mail : contact@editionsalainbargain.fr
Site Internet : www.editionsalainbargain.fr

ÉDITEURS DE BRETAGNE

Dépôt légal n°18 - 2e trimestre 2021
ISBN 978-2-35550-813-4 - ISSN 1281-7813
N° d'impression : 106027
Imprimé en France